KB071400

영혼 있는

아날로그 공무원

저자 김진호

The analog
public official
of soul

공무원이 많은 나라를 걱정하기보다는

공무원이 되고자 하는 사람이 많은

나라를 걱정해야 한다.

동사무소 김 주임, 철밥통이
철밥통과 철밥통을 준비하는 사람에게

"지금 공무원 하겠다고 공부하는 애들이 제일 불쌍해. 인생 걸고 할 만큼 메리트가 없어. 들어와서 어물쩍어물쩍하다 나가면 퇴직금도 없고 청춘도 다 날리는 거야. 애초에 신분 보장이 부러우면 공기업을 가라. 지금 세대는 연금도 별로 없어. 여긴 지옥이다. 진짜 말리고 싶다."

2021년 11월 포털사이트에 익명의 닉네임으로 올라온 글이다. 나 역시 저 익명 게시자의 생각과 크게 다르지 않다. 사실이기 때문이다. 한때 내가 일하던 부서에 소위 스카이(S.K.Y.) 대학 출신이라는 9급 공무원이 들어왔었다. 인물도 출중한 여성 신입 직원이었다. 놀라웠다. 주변에 스카이 대학 출신 공무원이 거의 없고 그런 고학력은 9급 공무원에게 크게 요구되지 않는 조건이었다. 아니 과분한 학력이었다(요새 9급의 직원들의 능력은 정말 어디까지인지 모를 정도). 그래서 동기를 물었다. "전 고향이 여기고요, 서울처럼 복잡한 도시에 사는 것은 저한테 안 맞고 그렇다고 공기업을 가게 되면 어디로 발령받을지 몰라서 그냥 여기로 왔어요." 그랬다. 충분히 다른 곳에서 근무할 수 있고 합격할 수 있는 능력이었지만 안정을 위해 직업적 거주 이동의 염려가 적은 지방의 9급 행정직으로 들어온 것이었다. 개인적으로 좀 안타까웠다. 부모는 지방에 사는 자녀를 위해 등록금도 비싼 사립 명문대를 보냈는데 고작 9급 지방직 공무원을 한다니. 제각기 꿈이 다르고 살아가는 방식이 다르지만, 일반적인 사회 통념으로는 잘 이해가 되지 않았다.

워낙 빠르게 변하는 세상이라 지금 저 공무원은 또 무슨 생각으로 변해 있을까도 궁금하기도 하다. 훗날 동료들 얘기에 의하며 그 신입 공무원은 일 년 조금 넘게 일하다가 이직했다고 한다. 주된 이유는 입사 전 가진 공무원 조직에 관한 생각과 입사 후 느낀 공무원 조직에 관한 생각의 차이 때문이었다고 한다. 나 역시 공무원 조직에 들어오기 전 생각과 들어 온 후의 괴리감이 컸다. 제도권 안과 제도권 밖의 차이랄까. 몇 가지 부분에서는 심한 차이를 느끼기도 했다. 지금도 그 간격을 좁혀가기도 하고 그 간격 때문에 생기는 간섭을 무시하기도 하고 혹은 그 간극을 극복한 경우도 있다. 결혼 전 드라마에서 보고 주변에서 들었던 시월드에 대해 결혼 후 제대로 알게 되는 것처럼 나도 공무원이라는 직업과 결혼한 후에 공무원월드를 알게 되었다. 그런데도 아직도 배움에 진행형이고 알아가는 과정의 어딘가 서 있을 뿐이다.

동사무소, 면사무소에 가본 적이 있는가. 혹은 일생에 한 번이라도 시청, 구청에 방문하여 나의 불편함에 대해 민원을 넣어본 적이 있는가. 많은 사람이 없거나 한두 번 정도일 것이다. 수차례 갔었다면 당신은 진상 민원이거나 아주 큰 어려움에 직면해 있든가 둘 중 하나일 것이다. 내가 제기한 민원이나 요구 사항은 왜 해결되지 않는 것인가. 방문한 적이 없거나 방문한 적이 한 번쯤 있는 사람이라면 느껴봤을 의구심. 쥐꼬리만 한 월급을 받는 직업인데 이웃집 딸내미 아무개가 9급 공무원에 합격했다는 소식을 왜 우리 부모님이 부러워할까. 매일같이 흘러나오는 뉴스에 빠지지 않고 등장하는 저들의 비리는 왜 그런가. 공무원들은 뭐 하는 존재고 사고방식은 왜 그런가.

우리가 사는 사회는 날이 갈수록 이해할 수 없는 사건들이 매일같이 일어난다. 역설적이게도 사회가 다분화되고 복잡해져 가지만 사회현상에 대해서는 더욱 둔감해져 간다. 내 삶에 집중하며 살아가기도 바쁜데 굳이 공무원들이 하는 일까지 알고 싶지 않다. 그들이 하는 일을 알아본들 내가 하는 일에 도움이 될 리 없고, 그들이 내게 무슨 도움을 주는 존재인지도 잘 모르겠고 내가 살면서 주민등록등본 떼러 가는 일 말고 그들이 일하는 조직에 깊숙이 찾아갈 일도 없고, 마주칠 일도 없다. 어쩌다가 불법 주·정차를 했다고 단속됐으니 과태료 내라고 고지서나 날아오고, 이사해서 전입신고를 하러 갔더니 도장이 없어서 신고 안 된다고 퇴짜나 맞고, 동네가 시끄러워 소음 좀 멈추게 해달라고 민원을 넣으니 여기서 담당하는 일 아니니 파출소에 전화하라고 하고, 주민등록증 잃어버려 재발급을 하러 가니 증명사진 다시 찍어오라고 한다.

한편으론 그들은 직접적으로 내가 살아가는 동네를 바꾸고, 내가 몰고 다니는 차의 세금을 매기고, 내가 기르는 강아지에 목줄을 걸게 하고, 내가 받는 월급에 세금을 걷어가며, 내가 아무렇게나 버린 쓰레기에 과태료를 매기는 존재다. 내 아이에게 아동 수당을 주고, 우리 아파트 앞 사거리에 신호 체계에 관여하며, 미세먼지 감소에 영향을 미치는 존재이며, 내가 투표로 뽑은 구청장도 공무원이고, 내가 내보이는 신분증을 만든 사람도 공무원이다. 내가 마주친 적은 없지만 내 삶 속에 속속들이 들어와 내 일상생활을 결정짓는 사람이 바로, 공무원이다.

사람들은 공무원에 대해 잘 안다고 생각한다. 특히 지방에서 내가 사는 지역의 공무원이 하는 일에 대해서 잘 안다고 생각한다. 그들이 하는 일이 나의 일상생활의 많은 부분을 결정짓고 있는 이유를 알고 있다고 한다. 그러나 공무원이 되려고 하는 젊은 사람이나 수험생에게 물으면 막상 무슨 일을 하는지 잘 모른다고 답한다. 나 역시도 공무원이지만 공무원이 하는 일을 모른다. 난 내가 거쳐 간 부서의 일은 알고 있다. 경험하지 못한 부서의 업무는 나도 잘 모른다. 또 어떤 사람은 무슨 일을 하는지는 알겠는데 공무원들의 사고방식은 도대체 이해하기 힘들다고 말하는 사람들도 있다. 낡은 사고방식과 틀에 박힌 관념으로 사는 존재들이라고 인식하기도 한다.

난 공무원들의 업무는 모두 모르지만, 지역의 지방직 공무원이라 일

컫는 사람들의 사고방식은 조금은 알 것 같았다. 15년간 공무원으로 일하다 보니 내가 몸담은 조직의 생리는 조금 알 수 있었다. 이 책은 사람들이 잘 모르는 공무원의 세계에 대해서 약간(?)은 비공무원 같은 나의 시각으로 글을 적고 풀어보았다. 공무원의 말과 행동, 사고방식을 살펴보다 보면 그들이 하는 업무의 방식을 이해하는 데 조금이라도 도움이 될 것으로 생각한다. 나의 일상에서 의외로 많은 부분에 영향을 미치는 공무원을 이해한다는 것은 어떻게 보면 사회를 이해하는 데 가장 먼저 필요한 기본일지도 모른다.

그렇다고 공무원의 얘기만 하려는 것은 아니다. 공무원이 제일 많이 듣는 소리가 있다. "내가 낸 세금으로 너희 월급 주잖아." 그러나 그 월급을 받아가는 공무원은 일반인과 마찬가지로 다시 국가에 세금을 낸다. 벌이의 원천만 다를 뿐 공무원도 세금을 내는 국민의 일부다. 그렇기에 이 책을 통해서, 오히려 공무원이기 때문에 조금은 색안경을 끼고 바라보는 인식을 향해 '공무원도 사실은 별반 다르지 않다.'라는 얘기도 하고 싶었다. 신분이 보장되고, 정치적 중립성을 유지하고, 품위를 유지해야 한다는 위장막에 가려져 뭔가 이질적인 존재같이 여겨지는 분위기가 아니라, 모두와 같은 사람이자 일반인과 똑같이 생각하고 살아가는 존재가 공무원이라고 말이다. 그것도 하위직 공무원의 시각에서 풀어쓰고 싶었다. 그래서 어떨 땐 조직이 듣기 싫어하는 이야기도 긁적였고 치부 같은 공무원의 본성을 건드린 느낌도 있다. 조직 속에서 나한텐 독이 될 수도 있지만 언젠가부터 지방공무원의 허실을 나보다 더 많이 알고 있는 일반 사람들을 볼 때면 공무원의 세계도 개방적인 요즘, 세상에서 예외가 될 수는 없다는 걸 느끼기도 한다.

난 한 가정의 아빠이자 남편이고, 아침에 출근하고 저녁에 퇴근하는 사람이며, 직장에서 스트레스를 받고, 주말이면 늦잠을 자고 여행과 캠핑을 좋아하는 취미를 가진, 평범한 지방의 40대 남성 공무원이다. 나는 2007년에 말단 공무원으로 들어와 지금까지 현직에서 근무하는 지방의 7급 공무원이다. 무슨 거창한 이야기를 하려는 것은 아니다. 거창할 정도로 한 분야의 연구에 업적이 있는 것도 아니고 대단한 경력이 있는 것도 아니다. 이 책은 지방공무원이 공무원의 세계를 바라보고 느낀 점을 에세이 같이 쓴 평범한 글이다. '그래서 책이 팔리겠어?'라고 친구가 물었다. 책이란 걸 처음 적어보는 내가 책을 팔려는 목적을 가진다는 게 과대망상증 같았다. '한평생 내 이름으로 책을 써본 적도 없는데 판매는 무슨? 띄어쓰기나 똑바로 하면 다행이지.' 그렇게 생각하면서 한줄 한줄 적었던 게 4년이었고 벌써 한 권의 분량이 되었다. 나도 뭔가를 해냈다는 느낌을 느껴보고 싶어 한창 유행하던 버킷리스트를 따라 해보았다. 그 버킷리스트의 첫 번째로 무엇을 해볼까 고민하다가 항상 남들이 적어놓은 책만 읽는 나를 발견하고, 언젠가 나도 내가 쓴 책이 있었으면 좋겠다는 생각이 들었다. 주저 없이 버킷리스트 첫 번째로 '책의 저자가 되기'를 담담히 적었다. 하하. 책을 쓴다는 게 그리 쉬운 일이 아니라는 것을 지금에야 알았으니 버킷리스트는 생각나는 대로 막 적는 게 아니었구나 싶다. 그리고 글 쓰는 사람은 대단하다는 걸 느낀다.

평범하게 사는 것이 어렵다고 한다. 그 말은 평범하게 생각하며 살아가기가 쉽지 않은 세상이기 때문일 것이다. 그런 세상이지만 내가 쓴 책이 세상을 좀 더 평범하게 생각하고 상식적으로 바라보는 데 도움이 되었으면 좋겠다. 우린 가끔 책을 읽다가 눈으로는 단락을 읽고 있는데 내 머리는 딴생각을 하는 신비로운(?) 경험을 할 때가 있다. 이 책은 그 정도로 어렵게 쓴 책은 아니니 그저 주간지 넘기듯 술술 읽을 수 있다면 좋겠다. 어느새 공무원의 세상을 알게 되고 그 세상도 사람이 사는 세상의 한 부분일 뿐이라는 것 정도를 느껴준다면 바랄 것이 없다.

01.

영혼 있는 공무원

02.

동사무소

1) 동사무소 속으로

2) 동사무소 일상

03.

지방자치단체

1) 4차 산업 시대 리더론

04.

나와 나라가 발전하는 공무원

참고문헌

영혼 있는 공무원

01

01 일하는 공무원 vs 일하지 않는 공무원

▶ 그러데이션 공무원

"여기는 면사무소다. 면사무소에는 내부의 여러 계(界)가 있고 그중에 농업에 관련된 업무를 하는 산업경제계다. 현재 나의 옆에는 농업직 여성 공무원이 앉아 있다. 이른 아침 9시 업무가 시작된 지 몇 분도 지나지 않아 농민이 찾아와서 무얼 신청하고 있다. 그런데 농업직 여성 공무원은 처음 찾아온 민원인부터 시작해서 계속 민원인에게 짜증을 내고 있다. 감정의 기복이 섞여 있는 목소리는 계속해서 나오고 신경질적인 '라' 정도의 음높이는 옆에 앉아 있는 내가 들어도 신경이 쓰일 정도이다. 농업 관련 신고서를 받는 기간이라 오전 내내 신고서를 쓰러 오는 민원인에게 지쳤는지 짜증 섞인 목소리는 그칠 줄 모르고 오히려 더욱 심해지고 있다. 처음에는 도와주고 싶었으나 도움을 받길 꺼리는 눈치다.

이 여성 공무원이 앉아 있는 민원용 창구와는 다소 떨어진 뒷자리에 나이 많은 7급 행정직 공무원이 앉아 인터넷을 하고 있다. 평소 신차에 관심이 많아 자동차 광고를 클릭하여 새로 나온 자동차를 이리저리 살펴보고 있다. 가끔은 이어폰도 끼고 화면을 응시하고 있다. 모니터는 정면에서만 화면이 보이도록 화면 보호 필름을 붙여놨다. 옆으로 지나가는 사람은 모니터에 뭐가 나오는지 볼 수 없다. 책상에는 집게로 집어놓은 이면지가 있고 그 이면지에는 핸드폰 번호가 적혀 있고 책꽂이에는 약간의 먼지가 쌓여 있는 지침서와 법령집이 꽂혀 있다. 요즈음에는 자신의 자녀 결혼식 후 들어온 부조금을 명단에 정리하기 위해 엑셀 파일을 만들었다. 이 엑셀 파일은 앞에 앉아 있는 공공근로 여직원에게

14

부탁해 만들고 이걸 관리하느라 바쁜 시간을 보내고 있다.

그리고 나를 포함하여 세 명의 직원을 조망할 수 있는 제일 뒷자리에는 담당 계장이 앉아 있다. 대개 팀장으로 부르는 6급 계장의 책상은 어수선하지만, 우리 팀장의 책상은 개미가 미끄러질 정도로 깨끗하다. 요즈음은 볼 수 없는 철재 소재로 된 책상(철제책상)을 쓰는 하위직 직원들과 달리 계장의 책상은 나무 재질로 된 다소 오래된 빛바랜 책상이다. 책상 위에는 유리를 깔고 유리 밑에는 짙은 초록색 사무용 부직포를 깔아놨는데, 대개 유리와 천 사이에 중요하게 기억해야 하는 사항이나 수시로 봐야 하는 A4 용지가 끼워져 있지만, 이 계장은 그마저도 없다. 심지어 책꽂이에는 책이 한 권도 꽂혀 있지 않다. 매월 채워야 하는 초과수당을 받기 위해 계장은 아침 7시 이전에 출근하여 출근기록 단말기에 엄지손가락을 찍고, 아무도 없는 사무실에서 혼자 있다가 8시 40분쯤 하나둘씩 출근하는 직원들을 쳐다보며 하루를 시작한다. 아침 일찍 출근했지만, 지문을 찍는 일 외에는 특별히 할 일이 없다. 아침에 배달된 일곱 종의 조간신문은 모두 다 봤고 이리저리 인터넷을 뒤지고 있다. 인터넷을 하다가 지겨우면 스마트폰으로 포르노 영상을 시청한다. 오늘은 오전 10시 내가 결재를 맡기 위해 결재판을 들고 계장 자리로 몇 걸음 걸어갔다가 나의 인기척을 듣지도 못해서인지 적나라한 포르노 영상을 보는 계장과 마주치고 말았다. 벌써 몇 번째인지 모르겠다.

난 이 계에 소속된 일반직 공무원이다. 내가 하는 일은 과수(과일)를 경작하는 농민들이 신청하는 지원 사업을 맡고 관리한다. 또, 오토바이 등록 신고를 받고 저소득층 주민에게 주는 에너지 보조 사업의 신청을 받고 공공근로자를 관리하는 일 등을 한다. 요즈음 들어 일이 계속해서 늘어나고 있다. 면사무소에 일하는 말단 공무원이 오토바이 등록 업무를 빠르게 처리한다는 소문이 나서 주변의 오토바이 상사 사장님들이 손님들을 모두 내가 일하는 면사무소로 보내기 때문이다. 농민들의 경작지에 포도 농사를 위한 시설이 제대로 설치되어 있는지 출장을 나가야 하는데 접수되는 오토바이 신고서가 너무 많아 출장 시간이 잘 나지 않는다."

다소 충격적이기도 하고 생경하기도 한 이 묘사는 몇 년 전 내가 일하던 사무실의 한 풍경이다. 이렇게 자세하게 묘사할 수 있었던 건 그 당시에 사진과도 같았던 이 장면에 대해 적어놓았던 메모지를 발견하였기 때문이다. 이 메모지를 본 뒤에 정말 많은 생각이 들었다. 그리고 며칠 뒤 이 책을 쓰기로 했다. 책을 쓰기 시작하면서도 이걸 뭐하러 쓰고 있느냐는 되물음에 메모지도 버리고 중간에 포기하기를 여러 번 하다가, 그 이후로도 이상하게 몇 년 동안 불쑥불쑥 마음속에서 저 장면이 계속 떠올랐다. 풍요 속에 빈곤, 고요 속의 외침이라고 했던가. 조용하지만 마음 안에서는 조용하지 않았던 과거의 시간을 떠올리고 현재를 바라보면 크게 달라진 건 없다. 정도의 차이가 있고 사람의 차이가 있고 업무 환경의 차이가 있지만 궁극적으로 양태(樣態)는 현재도 비슷하다고 생각한다.

제목처럼 일하는 공무원과 일하지 않는 공무원이 있어서는 안 된다. 그러나 현실에서는 일하는 공무원과 일하지 않는 공무원들이 존재한다. 더욱 자세하게 말하자면 모두가 다 일을 하는 공무원들이지만 바쁘게 무언가를 열심히 하는 공무원과 속된 말로 '할랑한 공무원'이 있다. 그리고 실제로 일을 전혀 하지 않는 공무원도 존재한다. 공무원 조직이 들으면 동의하지 않을지도 모르는 말이지만 10년 이상 공무원 생활을 하면서 알게 된 것이다. 어떤 조직이나 마찬가지겠지만 항상 그 조직에는 열심히 하는 사람과 열심히 하지 않는 사람이 함께 뒤섞여 조직을 이루고 흘러가게 되어 있다. 그리고 한 가지 더욱 확실한 것은 열심히 일하는 공무원은 일반인에게 잘 드러나지 않는다. 왜냐하면, 그들은 대개 겸손하기도 하거니와 묵묵하다는 것이 공통된 특징이다. 이런 생각을 하다 보니 이 모습이 마치 그러데이션의 명암과 같이 느껴졌었다.

일하지 않는 공무원   일하는 공무원

　'일하는 공무원'은 본인의 위치에서 정량의 같은 월급을 받으며 묵묵히 맡은 업무를 수행하며 살아간다. 잘 드러나지 않아 마치 투명인간처럼 보이기도 하고 자신을 PR하기보다는 있는 듯 없는 듯 그곳에서 일을 하는 것이다. 이와는 반대로 '일하지 않는 공무원'은 일은 하지만 대충대충 하거나 아예 하지 않아 주변에 크고 작은 피해를 주는 이미지로 굳어 있어 그러데이션의 진한 부분처럼 표시가 쉽게 난다. 이 글을 읽는 자신이 공무원이라면 내가 몸담은 조직 안에서 일을 하지 않기로 유명한 몇몇 공무원들을 떠올려보라. 너무나 유명해서 모든 조직원이 그 이름 석 자는 당연히 다 알고 있을 것이다. 그런데 일을 잘하는 공무원이나 맡은 바 일을 충실히 하는 공무원을 떠올려보라. 내가 떠올린 공무원이 다가 아닐 것이다.

　오래전 내가 있었던 면사무소에서는 불행하게도 그러데이션의 진한 부분에 속하는 공무원이 많았고 특히나 내 주변에 많았었다. 이런 일을 나만 겪었겠는가. 지금도 전국의 수많은 공무원 조직에서 셀 수도 없이 많은 경우가 아니겠는가. 다행스러운 것은 그들이 일을 하든 하지 않든 조직은 유지되고 그 세계는 어떻게든 삐그덕거리며 굴러간다는 것이다. 내가 하는 일이 나만을 위한 일이 아닌 것이 공무원의 특징이기에 이 세계가 흘러가고 있다는 사실이 정말 다행스럽고 작게는 주민에게 크게는 국민에게 도움을 주면서 대한민국이라는 나라가 어쨌거나 버티고 있는 것이다.

▶ 정치적인 공무원

작년 수능 때의 모습이다. 거리엔 수험생을 응원한다는 온갖 현수막에 걸려 있었다. 현수막에는 한 가지 특징이 있는데 모두 응원하는 사람의 얼굴과 이름이 있었다. 그리고 선명한 색깔을 입혔다. "수험생 여러분을 응원합니다." 굳이 응원 안 해도 제 인생에서 가장 중요한 시험을 치르는 고3이 당연히 최선을 다할 텐데도 말이다. 모두 나름대로 그 지역의 유지라고 자부하는 사람들이었다. 현재 지방 의회의 정치인이거나 향후 의회나 지방 정부에 나가기 위해 이름 석 자와 얼굴을 알리는 절호의 기회이자 자연스러운 기회로 본 것이다. 명절을 앞두고는 한 달 전부터 거리엔 현수막으로 도배가 된다. 어떨 땐 횡단보도에 길을 건너려는 사람이 현수막에 좌우 시야가 가려져 다가오는 자동차가 보이지 않는 위험한 상황도 일어난다. 너무 많은 현수막을 볼 때마다 저것은 선거 기간에 해당하지 않지만, 분명히 선거에 영향을 미치는 행위였다. 지정 게시대가 아닌 곳에 게시하는 것은 〈옥외광고물관리법〉에 위반되는 행위로 과태료가 있다. 생각해보자. 지방 의회의 의원이나 지방자치단체의 장이 되기 위해 자신의 이름을 알리지만 이들은 법을 만들고 집행하는 사람들이다. 그런데 이런 사람들이 가장 기본적인 위법 행위를 저지르고 그런 시기마다 공무원들은 이런 현수막을 떼어내기 위해 골머리를 앓고 있다. 또 현수막을 게시한 정치인이 자진하여 현수막을 제거하는 경우는 거의 없다고 본다. 현수막에 게시된 정치인의 얼굴은 다음 선거에서 당선되어 내가 일하는 시청, 구청에서 장(長)이나 의원으로 만나게 된다. 뭔가 잘못되어도 많이 잘못된 것이다.

아파트 분양 광고, 누구누구의 가게 오픈 홍보 현수막은 부리나케 제거되는데 저런 현수막은 왜 수능이 끝나도 그대로 명절이 끝나도 그대로일까?

헌법 제7조2항 "공무원의 신분과 정치적 중립성은 법률이 정하는 바에 의하여 보장된다."라고 명시되어 있고 그 법률은 〈국가공무원법〉 65조와 〈지방공무원법〉 57조에 따라 공무원의 정치 활동을 금지하고 있다. 그렇다. 공무원은 정치 활동을 할 수 없다. 그러나 사실 공무원들은 만나면 정치적인 얘기다. 사오십 대 남자들의 공통적인 화두가 정치 이야기인데 공무원 사오십 대도 똑같은 정치적인 가십거리를 대화의 화두로 삼는 중년일 뿐이다. 그러나 이런 일상적인 얘기를 하려는 것이 아니라 사실 정치적인 이야기는 공무원 자신의 일신상과 관계되어 있다.

지방자치단체에서 중년의 사오십 대 공무원은 대부분 계장, 팀장, 과장이다. 계장과 팀장은 과장의 승진을 앞두고 있고 과장은 국장의 승진을 앞두고 있다. 과장과 국장은 5급과 4급이다. 5급 이상은 인사의 성격이 정치적인 문제와도 얽혀 있다. 그렇기에 당연히 간부 공무원의 화두가 된다. 누구 지방 정치인의 백(?)이 더 센가? 그 간부와 같은 고향인가? 그 시장과 같은 고등학교 선후배인가? 그 의원과 같은 교회를 다니는가? 그 구청장과 같은 동호회인가? 같은 관변 단체인가? 정말 수도 없는 연결고리를 통해 미래의 승진과 향후에 맡을 업무, 보직에 직간접적인 영향을 받는다고 봐야 한다.

헌법과 법률은 공무원의 정치적인 활동을 금지하지만, 공무원은 태생적으로 정치와 연관된 존재들이다. 한때는 정치적 행위를 하지 말라고 하는데 왜 투표는 하라는 것일까 했던 적이 있다. 투표 행위 자체는 정치적인 행위가 아닌가? 선택이라는 행위가 정치적인 것이라면 투표라는 비밀의 선택은 정치적인 행위가 아닌 것인가?

다시 현수막 이야기를 하자면, 이번 선거에 출마하는 사람이 나와 친분이 있는 고등학교 선배라면 혹은 나와 같은 고향 출신의 형님이어서 나의 승진에 힘을 쏟아준 분이었다면, 내가 아무리 현수막을 제거해야 하는 공무원이지만 신고도 없는 거리에 스스로 순찰을 돌아가며 제거하거나 제거를 지시할 수 있을까? 공무원도 사심이 존재하고 내가 마음에 들어 하는 후보가 당선되길 바랄 것이다. 그러나 그것을 표현하게 되면 위법이 되니 마음속으로만 바람을 가지는 것이다. 새로운 기초자치단체장이 되기 위해 출마한 후보가 복지에 많은 공약을 내세우며 세수(稅收)를 역점적으로 주장하는 정치인이어서 그가 당선된다면 복지직 담당 공무원의 업무는 증가할 것이고 세무직 공무원의 징수 업무가 더욱 증가하는 것은 당연하다. 팔은 안으로 굽는 것은 자연스럽다. 내 업무가 과중될 게 뻔한 미래가 그려진다면, 마음속으로 이번 선거는 새로운 정책을 외치는 새로운 시장이 당선되는 것보다, 현재의 시장이 당선되어 연임해주기를 바랄 것이다. 형을 형이라 부르지 못하고 아버지를 아버지라 부르지 못한다고 하였던가. 내가 호감이 있는 정치인이 지자체장이 되어주길 바라지만 그 이름을 부르는 순간 난 선거법 위반으로 공무원을 그만두게 될 수도 있다. 정치와 떼려야 뗄 수 없는 공무원의 운명 같은 침묵은 조직을 떠난 뒤에야 자유로워질 수 있다.

▶ 코로나 공무원

2019년 연말부터 시작된 코로나는 공무원에게 큰 업무적 충격을 주었다. 처음 코로나 확진자와 관련된 자가격리 대상자의 명단을 받았을 땐 많이 놀랐었다. 너무 많은 자가격리 대상자가 있었을 뿐 아니라 그들에 대한 정보를 체계적으로 관리하는 프로그램이 별도로 존재했던 것이 아니라 엑셀 안에 모두 수기로 입력되어 있었다. 그 많은 정보를 일일이 손으로 담당자들이 입력했을 걸 생각하니 끔찍할 지경이었다. 난 확진자와 접촉된 자가격리자에 대해 통지서를 주고 지방 정부가 제공하는 물품을 주고 그들의 동선을 확인하는 등 주로 단순한 업무였다. 본 업무 외에 추가로 주어진 업무였지만 부담되지는 않았다.

그러나 코로나 대처와 직접적으로 관련된 부서의 직원은 어마어마한 업무량에 직면했다. 천재지변에 가까운 돌발 재난 상황이라 행정적인 준비가 되어 있지 않았다. 주변의 선배 공무원은 1년 가까운 세월 동안 평일에 6시간 이상 잠을 잔 적이 없다고 했다. 주말이라고 편한 날은 아니었고 마스크 대란 사태, 긴박한 확진자 수 증가에 따라 주말도 출근하여 사무실에서 살다시피 하였다. 지금은 코로나가 점점 일상의 일부분이 되어 천 명의 확진자가 나와도 대수롭지 않게 생각될 수 있으나, 대구의 신천지와 같이 코로나가 본격적으로 시작된 2020년의 봄에는 전 국민이 공포감을 느낄 정도였다. 그런 공포감을 느끼는 국민을 대하며 코로나와 싸워야 했던 담당자들을 생각하면 정말 대단한 일이었다. 그리고 지금도 표시 나지 않지만, 그러데이션의 연한 부분에서 수많은 공무원이 고군분투하고 있다.

코로나는 일상생활 자체를 변화시켜 놓았다. 기초자치단체의 축제나 행사는 대부분 취소되었다. 박물관, 수영장, 청소년 회관, 노인 회관 등 모든 공공시설, 문화·체육 시설이 폐쇄되었다. 개방을 진행하다가 다시 잠정 폐쇄되기도 하였다. 대부분의 공적인 모임은 비대면이 주류였고 사적인 모임도 자제되었다. 공무원들의 사생활에도 변화가 있었다. 퇴근 후에 맥주를 마신다거나 부서의 회식은 거의 없어졌다. 전날 다른 부서의 직원과 소소한 술자리를 가진 후 다음날 출근했더니 '어느 부서의 누구네 가족 중에 확진자가 나왔다.'라는 소리가 들리면 가슴이 덜컥했다. 여름 휴가 기간을 앞두고는 타 지역 여행도 자제하라는 공문이 내려오기도 했다. 사회적 거리 두기의 정부 정책을 지방의 공무원일지라도 당연히 지켜야 했기에 공무원 스스로의 행동에 많은 제약이 따랐다. 그런 시기에 국장급 간부가 모임이 가능한 인원을 초과하여 술판을 벌였다는 소식이 지역 뉴스를 타고 나오기도 했다. 공공시설 이용을 자제하라는 지침을 어긴 지방 의회 의원이 확진자가 된 경우도 있었다. 공무원은 공적인 일을 하는 사람이기에 코로나와 관련된 모든 지침에 더욱 민감하게 반응할 수밖에 없었다. 일반인보다 더욱 갑갑할 수 있지만 내가 확진자가 된다면 조직 전체에 영향을 미치고 그것은 곧 국민에게 피해가 돌아갈 수 있기 때문이다.

이제는 코로나 이전의 삶이 기억이 나지 않을 정도이다. 일상의 소소한 행복을 못 느낄 정도로 코로나와 함께한 시간이 점점 길어지고 있다. 그 속에서 코로나가 일깨워준 중요한 사실이 하나 있다. 나의 행위는 사회 전체와 연관되어 있다는 사실이다. 내가 저지른 행위가 나의 불행으로만 그치지 않는다는 사실. 나의 조심스럽지 못한 실수로 인해 아이들이 맘껏 학교를 다니며 뛰어놀 수도 없다. 온 가족이 집안에 갇혀 외출을 삼가고 조용히 살아가는 일상이 되풀이된다. 사회적 룰을 정하고 그 룰을 철저히 지켜가는 사람이 있는 반면에, 그 룰을 깨고 돌출된 나의 행동으로 발생한 문제가 사회 전체에 영향을 미치게 된다는 것이다. 숨 쉬는 것은 자연 상태에서 인간이 살아가기 위한 당연한 권리에 속한다. 밖으로 나다니며 맘껏 활동하며 살아가는 것도 본래 인간이 누려야 할 근원적인 자유다.

영국의 철학자 토마스 홉스는 이런 자연 상태의 권리 포기는 사회 계약을 통해야만 한다고 한다. 구성원의 근원적 자유를 포기하는 사회적 합의를 이루었으나 그 합의가 무시되었을 때 닥쳐오는 피해는 사회전체에 영향을 미친다. 코로나와 오랜 싸움은 코로나19라는 감염병 자체에도 있지만, 닥쳐온 위기에 대처하기 위해 스스로 정해놓은 사회적 계약을 깨뜨리는 개인과 집단으로부터 사회 전체가 입은 피해를 줄여나가기 위한 과정이기도 하였다. 공무원은 그 피해를 최소화하기 위한 존재들인 것이다. 우린 'IMF 세대'라는 말을 한다. 국가적 어려움이 닥쳤을 때 동시대를 살았던 세대나 사람을 가리킨다. 먼 훗날 코로나가 없어지고 '코로나 세대'라는 과거형의 말이 나왔으면 좋겠다. 그리고 그 극복 과정에서 지금 고생하는 대한민국의 모든 공무원에게 힘을 내시라고 말하고 싶다.

▶ 공무원의 적(敵)은 공무원

코로나로 인해 4인 이상의 모임이 금지된 적이 있다. 밤 10시 이후 야간 시간 여러 명이 모여 음주할 경우 코로나의 확산이 염려된다고 하여 정부에서 금지했던 것이다. 그날 난 당직을 서고 있었다. 자정이 넘어 1시 30분쯤 당직실로 걸려온 전화는 지금 어느 편의점 앞 테이블에서 5명도 아니고 15명이 모여 고성을 지르며 음주를 하고 있으니, 지금 당장 조치를 해달라는 것이었다. 그리고 전화를 끊은 뒤 새벽 3시 30분까지 혼자 근무(1시부터 4시까지 교대로 수면하는 당직 근무 패턴)를 해야 했기에 이 상황을 어떻게 할까 잠시 고민하던 차에 또다시 같은 전화가 울렸다. 좀전의 같은 내용으로 다른 사람이 전화한 것이었다. 상황이 좋지 않아서 현장을 가야 할 것 같았다. 그러나 자는 직원을 깨워 당직실에 근무를 세우고 내가 현장을 가야겠지만 안타깝게도 관용차가 마련되어 있지 않았다. 하필이면 그날따라 야간에 보건소의 근무자조차 연락이 닿지 않았다. 할 수 없이 관할 지구대에 협조를 구하는 요청 전화를 했다. 젊은 경찰이 바로 받았다. "수고하십니다. ○○ 시청 당직실 직원인데요, 관할 지구대 근방 편의점에 코로나 관련으로 모임 인원을 위반한 사항이 접수되었습니다. 접수받은 제가 가야 하지만 지금 관용차가 없어 즉시 출동이 어려운데 혹시 협조를 부탁드려도 되겠습니까?"라고 물으니 젊은 경찰은 곧바로 "아~ 알겠습니다. 한번 가보도록 하겠습니다."라고 하였다. 마음속으로 다행이라고 생각하며 젊은 경찰관에게 고마움이 느껴졌었다. 문제는 그때부터 시작되었다.

현장에서 적절한 조치(주의, 경고 혹은 과태료 상황 등)를 취해주었을 것으로 믿었는데, 잠시 뒤에 같은 지구대에 다른 경찰관에게서 전화를 받았다. 젊은 경찰관과는 많이 다른 걸쭉한 음성에 나이 지긋한 아버지뻘의 소리였다. "거, 전화하신 데 어뎁니까? 접수를 받았으면 그쪽에서 나가야지 와 우리보고 나가라 마라는교, 에? 당신 이름 뭔교? 직급이 어에 되는교?" 이후로 난 약 3분 이상 따지는 듯한 설교와 윽박같은 훈계 아닌 훈계를 듣게 되었다. "앞으로 그쪽 기관에서 담당자가 현장에 나와서 지구대에 공식으로 단속 협조를 요청해야 우리도 나갈 수 있으니까~(생략)" 난 "네, 네."라고 대답하고 전화를 끊은 뒤 한동안 어안이 벙벙했다. 그리고 잠시 후에 점차 기분이 나빠지기 시작했다.

사실은 당시 매뉴얼은 행정청에서 감시와 감독 및 단속을 하는 것이 맞았다. 경찰 기관에 요청하는 경우는 특별한 경우가 아니고는 잘 없는 일이었다. 그러나 그 당시 코로나 확진자가 폭발적으로 증가하였고 사회적 거리 두기 정책에 온 나라가 중점을 두던 시기였다. 기관 간에 협조가 잘 안되는 것은 오래전부터 겪어왔던 일이라 대수롭지 않게 생각하며 살았지만, 저 날의 일은 상당히 기분 나쁘게 오래갔었다. 돌이켜 보면 다른 기관에 협조 요청을 하는 경우가 많지만 저런 경우처럼 대개가 비우호적인 결말이 많았다. 그리고 그때마다 난 '같은 공무원인데 왜 저럴까?'라기보다는 포기 섞인 심정으로 '현실이 그렇구나.'라고 생각하였다.

외부 기관보다는 덜 하지만 내부 기관에서도 상호 간에 협조적이지 못한 경우가 많다. 같은 기관의 다른 부서에 협조를 구했다가 안 좋은 소리를 듣게 되는 경우도 많고, 심지어 같은 사무실 직원에게조차 공무상의 협조를 구했다가 '팽'당하는 일도 생긴다. '왜 이렇게 삭막하게들 살까?'라는 생각이 들지만, 협조를 요청받는 쪽에서는 한번 들어주면 다음에도 그러한 일이 되풀이되는 것을 염려하는 마음도 있을 것이다. 또한, 내가 지금 처리해야 할 업무도 많은데 직접적 관련이 없는 다른 부서, 다른 기관의 부탁을 들어주게 되어 나의 업무가 늘어나는 것도 탐탁지 않은 것이다. 과거 하천에 버려진 잡다한 쓰레기를 치워달라는 민원 전화가 걸려온 적이 있었다. 당시 팀장은 그건 하천 쪽에 버려져 있으니 건설과에 연락해서 하천 담당자에게 넘기라고 하였다. 그러나 그 전화를 받은 건설과 담당 팀장은 그럼 공원에 버려진 쓰레기는 공원녹지과가 해야 하고 우사에 버려진 쓰레기는 축산진흥과에서 해야 하는 거라고 되받아쳤다. '하천에 있는 쓰레기는 환경과 담당인가 건설과 담당인가?'라는 문제로 시끄러웠던 적이 기억에 남아 있다. 한 예가 생각이 나서 적었지만 정말 수도 없는 교집합과 같은 일로 인해 업무 분량의 기 싸움, 핑퐁 게임은 지금도 전국에서 되풀이되고 있다.

할거주의(Sectionalism)라는 말이 있다. 내가 속한 기관, 부서만을 따르며 타 부처, 타 부서는 배려하지 않는 배타적인 관료제를 이르는 말이다. 경영에서는 사일로 현상이라고 부른다. 정부는 한 번씩 부처 이기주의를 극복하고 당면한 문제의 해결을 위해 기관 간 유기적 협력을 강조할 때가 있다. 그러나 실상은 공염불에 불과하다. 그 기관의 최고 권력자나 기관을 아우르는 상위 권력자의 지시가 아니면 대부분은 부처 이기주의를 타파하지 못한다. 소위 '뭐하러 남 좋은 일 시키나?'라는 논리가 짙게 배어 있다.

이에 반해 좋은 기억도 있었다. 몇 년 전, 서울 서대문구청의 가족관계등록 부서에 협조 요청을 한 적이 있었다. 서대문구청의 가족관계등록 부서라고 정확히 기억하는 것은 당시에 담당자가 워낙 친절하여 '가뭄에 콩 나듯 만나는 귀한(?) 공무원이다.'라는 인상 때문에 잊지 못하였다. 민원인 자신이 직접 서대문구청으로 가서 신청서를 넣고 처리해야 하는 일이었으나 지방에 머물고 있어 어려운 상황이었다. 방법이 없겠냐며 사정하는 민원인의 말에 '기대는 하지 마시라.' 하고 난 서대문구청에 전화하였다. 서대문구청은 사연을 듣더니 곧바로 방안을 얘기하며 법에 위반되지 않는 범위 안에서 약간의 융통성을 발휘하여 흔쾌히 방안을 얘기해주었다.

　난 그 방안에 대해 같은 담당자로서 알고 있는 사실이어서 놀랍거나 새로운 건 아니었다. 다만 해줄 수 있느냐 없느냐를 내가 아닌 다른 기관에서 결정할 사안이라 민원인에게 '기대는 하지 마시라.' 한 것이었다. 뜻밖의 적극적 협조로 며칠이 걸려야 할 일을 다음 날 해결하게 된 민원인은 나를 찾아와 연신 고맙다며 박카스 한 통을 돌려줄 시간도 없이 냅다 던지고 도망치듯 가버렸다. 소위 미담이라면 미담이랄까. 훈훈한 얘기가 된 건 결국, 서대문구청의 천사 담당자 덕분이었다.

▶ 세상은 넓고 꼰대 공무원은 많다

꼰대는 꼭 나이 많은 사람인가? MZ 세대에는 꼰대가 없는가? 나는 꼰대인가? 내 옆자리 직원은 꼰대인가? 행정안전부가 펴낸 〈90년생 공무원이 왔다〉를 보면 '우리 조직에 꼰대가 있다.'라고 답한 사람은 100명 중 89명이었다. 그 많은 숫자가 꼰대라고 본다면 꼰대를 나의 상사나 나보다 직급이 높은 사람으로 한정해서는 저 숫자가 나올 수가 없었다. 분명 꼰대는 늙은 꼰대, 젊은 꼰대, 동료 꼰대, 후배 꼰대가 다 있다는 말이다.

사실 이 글을 쓰는 나도 꼰대일 수 있다. 아니, 거의 꼰대적 기질이 있다고 본다. 자신이 꼰대가 아니라고 하는 순간 꼰대에 속한다는 젊은 여직원의 말을 듣고 '내가 꼰대인가.' 하고 의심하기 시작했다. 회사를 다니며 꼰대는 어디에나 있다고 생각하며 살아왔지만, 내가 꼰대인지 아닌지를 심각하게 고민해본 적은 없었다. 그래서 언젠가 난 내가 꼰대인지 아닌지를 심층적으로 분석하기로 마음먹었다. 그래서 인터넷에 유행하고 있는 꼰대 테스트를 모두 진행해본 결과, 대체로 레벨1의 초기 꼰대라는 진단(?)을 받았다. 중증이 아니라는 결과에 내심 안도의 숨을 쉬었으나 이건 어디까지나 꼰대 여부를 가리는 일반적이고 자의적인 테스트일 뿐이었다. 회사마다 가진 조직의 특성이 있을 건데 꼰대의 기준을 일률적으로 생각하기에는 무리가 있었다. 변화를 두려워하고 개방성에 인색하며 구태의연한 사고방식이 특별히 문제가 되지 않는 조직이 있다면, 개인의 꼰대 여부를 떠나 조직 자체가 꼰대적 문화에 사로잡혀 있기 때문이다. 개인은 그런 꼰대적 조직에 어쩔 수 없이 맞춰가야 하는 면도 있다. 내가 꼰대 문화를 일부 수용하지 않는다면 어떻게 할 것인가? 지금 조직을 박차고 사직서를 던져야 하는가? 꼰대 문화에 항기를 들고 '제발 좀 고칩시다.' 하고 외칠 텐가? 어쩔 수 없는 꼰대 기질을 개인의 책임으로만 볼 수 없는 이유다.

공무원 조직은 보수적인가? 개방을 두려워하는가? 고지식한 업무 방식을 고수하는가? 대체로 그렇다. 전부가 그렇지는 않지만, 때에 따라 극도의 보수적인 지역과 집단, 부서, 팀이 존재한다. 중앙과 지방을 가리지 않고 본청과 개별 사업소를 가리지 않는다. 같은 조직 안에서도 더하고 덜하기도 한다. 난 나의 팀장에게 들었던 말을 기억한다. "행정이란 건 말이야 가급적 새로운 건 절대 피해야 해. 원래 하던 대로 하는 게 제일 좋은 거야. 그럼 아무 문제가 안 생겨." 나도 공무원 조직이 보수적인 것을 인정하지만 DNA에서부터 나오는 저 말은 오랫동안 기억에 남아 있다. 그 팀장은 요직을 두루 거치며 소위 일 좀 한다는 팀장으로 평판이 난 직원이었다. 변화에 인색한 조직 안에서 내가 변화를 시도한다는 건 정말 어려운 일이다. SSKK[1]대로 하면 아무 문제가 없는 것을 굳이 더 나은 방법이 있다고 제시하는 순간, 별난 놈이 되거나 규정을 준수하지 않는 쓸데없는 패기를 가진 놈으로 인식되기 십상이다. 규제 개혁의 결과물도 규제 안에서의 개혁이다. 규제 자체를 건드리게 되면 공무원 같지 않다는 소리를 듣게 된다. 당연히 규제 개혁의 아이디어를 평가하는 것도 철저한 규제를 준수하는 간부 공무원이 심사하기 때문이다.

죽어도 변하지 않는 사회라고 했던가. 죽어서도 바뀔지 안 바뀔지 모르는 공무원 조직이다. 공무원 조직이 지금까지 바뀌어 온 것에 다행스럽다고 느끼자. 옛날 미래 학자 앨빈 토플러가 한국을 방문했을 당시 삼성전자 변화의 속도가 100km/h라면 대한민국 공무원 조직의 변화 속도는 10km/h라고 얘기했다. 거북이같이 느리지만 어쨌든 변화하고 있고 그 구성원들의 사고방식도 조금씩 변화하고 있다. 세상에서 가장 어려운 일이 있다면 그건 사람의 성격을 바꾸는 것이다. 습관과 패턴 정도만이라도 변화해주는 것에 얼마나 감사한가. 관념과 가치관을 인위적으로 바꾸기 위해서는 큰 깨달음을 얻거나 대단한 마찰을 감수해야 한다.

---

1) '시키면 시키는 대로 까라면 까라는 대로'의 약자

한번 들어오면 퇴직까지도 갈 수 있는 공무원 조직에 오래 있다 보면, 나도 모르는 사이에 사고방식이 공무원 사회의 폐쇄적 성격을 닮아있을 수 있다. 눈만 뜨면 출근하여 만나는 사람도 공무원이고 가족보다도 더 많은 얘기를 나누는 사람도 공무원이다. 9급부터 세뇌되는 공무원 DNA 이식에서 살아남는다는 것 자체가 대단한 일이다. 어차피 사회적 동물일 수밖에 없다면 현실적으로 꼰대 공무원이 되지 않기 위한 노력이 필요하다. 그래서 나도 지금의 꼰대적 기질에 대해 되돌아보고 향후 꼰대화(?)를 차단하기 위해 몇 가지 의식적인 목표를 정해보았다.

첫째, 리스너가 되자. 많은 말을 하기보다는 상대방이 하는 말을 들어보자. 소통의 첫 출발점은 상대방이 진정으로 원하는 것이 무엇인지를 정확히 인식하는 데서부터 출발한다. 과거 대학교 때 들었던 교양과목 중에 '의사소통 기술'이라는 과목이 있었다. 그 과목을 수강해서 기억에 남아 있는 것은 말뿐만 아니라, 말 이외의 것도 의사소통의 기술에 포함된다는 것이다. 표정, 손짓, 억양, 호흡, 소리의 크기, 말의 시간까지 포함된다고 들었다. 그 모든 것이 의사소통을 위한 기본이었다. 리스너가 된다는 것은 말의 내용을 듣는 것도 중요하지만 상대방이 전하려는 말 이외의 행태에서도 리스너가 되어야 한다는 말이다.

난 사업 부서에 근무할 때 격양된 목소리의 민원 전화가 많은 업무를 했던 적이 있다. 어떨 땐 그 격양된 목소리는 차분히 대응하면 쉽게 풀렸던 적이 많았다. 우리는 '페이스가 말린다.'라고 표현하는데, 민원인의 페이스에 휘둘리게 되면 나의 감정도 롤러코스터를 타곤 했다. 그럴 땐 전화 한 통을 하고 나면 하루의 에너지를 다 소모한 것 같은 고된 느낌이 들었다. 차분한 대응은 주로 '들어주기'였다. 민원인 중 상당수는 항의하고자 하는 사안 자체에 중심을 두기보다는 자신의 넋두리를 섞거나, 업무와는 관계없는 신세 한탄까지 하는 경우도 많았다. 각박한 세상에 어쩌면 들어주기를 이리 잘해주는 사람은 공무원밖에 없었는지도 모른다.

둘째, 들어준 후에 공감하자. 유명한 프로파일러 권용일 씨는 국민 MC 유재석을 평가할 때 공감 능력이 대단히 뛰어난 사람이라고 했다.

공감 능력과 관계된 일화가 있다. 옛날 관내 산불이 발생한 적이 있었다. 밤 8시부터 새벽 2시까지 전 직원을 동원하여 산 중턱에 올라가 잔불을 끄고 내려온 적이 있었다. 남자 직원은 더 늦은 시간까지 투입되었다. 공직생활 중에 인상 깊이 남은 사건이었다.

새벽 3시가 넘어 온몸에 잿가루를 뒤집어쓴 채 내려와 허기진 배를 잡고 근처 24시간 식당에서 국밥을 먹다 국밥 위로 떨어진 재가 있는지도 모르고 먹었던 것이 기억이 난다. 얼굴이 시커멓게 된 것도 모르고 식당의 거울을 보고야 연탄을 배달하고 온 듯한 얼굴을 보고 스스로 처량한 느낌마저 들었다. 산불이 완전히 진화되지 않아 다음날에도 전 직원은 비상 근무를 하였다.

그때 나의 팀장(사무장)은 밤을 새우다시피한 내 모습을 보고 다른 직원이 들리지 않게 조용한 목소리로 피로를 풀고 오라며 사우나 티켓을 줬었다. 큰 배려는 아니었지만, 나의 힘듦을 아무도 몰라주던 사무실 분위기에 당시 팀장은 큰 힘이 되었다. 들어주는 것만으로도 충분했던 나에게 공감의 증거와도 같은 티켓을 보며 이 사람은 공감을 해주는 사람이라는 것을 느꼈다. 세월이 많이 지난 지금 그 팀장님은 돌아가셨다. 그 이후에도 몇 번의 고마운 배려를 받았던 난 고인이 되신 그분을 생각하면 눈물이 난다.

공감(共感)과 이해(理解)는 다르다. 이해는 오래가지 않지만, 공감을 하면 오래도록 기억이 난다. 공감하면 그 사람이 기쁠 때 나도 기쁘고 그 사람이 슬프면 내 마음도 아프다. 꼰대는 이해에 그치고 멘토는 공감을 한다. 공감과 같은 정서적 능력은 사회적 상호 작용 기술로 기본적인 커뮤니케이션 능력이라고 배웠다. 어렵겠지만 공감을 위한 노력이 필요한 것 같다.

셋째, 들어주고 공감이 됐을 때 대화하자. 들었으나 공감이 되지 않은 상태에서 하는 대화는 설교와 강압적 교훈이 될 수 있다는 것은 알고 있다. 대개 꼰대는 설교와 교훈을 일삼는다. 조직원들에 대한 개개인의 세심한 이해가 없는 상태에서 하는 대화는 그저 허무맹랑한 외침밖에 되지 않는다. 그 외침을 들은 개인은 꼰대질로 받아들인다. 그리고 조직은 상명하복의 관계로 전이된다. '오늘도 라떼를 들이키는구나.', '아침부터 곤조구나.', '시키는 대로 해주지, 뭐.' 상명하복이 나쁜 것만은 아니다. 그러나 수많은 경영자가 얘기했듯 조직의 잠재력을 떨어뜨리는 것이 수직적 상명하복이다. 개개인은 그런 조직을 위해서 능력을 발휘하지 않는다. 조직원은 어떤 문제가 발생하면 멀리서 지켜보며 적극적으로 의견을 내거나 해결 과정에 참여하지 않는다. 왜냐면 꼰대가 답은 정해놨기 때문이다. '답정너'라고 생각하는 상급자에게 조직을 위한 혁신적인 의견이 있더라도 아무도 제시하려 하지 않을 것이다.

옛날 나의 기관장은 아침에 직원들 간의 티타임을 의무적으로 가지도록 했다. 그렇게라도 상호 간의 대화를 유도하기 위해서였으나 몇 번의 티타임 후 흐지부지되고 말았다. 날씨 얘기 몇 번 하고 나니 더는 할 말이 없었다. 사무실 곳곳에 포진한 꼰대를 피해 몇몇 직원은 퇴근 후 끼리끼리 모여 진솔한 대화를 나누며 맥주를 마셨다. 동장 얘기, 과장 얘기, 팀장 얘기를 밤늦게까지 해도 지칠 줄 몰랐다. 난 공무원 사회의 온갖 정보와 수많은 비하인드 스토리는 모두 그때 다 들었다.

죽기 전 가장 많이 하는 후회 중 하나가 **자신의 감정을 주위에 솔직하게 표현하며 살지 못한 것**이라고 한다. 내 감정을 남에게 오픈한다는 것이 굉장히 두렵고 자존심이 상하는 것일 수도 있다. 그만큼 우리는 감정을 숨기는 것에 익숙하고 드러내는 데 낯설기 때문이다. 더군다나 직장에서 내 감정을 오픈한다니. 그러나 우리는 지극히 건전한 정신과 정상적인 감정을 공유할 수 있는 대한민국 공무원이다. 미안하다고 누가 먼저 말해주었을 때 듣는 사람도 눈이 녹듯 마음도 따스해진다. 내가 먼저 감정을 비춰주었을 때 배려해주지 않을 공무원은 없다(있다면 특단의 조치가 필요함). 지금 내 이미지가 꼰대로 굳어 있다면 나를 꼰대로 여기고 있을 누군가에게 따뜻한 차 한잔 건네는 것으로 시작해보자. 물론 어렵겠지만. 연애할 때 쓰는 말이 있다.

"다 그렇게 시작하는 거 아니겠어!"

▶ Too much loyalty will kill you

프레디 머큐리의 〈Too much love will kill you〉를 무한 반복으로 많이도 들었다. 지금도 이 글을 쓰면서 또 듣고 있다. 과하면 안 좋다고 했던가. 너무 많은 사랑은 널 괴롭게 할 거야. 저기서 love를 빼고 loyalty를 집어넣으니 공무원 세계 같았다.

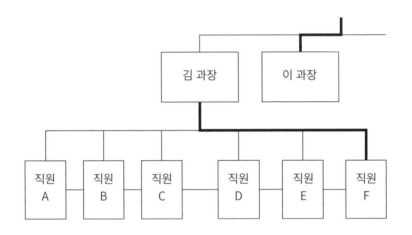

여기 그림은 같은 부서의 직원을 가상으로 그렸다. 김 과장은 평소 꼰대적 기질이 다분하여 직원들이 적당한 거리를 두고 싶어 하는 과장이었다. 그런데 유독 F 직원은 그런 김 과장의 불편한 업무 지시를 아무런 불평 없이 수행하고 싫어하는 기색 없이 곧잘 처리하였다. 점심 메뉴 중에 무엇을 좋아하는지 살피고 어제 음주하셨다는 정보를 알고 잘하는 복어 식당까지 모셔가곤 했다. 이중 주차된 김 과장의 차를 빼달라는 전화를 대신 받아 자신이 키를 들고 발레파킹까지 하고 왔다.

과도한 의전에다가 업무와 무관한 심부름까지 하는 것을 본 직원들은 너무 과하다는 의견이었지만 직원 F는 피곤할 텐데도 마치 제 할 일인 듯 꺼리지 않고 수발을 들었다. 특히 술을 좋아하는 김 과장과 퇴근 후 술 동무가 되어주며 보낸 시간은 가족과 보낸 시간보다 많을 정도였다. 시간이 흐르자 직원들 사이에선 F 직원이 이번 승진 심사에서 부서 내 첫 번째 순위를 따기 위해 눈도장을 받으려는 것이라는 소문이 돌았다. F 직원은 같은 동기들과 비교해 승진이 늦은 것도 아니고 빠른 것도 아니었지만 이번 승진을 위해 단단히 맘을 먹은 것 같았다.

그렇게 일 년 이상을 고생하였다. 다행히도 F 직원은 정기 인사를 코앞에 둔 시기에 부서 평정에서 1순위를 받게 되었다. 그러나 이듬해 1월 1일자 정기 인사의 뚜껑을 열었더니 결과는 달랐다. 자신을 위해 힘을 써주었던 김 과장의 노력이 있었지만, 같은 국(局)에 있는 이 과장의 부서에서 승진하는 직원이 나왔다. 한껏 기대에 부풀었던 F 직원은 낙심하였고, 직원들 사이에선 F 직원이 썩은 동아줄을 잡았다고 수군대기 시작했다. 사실 김 과장은 과장들 간에서도 소위 라인을 잘못 탄 간부였다.

시장과 이 과장은 같은 고등학교 선후배 사이로 백으로 치자면 김 과장은 이 과장에 비해 힘이 부족했다. 더군다나 이 과장은 최근 주민들과 갈등 문제를 원만히 해결하는 등 업무 능력에서도 탁월하다는 평가까지 듣고 있었다. 기대가 크면 실망도 크다고 했던가. F 직원은 다른 직원들의 위로에도 연가를 내고 심신을 달래기로 했다.

가상의 그림으로 허구를 섞어가며 얘기했지만 사실 공무원 조직에서 일어나고 있는 일이다. 지금 내가 하는 충성과 성실이 승진이란 보상으로 돌아오면 얼마나 좋겠는가. 상급자에 대한 충성이 나쁜 것은 아니나 그것이 과했을 경우 생겨나는 심신의 피곤함은 이루 말할 수 없다. 심신의 피곤함 뿐이겠는가. 퇴근 후 내 삶을 살고 싶고 휴일에는 여행도 가고 싶고 틈새 시간을 이용해서 취미도 하고 싶었을 것이다. 무엇보다 가족과 함께 보내지 못한 시간이 얼마나 아까웠겠는가.

우리는 공무원 조직에 대한 충성이 나의 자아실현을 해줄 거라는 착각을 하고 있다. 우리나라 공무원 조직은 수직적 계층제를 이루고 있다. 수직적 계층 조직은 조직 구성원들에게 일체감과 강력한 소속감을 준다. 이에 반해 참여의 기회는 적은 것이 우리나라 공무원 조직의 특성이다.

나 역시 일체감과 강력한 소속감이 나의 자아실현을 해줄 것이라고 믿고 있었던 적이 있었다. 하나의 계획이 순조롭게 끝나거나 업무 과제가 마무리된 후 과장의 칭찬을 듣고 주변 동료에게 인정을 받으며 저녁에 시원한 맥주 한 잔을 들이켜면 뭔가 살아 있는 듯한 기분이 든 적이 있었다. 그 느낌은 약간의 마약성이 깃든 뽕(?) 같았다. 난 어릴 적 대마초나 환각제를 방언으로 주변에서 뽕이라고 불렀었던 걸 기억한다. 그래서 우린 '뽕한 느낌'이라는 속어를 자주 썼었다. 어느 날 어떤 이유에서인지는 모르겠으나 공무원 조직에 대한 충성이 '뽕한 느낌'일지도 모른다는 생각이 계속 들기 시작했다. 충성으로 정성을 쏟았던 조직의 보상이 나의 진정한 자아실현이 아니었다는 것을 깨달을 때가 있다. 노력에 비해 적은 보상, 개인의 생활을 존중하지 않는 조직, 의견이 반영되지 않는 문화 등등의 모습에서 점점 나의 진정한 삶과는 관계가 없다는 각성에 다다르는 것이다. 항간에 자주 들려오는 '하마터면 열심히 일할 뻔했다.'라는 구절이 상기된다.

면사무소에 업무를 볼 적에 난 2시간 동안 민원인에게 과도한 요구와 높은 언성으로 마찰이 빚어졌으나 나의 팀장은 담당 업무임에도 아무런 조치를 취하지 않았다. 어떤 때는 여자 직원이 대민 창구에서 공포스러운 경험을 하거나 윽박지르는 민원을 대하고 있음에도 남자 팀장이 나서지 않는 경우도 있었다. 오히려 파티션 밑으로 민원인이 안 보이게 거북이 머리처럼 쏙 숨어버리는 장면까지 보았다. 안 좋았던 경우가 생각이 나지만 대체로 조직과 간부는 당신을 지켜주지 않는다. 지난 업무에 관한 감사 결과가 부적절하게 나왔음에도 그 당시 나의 간부였던 사람이 발뺌한다거나, 담당 직원이 겪게 될 업무의 어려움이 뻔하게 보이는데도 자신과 부서의 실적을 위해 무리하게 업무를 추진하는 경우도 있다.

여느 날과 똑같이 출근하여 업무를 보고 있었다. 민원 창구에서 낯이 익은 사람이 찾아와 증명서를 발급하고 있었다. 가까이 가서 보니 옛날 내가 모셨던 과장이었다. 퇴직 후 내가 일하는 관할 동네에 전입하러 오셨다고 했다. 새로 지은 전원주택으로 이사를 오게 되었다고 한다. 반가운 마음에 잠시 커피를 마시며 이런저런 대화를 나누었다. 그때 그 과장은 나에게 이런 말을 했다.

"니, 열심히 일하지 마래이. 다친데이. 누구한테도 충성하지 말고. 공무원 조직 그거 별거 없데이. 퇴직하면 다 허무한 기라. 공무원 하고 있을 때 돈이나 벌 궁리나 좀 하고. 언제 밥 한 끼 하자. 내가 밥 사께."

그 과장은 현직에 있을 때 중요 부서를 두루 거치며 평판이 좋은 과장이었다. 약간의 재산 축적에도 신경을 쓴 터라 밥을 산다고 하는 말에서 여유로움도 느껴졌다. 이후에도 내가 반갑던지 자주 찾아와 살아가는 얘기를 들려주셨다. 살아가면서 두고두고 잊히지 않는 이야기나 구절이 있을 것이다. 나에게 저 말은 두고두고 기억에 남아 있다.

▶ 기본이 안 된 공무원

2021년 이후 한국과 세계 기업들의 최고 화두는 단연 ESG다. ESG는 기업이 얼마나 돈을 잘 버느냐를 보는 것이 아니고 어떻게 돈을 벌고 쓰는지를 평가하겠다는 비재무적 지표다. 한마디로 양보다 질을 본다는 소리다. 환경(Environmental), 사회(Social), 지배 구조(Governance)의 앞글자를 따서 만들었다. ESG가 주목될 수밖에 없는 이유는 기후 변화와 같은 절박한 미래가 당도해 있기 때문이다. ESG에 투자하는 기업과 하지 않는 기업에 대해 국제 자본의 투자 대상이 될 수도 있고 안 될 수도 있기에 기업들은 여기에 많은 관심을 쏟고 있다.

남극의 빙하는 1990년대에 비해 앞으로 5배는 빠른 속도로 유실될 것이라고 영국의 극지관측연구소가 예측하였다. 지구 전체 물에 1.76%는 빙하로 되어 있는데 이게 녹으면 해수면은 상승한다. 남극의 서쪽에는 우리나라보다 1.5배 큰 트웨이츠라는 유명한 빙하가 있다. 해수에 많이 잠겨 있다 보니 바다의 수온에 민감하게 영향을 받고 지금과 같은 속도로 녹게 된다면 지구 해수면은 3m가 상승한다고 한다. 몰디브 가서 모히토 먹을 날이 향후 몇 년 안에 없어질 수도 있다.

공무원 얘기하는데 웬 기후 이야기? 그렇지 않다. 공무원은 공적인 업무를 하는 사람이다. 저탄소 생활 수칙을 가장 앞에서 실천해야 하는 사람들이다. 환경 관련 정책을 만들고 추진하는 환경 부서에 공무원뿐만 아니라 모든 공무원은 일반인들보다 더욱 환경 보호 의식을 투철하게 가져야 한다.

21년 여름은 참 무난히도 더웠다. 코로나까지 겹쳐져 점심시간이면 사무실로 배달을 시키는 경우가 많았다. 배달된 음식은 전부 일회용 식기에 담겨 왔었다. 난 일회용 용기를 무척이나 싫어하지만, 직원들과 같이 먹기 때문에 피할 수 없는 경우에는 함께 배달시켜 먹었다. 식사후 남겨진 일회용 식기는 분리수거를 하지 않은 채 모조리 흰 봉투에 욱여넣고 발로 밟아 부피를 줄인 뒤 쓰레기통으로 직행했다. 그리고 간혹 점심 후 먹었던 아메리카노는 당연히 일회용 용기에 나왔고 그 역시 아무렇지도 않게 일반쓰레기통에 넣었다. 난 분리수거함을 찾았지만, 주변에 없어 분리수거함이 발견될 때까지 빈 용기를 계속 손에 들고 다녔다. 그게 답답했던지 옆에 직원이 그걸 빼앗아 그냥 쓰레기통에 넣어버렸다.

이런 비슷한 장면은 내가 처음 공직생활을 시작한 2007년 이후로 나아진 것이 없었고 오히려 더욱 나빠졌다. 있던 분리수거함마저 없어진 경우도 있었고 환경과 직원조차 분리수거를 하지 않았다. 전국의 거의 모든 지자체가 쓰레기 관련 문제들로 골머리를 앓고 있지만, 그 지자체의 공무원들조차도 거리낌 없이 일회용품을 습관적으로 쓰는 모습을 보면 절망감마저 든다.

"분리수거 한다고 지구가 좋아져?"라고 묻는다. 그럼 이렇게 되묻는다. "IMF 금 모으기 하면 나라가 좋아져?", "야! 저건 지구고 이건 우리나라잖아." 이런 식으로 친구와 갑론을박을 하다가 자녀 이야기가 나오면 두 손 들고 항복한다. "여덟 살짜리 네 딸하고 배달시켜 먹고 딸이 보는 앞에서 흰 봉투에 음식물 찌꺼기 묻어 있는 일회용 그릇 욱여넣을 거냐!"

배달을 시키면 남은 일회용 플라스틱도 함께 설거지를 한다. 그런 플라스틱도 내가 버리는 것이라고 생각해서 혼자 있을 땐 배달을 시켜 먹지 않는다. 불편함을 감수하더라도 집에 있는 음식을 어떻게든 모두 요리하여 먹는 쪽에 가깝다. 버리는 음식물도 아깝게 느껴졌고 건강도 생각했다. 나도 종이컵을 쓴다. 머그잔을 씻기가 귀찮아 종이컵을 쓰지만 쓸 때마다 북극곰이 디딜 얼음 면적이 줄어드는 영상이 생각난다.

환경부는 전국의 커피 매장 등에서 연간 28억 개의 일회용 컵이 사용된다고 한다. 텀블러는 항상 지니고 다니고 장바구니는 차에 항상 있다. 다 쓴 양념통은 뜨거운 물을 부어 안쪽까지 깨끗이 세척해서 버린다. 공무원 아이디어에는 채택이 되지 않았지만 어마어마하게 버려지는 아이스팩을 재활용하는 방안도 올려보았다. 나도 지칠 때가 있다. 양념통과 식용유통은 쉽게 줄어들지 않는다.

어느 날 퇴근하고 집에 들어가 볶음 요리를 하려고 식용유통을 꺼냈더니 바닥을 드러냈다. 난 하던 요리를 멈추고 식용유통에 붙어 있는 라벨지를 뜯어내기 위해 안간힘을 썼다. 쉽게 제거되지 않는 탓에 손가락이 점점 아파왔다. 스스로 한숨을 쉬고 내가 왜 이러고 있나 하고 되물었다. '아, 그냥 버리자.'라고 혼자 외치고 재활용 바구니에 던져버렸다. 어렵지 않은 기술과 비용으로도 제거가 용이한 라벨지를 충분히 만들 수 있음에도 불구하고 이윤 추구에 급급한 기업 논리에 따라 아무런 노력도 하지 않는 혹은 아무 관심도 없는 식품 용기 제조 기업에 대한 분노도 느껴졌다.

우리가 쓰고 있는 자원은 우리 것만이 아니다. 그 자원은 내 아들딸, 손자가 써야 함에도 자본주의 논리에 따라 마구마구 쓰고 버리는 철저한 이기주의가 내재되어 있다. 난 스스로를 '윤리적 소비자'로 생각한다. 매해 명절 때면 진열해놓은 선물 세트는 산 적이 없다. 거의 과대 포장되어 있기 때문이다. 값이 조금 더 비싸더라도 환경 보호와 보존에 앞장서는 기업의 제품을 사려고 한다. 그래서 ESG에 관심을 갖고 투자하는 기업부터 유심히 살펴본다. 아쉽게도 우리나라에는 아직 그런 사명을 가진 기업을 잘 볼 수 없다.

그린피스 회원은 대형 마트 앞에서 1인 시위를 하며 플라스틱을 사용하거나 과대 포장을 하는 기업의 제품과 판매 방식에 항의한다. 점심을 먹고 쏟아져 나오는 직장인들이 회사의 명찰을 목에 걸고 한 손에는 아메리카노를 들고 여유롭게 거니는 모습도 그리 좋아하지 않는다. 전부 쓰레기통으로 직행하는 플라스틱이기 때문이다.

　최근에 한 매체에서 여성 방송 작가가 '일회용품 안 쓰기'를 실천하는 모습의 기사가 난 것을 보았다. 취재 기자는 그녀를 가리켜 '일회용품 안 쓰기 끝판왕'이라는 제목을 붙였다. 그녀가 취재 기자의 탁자에 가방을 쏟았을 때 나온 물건은 화장품, 지갑, 핸드폰, 사소한 소품이 아니라 일회용 컵, 텀블러, 일회용 앞치마, 종이컵, 휴대용 장바구니, 손수건이 쏟아졌다. 여성의 가방에서 상식적으로 나오기 힘든 물건이었다. 그녀는 취재를 끝까지 거부하다 얼굴을 가려주면 취재에 응하겠다고 의견을 바꾸었다. 자신이 평소 주변으로부터 별난 사람이라는 얘기를 들었던 것이다. 이 기사를 읽었을 땐 난 내가 별난 사람이 아니라는 생각에 더욱더 확신을 느꼈다. 환경을 보호하겠다는 생각으로 알뜰살뜰 실천하는 모습이 일반적이지 않아 별난 사람으로 낙인찍혔을 뿐이지, 지금도 어딘가에서 습관과도 같은 행동으로 지구를 아끼려는 작은 실천을 하는 사람이 많기 때문이다. 나와 같은 사람이 생각보다 많다는 것이다.

　환경을 위한 노력도 환경을 지키겠다는 사회적 약속이 공고해졌을 때 큰 효과를 발휘한다. 기업도 정부도 국민도 약속하고 약속을 지키려는 노력을 해야 한다. 그러나 아직 그 약속을 꼭 지켜야 할 단계는 아니라는 의식으로 아무 노력을 하지 않는다면 우리는 코로나 기간 내내 지금보다 몇 배의 일회용품 배출 현장을 뉴스에 접했을 것이고, 지금보다 더욱 많은 쓰레기에 허우적대고 있을 것이다. 환경에 관하여 사람은 두 부류로 나뉜다. '나 하나쯤이야'와 '나만이라도'다. 전자는 미래를 생각하지 못하는 사람이고 후자는 미래와 현재를 소중히 여기는 사람이다.

환경 보호 의식은 기본이다. 공무원이라면 최소한 기본은 해야 하지 않겠는가? 어디 환경 문제뿐이겠는가? 왜 양치질할 때 물을 틀어놓는 사람이 아직도 있는 것인가? 담배는 피우면서 청소부 아주머니가 바닥에 침을 뱉지 말아달라고 부착해놓은 안내문은 왜 무시하는가? 넓이가 얼마 되지도 않는 주차장에 매너 주차를 무시하고 '문콕'을 하기도 하고 이중주차 후 연락처도 남겨놓지 않는 것인가? 구내식당에 줄을 서면 코로나로 인해 사람 간 간격을 유지해달라는 바닥의 안내문은 왜 무시하는가? 청사 화장실에서 '절대 금연'이라는 스티커 밑으로 하얀색 재들이 왜 있는 것인가? 문 좀 살살 닫아달라는 부탁이 그렇게도 어려운 것인가? 일회용 종이컵 수거함이 정수기 옆에 있는데도 왜 구겨서 쓰레기통에 넣는 것인가? 손 씻고 수도 없이 뽑아 쓰는 종이 타월은 자원이 아닌가? 왜 자꾸 음식물을 남기는가? A4 용지는 왜 그리도 많이 쓰는가? 모두 국민의 세금이 아닌가? '사용 후 제자리'라는 말은 외계 언어인가? 도대체 어떻게 해야 기본을 할 텐가?

▶ 점심 예약자

직장인들에게 점심은 중요한 일이다. 메뉴를 정하는 일은 신성한 의식과도 같다. 난 공직에 들어와서 가장 적응이 되지 않는 것이 바로 점심 문화였다. 공직 15년 차인 지금도 난 점심시간이 편하지 않다. 한가지 일화가 있다. 그날따라 아침부터 기분이 좋지 않은 날이었다. 특별히 나쁜 일이 있는 것은 아니었으나 바이오리듬이랄까 왠지 축축 처지는 날이었다. 그래서 잠시 탁 트인 시야가 있는 식당에서 혼자만의 조용한 점심을 먹고 싶은 날이었다. 그래서 부서에다가 오늘 점심은 따로 먹겠다고 말하였다. 그랬더니.

"김 주임, 왜 그래? 무슨 일 있어? 속이 안 좋아? 어제 술 먹었어?"

"왠지 아침부터 조금 침울해 보이더니."

"왜, 우리랑 같이 먹는 게 싫어?"

"주임님, 뭐 맛있는 거 먹으려고 그래요? 우리도 같이 가요!"

"······."

이후로 내가 밥을 따로 먹는다는 얘기가 사무실 공간을 한참이나 떠돌며 여기서 수군, 저기서 수군거리며 화젯거리 없는 좌중들의 분위기를 휘감고 돌았다. 난 속으로 '이게 머선 일이고?' 했다. 마치 무슨 난리가 난 것 같은 사무실 분위기가 감당되지 않았다. 그리고 그날 난 결국 점심을 따로 먹지 못했다.

난 공무원 시험을 위한 수험 기간 내내 혼자 점심을 먹는 일에 익숙하였다. 혼자 밥을 먹는 것이 싫어서 '밥 친구 구함'이라는 게시글이 빈번하였던 그때도 난 점심을 혼자 먹었다. 어쩌다가 친구가 찾아오거나 가족과 먹는 일 외에는 수험 기간 대부분은 혼자 점심을 먹었다. 특히 대학교 구내식당에서 처음 혼자 점심을 먹었을 때 겪은 일은 기억이 생생하다. '날 이상하게 쳐다보지 않을까?', '쟤는 친구도 없나 봐.', '혼자 먹다니 대단한데.' 이런 말의 화살이 혼자 먹는 나의 뒤통수 과녁에 엑스 텐으로 명중되는 느낌이었다. 그러다 공무원 수험생의 합격 수기를 보았다. '혼자 먹었을 때 장점'을 얘기하며 외롭지만 혼자 다니고 혼자 밥 먹고 혼자만의 생활을 하다 보면 공부 자체에 빠질 수 있는 시간이 늘어나고 심리적으로 강해지는 긍정적 면이 있다고 하였다. 난 그대로 따랐다. 순간마다 주위의 시선에 신경을 쓰게 만들던 뇌의 허상이 만들어낸 통제를 벗어나 확실한 목표를 염두에 두고 살아가니 그런 주변인에 대한 과도한 의식은 사라졌다. 적어도 밥 먹을 땐 그랬다.

공무원 시험 합격 후에 들어온 조직의 점심 문화는 많이 달랐다. 따로 먹는 것에 낯설고 함께 먹는 것에 익숙했다. 열에 아홉은 함께 먹겠지만 가끔 혼자 먹겠다는 솔직한 생각은 때로는 정신적인 문제까지 거론되기도 하여 '약속이 있어서'라는 변명을 둘러대지 않으면 쉽사리 수긍되지 않는 분위기였다. 또한, 뜨끈한 국밥을 좋아하는 상사가 있는 반면에 건강에 신경 쓸 필요가 있어 채식 위주의 식단이 필요한 직원도 있다. 메뉴가 다르고 생각이 다른 것이 사실이다. 과거에 난 도시락을 가지고 다닌 적이 있었다. 점심때마다 식당의 밥을 먹는 것도 불편했고 주변에 다양한 음식 메뉴가 있는 식당이 있는 것도 아니었다. 건강검진을 받았을 때 식단 조절을 통해 내장 지방을 줄이라는 의사의 권고가 있었다. 불편했지만 건강에 도움이 되는 도시락을 싸가기로 했다. 그러나 며칠 후 부서장은 나를 불러 "왜 혼자 도시락을 싸 와요? 싸 올 거면 팀원들 것들도 모두 싸 오세요."라고 하였다. 어처구니가 없었다. 도시락을 싸 오지 말라는 소리나 마찬가지였다. 본인만 따로 도시락을 먹는 것은 조직 분위기에 전혀 도움이 되지 않는다는 것이 이유였다. 점심시간은 공식적으로 근무 시간에 포함되지 않는다. 지방공무원 복무 규정에는 공무원의 점심시간을 낮 12시부터 오후 1시까지 보장하고 있다. 과거에 일했던 사무실에서 꼰대로 악명높은 6급 팀장이 있었다. 그 팀장과 함께 일하고 있는 직원은 나와 친분이 있어 평소 자주 연락을 하고 지내는 사이였다. 편하게 점심 먹는 것조차 힘들어하고 있었다.

"요즘 팀장은 꼬장 안 부리냐?"

"정말 죽겠어요, 형님. 빨리 다른 데로 가고 싶어요"

"점심은 어떻게 하고 있어?"

"메뉴 예약하기도 힘들어요. 메뉴도 까다롭고 점심때마다 어색해서 고개 푹 숙이고 그냥 자기 말만 하고 전 듣기만 하죠. 전 밥이 어디로 넘어가는지도 모르겠어요. 아, 힘들어요."

강원도청에 근무하는 익명의 하위직 공무원은 '점심 메뉴 취합하려고 공무원 됐나.'라는 글을 사내 게시판에 글을 올리기도 하였다.

"아무거나. 나는 아무거나 괜찮아. 오늘도 계장님 메뉴는 아무거나. 차석님? 응, 나도. 삼석님? 응, 나도. 막내야 너는? 주사님이 먹고 싶은 걸로 먹어요. 김치찌개? 그 집은 지난주에 갔잖아. 순댓국? 그 집은 순대 냄새가 너무 심해서. 구내식당? 구내식당 밥은 이상하게 금방 꺼지더라. 그럼 어디로? 아무거나 네가 골라봐. 하아, 오늘 정말 각자 먹고 싶구나."

이 이야기를 들은 강원도청의 상급자들 사이에선 일부 부서의 문제라고 하였다. 일부 부서의 문제를 일반화하는 것은 경계할 필요가 있다고 하였다. 그러나 대부분의 공무원 조직에서 점심과 관련된 스트레스는 크고 작게 분명히 존재한다. 상급자 시각에서는 점심 먹는 메뉴와 일정을 직접 정하지 않아도 되니 지금의 점심 문화에 굳이 변화를 줄 필요는 없다. 관행 같은 일에 바뀌지 않는 이유다.

그러나 요즘 공직에 들어온 젊은 세대들은 한 시간만이라도 자유로운 분위기와 먹고 싶은 음식을 맘 편히 먹을 수 있는 시간을 원한다. 과거 내가 일하던 공무원 조직에서는 팀장은 팀장끼리 식사를 하였고 뜻이 맞고, 마음이 맞는 과장과 팀장이 회비를 걷어 점심 동료가 되기도 했고 타 부서의 팀장과 팀장이 모여 식사를 하기도 했다. 그러나 새롭게 옮긴 기초지자체의 점심 문화는 달랐다. 팀별 식사가 기본이었다. 때로는 부서장을 동반한 점심 식사도 하였다. 하위직 공무원은 11시 이전에 오늘 갈 식당을 정하고 메뉴를 취합하고 11시 50분에 부서장을 포함한 직원들을 자신의 차에 태워 가고 태워 오는 것으로 점심 의식(?)을 마무리하였다. 마음이 맞는 상급자끼리 식사를 하던 방식에서 팀별 식사를 하는 것은 처음 나에게 상당한 부담감을 주었고 지금까지도 완전한 적응이 되지 않고 있다.

점심 예약을 하고 상급자를 모시고 가는 것도 넓은 범위의 의전이라고 본다면 그것은 과도한 의전에 속한다. 부서원들의 화합 차원에서 함께 점심을 먹는 것이라는 간부의 의견은 세대 간의 사고방식 차이를 전혀 고려하지 않는 말이었다. 다시 말해, 상급자와 함께 먹는 것은 화합이라는 명분으로 가장한 업무의 연장일 뿐이라고 생각하는 젊은 직원을 전혀 이해하고 있지 못하는 말이다. 젊은 직원들은 '화합을 자유로운 점심시간까지 꼭 끌어와야 하는 것인가?' 하고 반문한다. 오히려 한 시간의 자유로운 점심시간이 주는 재충전으로 이후의 업무에 더욱 힘을 쓸 수 있는 긍정적 면이 있다고는 생각하지 못한다.

점심 준비와 시간에 힘들어하는 하위직 공무원이 많다면 조직 문화에 문제를 인식하고 변화를 주도해야 할 사람이 상급자다. 지금 당장 익명의 설문 조사를 실시한다면 현재의 점심 문화에 대한 다양한 의견이 쏟아질 것이 분명하다. 관심은 소소한 변화의 출발점이다.

회사에 가기 싫은 이유는 많다. 자유롭지 못한 방식도 그중에 하나다. 식사는 소중한 시간이다. 조직보다 개인을 우선시하는 젊은 공무원이 앞으로도 더욱 많이 조직에 진입할 것이고 그 세대는 소중한 식사 시간을 지키기 위해 더욱 많은 소리를 낼 것이다. '복지리'가 뭔지도 모르는 신입 공무원에게 '복지리'를 먹고 싶은 나의 마음을 위해 '복지리'가 무엇인지 가르치고, 예약의 부담을 주며, 식구처럼 함께 밥을 먹는 문화를 이식시키는 조직에서 화합은 요원하다. 공무원 조직은 사소한 변화에 민감하게 반응하여 구성원의 만족을 이끌어낼 때 조직 전체의 발전이 실현된다는 사실을 잊어서는 안 되겠다.

▶ 어정쩡한 MZ 공무원

MZ 세대란 말은 있어도 MZ 공무원이란 말은 없다. 그냥 공직에 들어온 MZ 세대를 일컬어 MZ 공무원이라고 혼자 일컬어본 것이다. 난 사실, 이 책을 쓰기 전까지도 부끄럽지만 MZ 세대가 무슨 말인지 몰랐다. '네 선생'을 찾아가 물어보니 MZ 세대는 80년대 초반부터 20년대 초 출생한 밀레니엄 세대와 90년대 중반부터 20년대 초반까지 출생한 Z세대를 합쳐서 부르는 말이라고 하였다. 따져보니 나는 MZ 세대가 아니었다(절망). 그러나 MZ 세대가 가진 몇 가지 특징에 나와 비슷한 게 있기는 했다. 소비적 특성에서 상품 자체보다는 경험을 중시하는 경향이나 집단보다는 개인의 행복을 중요시한다는 특징에 공감하였다.

과거에도 그렇고 지금도 그렇지만 MZ 공무원은 대단한 경쟁률을 뚫고 공직에 들어온다. 학벌도 뛰어나고 지식 습득 능력이나 소프트웨어 활용 능력은 굉장히 뛰어나다. 특히 PC보다는 스마트폰으로 SNS를 더욱 활발히 활용하는 세대이니, 디카로 사진 찍어 싸이월드에 사진과 스토리를 올리던 시절을 얘기하면 언제 적 얘기냐고 물을 수도 있다. 이런 장점을 살려 MZ 공무원은 업무 처리 속도도 굉장히 빠른 편이다. 스스로 완벽히 해내는 것에 집중하고 주어진 업무를 신속하게 처리한 결과물에 만족해한다. 그러나 이런 일련의 몰입과도 같은 투자는 직장 안에서가 아닌 직장 외에서의 행복을 얻기 위한 필사적인 노력이었다. 내가 본 MZ 공무원은 그러하였다. 6시가 되면 재빨리 퇴근하여 나의 삶을 살기 위해 직장을 벗어났다. 직장에 있는 하루 9시간 동안 고밀도의 업무를 수행하고 고농도의 업무량을 처리하는 이유는 필요 없는 야근을 피하여 직장 밖에 존재하는 나의 행복을 찾아가기 위해서였다.

사실 나도 똑같다. 행복을 직장 안에서 찾지 않기 때문에 지금 내가 하는 업무의 몰입은 내 삶을 행복하게 살기 위한 직접적 동기로 보지 않는다. 조직이 들으면 나와 MZ 공무원의 이런 태도에 슬퍼할 일이지만 조직의 발전이 나의 행복을 보장해주지 않기 때문에 벌어진 일이다. 열심히 일하였고 조직에 많은 기여를 하였다. 몸과 정신을 바쳐 조직에 헌신했지만, 공무원 조직은 행복의 조건 중 하나일 수 있는 만족스러운 금전적 보상이나 승진을 보장해주지 않는다. 그저 충성이 가져오는 '뽕한 느낌'이 강력한 소속감을 안겨주고 그로 인해 승진하여도 훗날에는 행복은 이게 다가 아니었다고 되뇔 뿐이다. 어쩔 수 없이 MZ 세대는 "Too much loyalty will kill you."처럼 적정한 선에서 조직에 기여를 하고 이외의 삶의 에너지는 그들 스스로의 행복한 삶에 쓴다.

가족 같은 분위기가 만들어내는 화합적인 조직 문화는 최고의 성과로 연결된다. 중국 삼국 시대의 유비, 관우, 장비는 도원의 결의를 맺어 부모는 달랐지만, 한날한시에 죽기로 맹세하고 의형제가 되기로 했다. 천하를 얻기 위한 군웅들의 경쟁 가운데 가장 나이가 많은 유비가 어려운 조건 속에서도 삼국 중에 촉이라는 나라를 차지한 원인 중 하나는 정실(情實)이었다. 의리와 정을 매개로 한 가족같이 맺어진 관계는 때로는 죽음을 불사할 정도의 강력한 힘을 발휘하였다. 유비의 아들을 품에 안은 조자룡이 홀로 피를 흘리며 싸워 조조의 군대 한가운데를 뚫고 나오는 장면은 유비 집단의 이념적 토대가 무엇인지 가장 잘 보여준다. 제갈량이 유명한 삼고초려를 맞이하고 유비 집단을 따라나서면서 가장 걱정했던 것은 그 의리와 정으로 뭉친 조직 문화였다. 그런 제갈량조차도 유비 집단의 '뽕한 느낌'과 같은 정실에 치우친 조직 문화를 극복하지 못하고 결국 의리를 수용하며 '오장원의 별'로 죽게 된다.

이에 반해 삼국 중에 가장 먼저 국가다운 면모를 갖추고 넓은 영토를 차지한 조조에 대한 후대의 평가는 간사하고 교활한 영웅이었다. 그런 조조가 삼국 중에 가장 번성한 위나라를 만들었으니 중국인들이 관우와 유비를 좋아하고 조조를 싫어하는 주된 이유 중 하나이기도 하다.

그러나 간사한 영웅이라는 조조는 나라를 경영함에 있어서 정실(情實)을 배제하고 철저한 능력과 지식이 검증된 인물을 중용하면서 풍부한 인적 인프라를 바탕으로 전략적인 계획을 세워 가장 강력한 국가를 만들었다.

삼국지연의(三國志演義)에 등장하는 나라별 장수의 숫자만 세어보아도 위나라의 부국함이 드러난다. 전쟁에 승리한 후 획득한 전리품(Spoils)의 공평한 배분과 적절한 논공행상은 다음 전투를 위한 동기부여까지 제공하였다. 조조의 경영방식은 훗날에도 많은 지식인으로부터 연구가 진행되었고 그 방식이 현대적인 기업과 조직의 경영에 있어 필요한 부분으로 재평가되었다. 가족 같은 조직 문화에 대해 이야기하려고 옛날 삼국지 얘기를 꺼내보았다.

엽관제(Spoils System)나 정실주의(Patronage System)는 조직의 단합과 공동체의 일체감 형성에 많은 기여를 하였으나 가족 같은 분위기는 최근 공무원 조직에서 한계에 놓여 있다. 시니어 공무원은 MZ 세대는 집단보다는 개.취.존.중.을 내세우며 개인의 행복을 위해 일하지만 그들의 조직 융화 능력은 떨어진다고 한다. 옆 직원이 힘에 부친 업무로 늦게까지 어려움을 겪고 있는데 자신의 퇴근 시간만 칼같이 지키며 자리를 떠나는 모습에서 '요즘 젊은것들'로 시작되는 세대 간의 갈등까지 점화된다.

몇 년 전 나의 조직에서는 공무원의 조직에서 복무 부분, 인사 부분, 복지 부분, 업무 부분 등 여러 가지 분야에서 가장 변화가 필요한 것이 무엇인지 묻는 설문 조사를 실시한 적이 있다. 조사 결과는 70% 이상이 인사 부분이라고 답하였다. 공무원 조직에서 승진이 가장 중요한 요소라고 봤을 때 승진과 관련된 내부 인사가 적절하지 못하다는 것이었다. 그 이유는 충성과 각종 연(緣)으로 묶인 관계가 승진에 많은 영향을 끼치고 있어 부적절하다는 것이었다.

실력과 능력으로 무장한 MZ 세대가 선망하던 제도권 안으로 들어왔으나 자신의 실력과 능력이 평가의 최우선 고려대상이 아니었다는 것을 알았고, 뛰어난 실력과 능력보다는 연줄과 같은 다른 요소에 의해 평가 순위가 뒤바뀌는 것을 경험하고 있다. 이미 국회의원 같은 고위 정치인이나 사회 상류층의 자녀가 비포장도로에서 달리고 있는 자신과 다른 아스팔트 도로를 달리고 있어 불평등하다고 느껴왔으나 이것이 실제 자신에게 현실로 일어나고 있는 상황을 종종 목격할 때도 있을 것이다. 그것이 크든 작든 자신에게 영향을 미치고 있다는 것을 부정하는 MZ 공무원은 없다.

내부적인 변화는 조직 스스로가 위기감에 직면했을 때 일어난다. 다윈의 진화론은 환경에 적응하는 종의 특성을 설명하였다. 그러나 공무원 조직은 사회적 변화라는 진화의 위기감을 직접적으로 느낄 정도로 변화에 민감하지 않다. 둔감한 제도권은 그대로인데 제도권으로 들어가는 MZ 세대는 그러한 조직에 외부적인 변화를 시도하고 있다. '90년 대생이 온다'는 사회 각계각층으로부터 흡수되고 있다. 가족 같은 공직 문화가 오래도록 유지되어온 세계에 실력과 지식으로 무장하고 성과를 요구하는 세대가 진입하는 것이다.

그러나 이런 외부적인 변화 흐름에도 불구하고 '절이 싫으면 중이 떠난다'는 말처럼 변화가 되지 않는 공무원 조직에서 MZ 세대는 첫째, 사직서를 내거나 둘째, 나름의 어정쩡한 공무원으로 남아 있거나 셋째, 기존 제도권에서 완전한 재사회화된 모습으로 변모하거나 하는 방식으로 살아남고 있다. 환경이 변화하지 않으면 종(種)이 진화를 거듭할 수밖에 없지 않은가.

나와 함께 2년 동안 같은 부서에서 함께 근무했던 **'어정쩡한 MZ 공무원'** 여직원이 있었다. 퇴근 시간이 다 되었는데도 부서장이 자리를 지키고 있기 때문에 부서원 모두가 남아 있는데도 당당히 '먼저 퇴근하겠습니다.'라고 말한다. 휴가도 본인의 사생활에 맞춰 쓰며 팀장이나 상급자의 휴가 일정을 의식하지 않고 자유롭게 쓰기도 하며 외출과 조퇴도 자유롭다. 업무 스트레스가 많을 때는 갑자기 반차를 쓰고 힐링 시간을 갖기도 한다. 그러나 많은 공무원이 개선되어야 한다는 보고서 방식은 윗분들의 입맛에 꼭 맞춘다. 띄어쓰기와 맞춤법에 대한 지적을 그대로 고맙게 수용하며 싫은 내색도 없다. 대학교 때 화려한 레포트 쓰기 실력으로 한글 문서 작업이 능숙해 문서 꾸미기를 잘하고 대부분 공무원이 잘 못 한다는 PPT에도 능숙하다.

저번 발표에는 이 '어정쩡한 MZ 공무원'이 작성한 PPT 자료에 대한 구청장의 칭찬 이후로 전 부서에서 참조하기 위해 원본 파일을 요청하였다. 회식 자리에서는 술도 먹지만 소주 한 병 이상은 먹지 않는다고 광고하듯이 당당하게 말한 터라 과장은 한 잔 이상 따라주지도 않았다. 어디서 그런 건배사를 배웠는지 아주 독특한 건배사로 이목을 사로잡는다. 주변 동료 직원에게도 상냥한 편이라 원만한 관계를 줄곧 유지하였다. 언젠가 어떻게 그렇게 직장생활을 잘하냐고 물으니 공무원 합격 전에 다른 대기업에 있다가 그만두고 공무원을 준비한 뒤 1년 만에 합격했다고 한다. 소위 사회생활 좀 해봤다는 MZ 공무원이었다. 그리고 지방 행정직 공무원을 선택한 이유는 보수는 적지만 비교적 나름의 신념을 유지한 채 직장생활을 이어갈 수 있다고도 했다.

도대체 이전 직장에서는 자신의 신념이 어디서부터 어떻게 흔들렸기에 퇴사 후 공무원을 선택했는지 모르겠지만 주된 이유는 그것이었다. 경쟁이 치열한 일반 기업에서는 능력과 실적 중심으로 구성원을 평가하다 보니 인간다움 삶이라는 신념이나 가치관이 흔들릴 수도 있다.

그러나 지방의 작은 기초자치단체에서는 하위직 공무원에게 신념과 가치관의 변화를 주면서까지 일을 시키지 않는다. 또한, 세종시의 젊은 5급 사무관과 같이 강도 높은 업무량을 요구하지도 않는다. 때로는 격무부서에 발령을 받더라도 적정한 근무 기간만 버텨내면 된다거나 휴직과 같은 회피의 방법으로 잠시 피해갈 수도 있다. 조직의 목표를 위해 자신의 소소한 일상 몇 가지를 포기하고 적당한 수준의 요구 사항만 맞추어준다면 안정되고 평화로운 지방직 공무원의 삶을 영위할 수 있는 것이다.

우리가 이 세계에서 유행어처럼 하는 말이 있다. "나도 안 짤리지만 저 사람도 안 짤린다." 직업적 안전성이 오히려 조직 구성원의 결속이나 갈등의 해결에 해악을 끼칠 수 있다. 어느 조직이나 일하지 않는 사람(공무원)이나 고문관이라고 부르는 사람은 분명히 존재한다. 꼰대로 불리는 사람은 먼 곳에 있지도 않다. 가족 같은 분위기를 외치며 몸소 야근을 실천하는 상급자는 관료제가 없어지지 않는 한 지구가 멸망할 때까지 존재할 것 같다. 충성, 혈연, 학연, 지연, 금력은 굳이 공무원 세계가 아니라도 대한민국 어디에나 존재한다. 그것이 '죽어도 바뀌지 않는 사회'라고 말하는 대한민국의 조직 문화다. 이 사실을 인정하고 놔버린다면 오히려 맘이 편안해진다. (다음 장에서 다시 얘기해야 할) 소극적인 성향이나 보수성이 내 몸에 녹아드는 것 같지만 지금도 '어정쩡한 MZ 공무원'은 나름의 진화를 거치며 수용과 불수용으로 때로는 아드레날린 때로는 도파민을 분비시키며 공무원 조직에서 체세포같이 자라나고 있다.

▶ 에고이즘 공무원

행정학에 '집단행동의 딜레마'라는 말이 있다. 가로등이 연이어 설치된 길이 있다고 가정해보자. 그 길에 한 구간만 가로등이 꺼져 있을 때 그 가로등 아래는 시야를 확보하기 힘든 구간이 있다. 그러나 이 길을 지나다니는 누구도 가로등에 대한 문제를 제기하지 않았다. 나만 조심해서 잠시 그 구간을 벗어나면 될 일이니 굳이 어디에 신고한다거나 제보하는 행위가 귀찮게 느껴졌을 수도 있다. 이때 가로등은 공용을 위해 설치된 공공재에 해당하고 가로등을 밑을 거니는 사람은 무임승차(Free-Rider)에 해당한다. 가로등의 문제를 어느 누구도 해결하려고 시도하지 않는 성향 때문에 문제가 해결되지 못하는 딜레마 현상이 나타난 것이다.

공무원으로서 직장생활하면서 공공을 위한 일을 하다 보니 저 집단행동의 딜레마에 맞닥뜨리게 되는 경우가 아주 많았다. 굳이 공익을 위한 일이 아니라도 조직 안에서도 집단행동의 딜레마와 수도 없이 맞닥뜨린다. '내가 나서야 할 필요가 있을까?'와 '내가 나서야지.' 사이에서 갈등하고 있으면 그사이 누군가 나서주었기 때문에 대개 **'나섬'**에 대한 고민은 **'안 나섬'**으로 끝이 나는 경우가 많았다. 공무원은 이 '안 나섬'에 대한 집착이 있다. 나서면 곧 '책임'과 연관된 결론의 기승전결 시나리오가 전개될 것이라는 트라우마가 있어서다. 나선다는 것은 곧 총대를 메는 행위와 같다. 공무원 조직은 그렇다. 다른 조직도 그렇지만.

독일의 마르틴 니묄러라는 목사가 쓴 것으로 추정되는 한 편의 시가 있다. 너무도 유명해서 많은 곳에서 인용되기도 한다. 독일의 나치가 특정 집단을 차례대로 제거하며 권력을 차지하는 과정에서 침묵했던 독일 지식인들에 대해 말하고 있다.

나치가 공산주의자들을 덮쳤을 때
나는 침묵했다.
나는 공산주의자가 아니었다.

그다음에 그들이 사회민주당원들을 가두었을 때
나는 침묵했다.
나는 사회민주당원이 아니었다.

그다음에 그들이 노동조합원들을 덮쳤을 때
나는 아무 말도 하지 않았다.
나는 노동조합원이 아니었다.

그다음에 그들이 유대인들에게 왔을 때
나는 아무 말도 하지 않았다.
나는 유대인이 아니었다.

그들이 나에게 닥쳤을 때는
나를 위해 말해줄 이들이
아무도 남아 있지 않았다.

이 '안 나섬'이라는 의식이 언제부터 생겨났는지는 나도 잘 모르겠다. 나서면 곧 처형된다는 공식이 어느 순간부터 생겨났고 군대에서 줄서기는 항상 중간이었다. 학교 다닐 때도 중간에 줄 서보니 피해가 적었고 주사 맞을 때도 중간에 맞으면 왠지 덜 아픈 것 같았다. 저 한국전쟁으로 거슬러 올라가면 북한에 점령된 마을의 대표는 항상 먼저 처형되듯이 우리나라는 '나서면 곧 죽음'이라는 강박이 자리 잡은 것 같다.

이 '안 나섬'이라는 소극적 현상은 젊은 공무원들에게 더욱 심

화된 모습을 보이기도 한다. 나서본들 해결되지 않으며 제시한들 변화되지 않는 것을 알기 때문에 일찍이 '나섬'을 포기하고 '양들의 침묵'처럼 수많은 양의 무리에서 한 마리 어린 양으로 섞여 표나지 않는 삶을 원한다.

공무원으로 임용되면 6개월간의 수습 기간을 거친다. 시보 기간이라고 부르는 이 기간을 무난히 지나면 시보를 뗐다 하고 기념으로 부서에 떡을 돌리는 풍습이 있다. 좋은 의미로 시작되었을 이런 전통이 부담으로 다가온다. "야, 이번에 시보 떡을 돌려야 하는데 넌 어떤 간식으로 했어?", "떡은 너무 흔해서 난 샌드위치와 음료수로 했어.", "난 가격도 비싸고 부서에 사람도 많은데 무슨 메뉴로 할지 고민이야. 저번에 김 주임은 가래떡을 했는데 안 먹고 버리는 사람도 많아서."

다른 사람과 비교해서 돌출된 행동을 하지 않는 것도 '나섬'을 포기하는 것이다. 좋은 의미로 시작된 전통은 강박적인 부담으로 작용하는 악습이 되었지만 이런 악습에 비판을 제기하는 것도 유별난 '나섬'으로 비칠 수 있기 때문에 두려운 것이다. 조직 문화와 규제 혁신을 얘기하면서 "막내부터 얘기해보세요."라고 말하면 세상 누구도 규제에 관해 얘기하지 않는다. 아예 의견 제시의 기회조차 없는 경우가 대부분일 것이다. 지금까지 '안 나섬'으로 살아왔는데 공직에 들어오니 '안 나섬'으로 살아가는 것이 맞았다는 사실이 더욱 공고해져버렸다.

"내가 여러 나라를 다녀보니 노동조합이 없거나 금지한 나라도 많다. 그런 곳에서 가혹한 착취가 일어나고, 노동자들은 늘 산재를 입고 보호받지 못한다. 노동조합 운동이 없기 때문이다. 내 가족의 생계를 보장할 좋은 직업을 원하는가. 누군가 내 뒤를 든든하게 봐주기를 바라는가. 나라면 노동조합에 가입하겠다."

- 버락 오바마

그래서 '안 나섬'으로 살고 있지만, 마음속에 이것은 잘못되었다는 얘기를 대신 해줄 공무원 노동조합에 가입한다. 그런데 노동조합에 가입하여도 대의원이 되거나 조합의 임원을 하게 되면 역시 '나섬'이 되어버린다. 그래서 가입은 하되 '안 나섬'을 할 수 있는 조합원이면 충분하다고 생각한다.

우리는 공무원을 대상으로 하는 강연을 자주 들은 적이 있다. 명강의가 끝나고 강연자가 말하였다. "질문이나 궁금하신 분 있으세요?" 한동안 침묵이 흐른다. "제 강연이 좋아서 궁금증을 해결했군요." 혹은 "오늘따라 여기 오신 분들은 모두 점잖으신가 봅니다." 이런 말과 함께 끝이 난다. 질문 한번 했다가 별걸 다 물어본다는 이미지가 두렵거나, 앞에 나서서 질문으로 가려운 부분을 긁으니 그냥 혼자 조용히 궁금증을 해결하면 된다고 생각한다. 조직 안에서 매일 보는 사람들에게 자신이 적극적인 성격이 있다는 이미지를 각인시키게 될 수도 있다는 사실이 부담스럽게 느껴진다.

난 부산으로 2박 일정의 세미나를 간 적이 있었다. 전국 각지의 공무원이 100명 정도 모인 대강당에서 여러 강연이 진행되었다. 에너지 관련 분야 강연에는 졸고 있는 공무원이 많았다. 다음 재테크 관련 강연이 진행되었다. 강사는 TV에도 출연했던 사람이었다. 강연이 끝난 뒤 놀라운 일이 벌어졌다. 너무 많은 질문에 강사는 다음 일정에 차질이 빚어질 정도였다. '안 나섬'의 성향으로 사는 공무원일 줄 알았는데 그 모습은 나에게 생경한 모습이었다. 내린 결론은 **나의 주요 관심사**와 **익명**이었다. 2박 동안 잠시 모인 자리에서 내일이면 안 볼 사람들 앞에서 '나섬'에 거리낌이 없었고 돈과 관련된 나의 주요 관심사는 더욱 나를 '나섬'으로 만들었다. 돈과 같은 주요 관심사 앞에서는 애니 볼런티어(Any Volunteer)가 되는 것이다. 극도로 다른 모습에서 씁쓸함과 동시에 이기적이라는 느낌도 들었다. 나의 이익에 부합될 때만 '나섬'

을 표현하고 타인의 이익이나 공동의 이익을 위한 일에는 '안 나섬'을 하려는 경향인 것 같았다.

요즘 젊은 공무원은 개인주의가 심하다고 하여 '안 나섬' 현상과 관계된 것 같아 개인주의라는 말의 사전적 의미부터 찾아보았다. 그랬더니 연관 검색어에 이기주의라는 말이 함께 검색되었다.

"개인주의는 나의 자유와 권리가 중요하듯 다른 사람의 자유와 권리도 중요하게 봅니다. 그래서 개인주의가 팽배한 사회에서는 다른 사람의 자유와 권리를 침해하는 빈도가 아주 낮습니다. 내가 중요하듯 다른 사람도 중요하기 때문입니다. 이기주의는 나의 자유와 권리와 이익과 생각과 취향이 중요할 뿐 다른 사람의 모든 것은 쓸데없는 것입니다."
-익명의 게시자

아주 쉽고 명료하여 기술하였기에 여기에 옮겨왔다. '개인주의는 민주주의에서 꼭 필요한 것이구나.'라고 저절로 되뇌게 되는 구절이었다. **개인주의는 타인에 대한 배려가 함축되어 있는 것 같았다. 이에 반해 이기주의(에고이즘)는 나의 이익이나 욕망에 강하게 결부된 것에만 집중하고 타인에 대한 고려는 찾아볼 수 없다.** 시니어 공무원이든 주니어 공무원이든 철저히 이기주의 매몰되어 '안 나섬'을 고수하는 사람도 있고 그저 큰 피해나 닥치지 않았으면 하는 마음으로 '안 나섬'을 보이는 사람도 있다.

오픈 소스(Open Source)는 유명하다. 우리가 쓰는 스마트폰은 안드로이드 운영체제이다(애플은 iOS). 일반적으로 소프트웨어가 개발되면 설계도에 해당하는 소스 코드를 공개하지 않았다. 회사의 자산이자 독점권이기 때문이다. 그러나 우리가 쓰고 있는 안드로이드는 구글에서 전 세계에 공개한 대표적인 오픈 소스가 되었다. 회사의 라이선스

라지만 소프트웨어의 특성상 이용자가 많아질수록 이윤은 증가하고 자사의 소프트웨어를 더욱 많은 프로그램과 연결하여 사용할 수 있게 된다. 이젠 수많은 회사가 오픈 소스를 활용하여 소프트웨어의 생태계를 넓히고 있다. 오픈 소스에 대해 느낀 점은 이기적인 목표로 개발되었다면 물론 일정한 이윤을 가져다주었겠지만, 그것을 세상과 함께 공유하면 더욱 많은 이윤이 창출된다는 점이다.

　나의 128GB짜리 USB에는 많은 보고서와 공무원 업무에 관한 팁이 담긴 자료가 있다. 부서를 옮겨갈 때마다 요긴하게 사용되고 있다. 그 자료에서 좋은 기안문을 만들거나 계획서를 만들면 문서에 록(Lock)을 걸지 않는다. 내부 직원은 누구나 복사할 수 있고 저장할 수 있는 것이다. 이것을 남들이 카피하지 못하도록 할 수 있으나 그것은 왠지 이기적인 것 같아 그렇게 하지 않았다. 어떨 땐 부서를 옮겨간 자리의 컴퓨터에서 중요한 자료나 폴더가 없어지거나 삭제된 경우를 많이 보았다. 후임을 위해 뭔가를 좀 남겨놓길 바랐지만 의미 없는 자료만 남겨져 있는 걸 보면 앞이 캄캄하였다.

　이기주의는 공감이 결여된 행위이다. 어려운 일을 맡았다가 다른 부서로 옮겨가게 된다면 나 다음에 올 사람도 어려움을 겪으리라는 것은 쉽게 짐작할 수 있다. 이 책에는 공감이라는 글자가 자주 등장한다. 공감은 역지사지(易地思之)이다. 뉴욕대학 심리학과 마틴 호프먼이라는 교수는 "타인에게 상냥하려면 공감하는 능력이 중요하다."라고 하였다. 공감이 포함된 개인주의는 타인에 대한 배려를 잊지 않는다. 젊은 공무원이 자주 듣는 말이 있다.

사회성이 없구만.

　난 사회성이 역지사지라고 생각한다. 역지사지는 곧 공감하는 마음이다. '내가 그러면 남들도 그러할 것이다.'라고 생각할 수 있는 힘은 혼자서 생겨나지 않는다. 사회성 자체가 남과 함께 하면서 얻어지는 것이기 때문에 혼자 생각하고 혼자 사고하고 혼자서 생활해서는 절대 얻어질 수 없는 것 같다. 리더는 사회성이 많은 사람 중에서 탄생할 수 있다. 내가 실의에 빠져 있을 때 누군가가 나에게 다가와 그저 이야기를 들어주는 것만으로도 마음이 녹듯이 내가 어려울 때 나를 공감해주는 것만으로도 살아가고자 하는 힘이 생긴다. 어찌 보면 우리 사회의 엘리트층의 비리와 안 좋은 사건은 남을 생각할 줄 모르는 것에서 비롯된다고 볼 수 있다. 사회적 지위는 고위층에 있으나 공감을 하지 못하는 사회성은 철저한 이기주의로 나타나 갑질, 횡포, 비리로 뉴스에 나오는 것 같다.

나의 퇴근 시간도 중요하지만 함께 일하는 동료에게 요즈음 '안녕하신가?'라고 물어보았으면 좋겠다. 우린 일 년 내내 바쁜 공무원이 아니다. 난 요즈음 '안 나섬'을 지켜오던 나의 마음에서 조금씩 '나섬'을 외치고 있다. 그 이유는 아무도 나서지 않아 돌아오는 피해가 크다는 것을 알게 되었고, 무엇보다 내가 살아가는 이유가 무엇인지 생각에 생각을 더할수록 때로 '나섬'이 꼭 필요하다는 것을 알아가고 있기 때문이다. 이기적인 '안 나섬'은 잠시 나에게 득을 가져다주지만 결국, 훗날에는 나에게 독으로 다가왔다. 내가 잠시 나선다면 상황은 더욱 좋은 방향으로 흘러갈 수 있는 경우가 많았다. 그리고 지금까지 나 대신 나서주었던 사람들에게 언제까지 '나섬'을 받아야만 할까를 생각하니 조금이라도 그들에게 도움이 될 수 있는 실천적인 삶의 방향으로 바꾸어야겠다는 생각이 자꾸 들었다.

【공무원의 분류】 (국가공무원법, 지방공무원법)

경력직	일반직	기술, 연구, 지도, 행정일반 1~9급으로 직업공무원의 주류	직군, 직렬별로 분류
	특정직	법관, 검사, 경찰, 소방, 교육, 군인, 군무원, 헌법재판소 헌법연구관, 국가정보원 직원	별도의 계급체계
	기능직	기능적 업무 담당	기능1급~ 기능10급
특수 경력직	정무직	대통령, 국회의원, 자치단체장, 지방의회의원, 감사원장, 헌법재판소장, 재판관, 국무총리, 장관, 차관 등	정치적인 공무원
	별정직	○○위원회 위원, 비서관 (예: 선거관리위원회 위원장)	별도의 자격 기준
	계약직	계약직 공무원	전문지식 기술에 따라
	고용직	고용직 공무원	단순노무

▶ 자리보존형 공무원

일반적, 정무직, 별정직 등과 같은 분류를 하려는 것이 아니다. 공무원 생활을 10년 넘도록 하다 보니 몇 가지 특징적인 모습이 보였다. 일반인은 잘 모르고 공무원이라면 비슷하다고도 느낄 만한 특징이 있다. 공무원이 가진 여러 가지 특징 중 하나인 안정성(Stable)에 관한 이야기다. 직업의 안정성에 관한 이야기를 풀어나가다 보면 항상 그렇듯 공무원만 한 게 있냐고 이야기한다. 자리보존형 공무원은 그 안정성을 최우선으로 생각하는 공무원의 DNA 같은 특징이다.

공무원은 국가공무원과 지방공무원으로 나누고 국가공무원에게는 국가공무원법이 적용되고 지방공무원에게는 지방공무원법이 적용된다. 신분을 법으로 정한다는 의미에서 벌써 안정성은 담보되고 시작하게 되어 있다. 국가공무원법 제2조에는 "실적과 자격에 따라 그 신분이 보장되며 평생 동안 공무원으로 근무할 것이 예정되는 공무원"이라고 되어 있다. 기간은 대개 정년 60세로 정하지만, 법에서조차 평생이라는 법률에 어울리지 않는 단어가 가미된 정의를 보면 그 안정성이 얼마나 큰지 알 수 있다. 안정성이 큰 장점으로 작용하여 공무원이 되었으나 공직생활에서 그 안정성에만 큰 주안점을 두며 생활하는 공무원이 있다.

그리고 그 안정성을 더욱 빛나게 해주는 제도는 연금이다. 공무원 연금은 재직자가 본인의 퇴직 후 받게 되는 연금을 위해 현재 자신의 월급에서 납부된 일정 금액(기여금)과 나라의 돈(지원금)을 합쳐 운영된다. 현재까지 몇 차례 개정된 〈공무원연금법〉으로 기여금이 늘고 연금의 지급률이 낮아지는 불리한 조건으로 변하였지만, 아직도 국민 연금의 노후 소득에 비할 바는 아니다(향후 공무원연금법은 큰 수술대에 오를 가능성이 큼). 큰 사고를 저지르지 않으면 해고(해임, 파면 등)되지 않고 업무성과가 크지 않아도 자리를 지키고 있으면 동료보다는 늦을지언정 승진을 하게 되고 승진 후 올라간 월급은 또박또박 나오며 월급에서 떼어간 기여금이 쌓여 나의 노후가 보장되었으니 누군들 공무원이 싫겠으며 누군들 자리보존형 공무원이 아니 되겠는가.

　연금 얘기를 먼저 꺼냈으니 자리보존형 공무원이 그토록 수당에 집착하는 이유를 연금에서 찾을 수 있다. 연금 수령액을 계산할 때는 재직 기간과 재직 기간별 적용 비율, 연금 지급률, 평균 기준 소득 월액이 있다. 이 모든 항목을 곱하면 훗날 받게 될 연금액이 가늠되는데 자리보존형 공무원은 평균 기준 소득 월액에 관심을 둔다. 자리보존형 공무원이 아니라도 내 월급이 얼마나 나오는지는 모든 공무원의 관심사지만 관심사라고 하여도 급여에서 바꿀 수 있고 없는 부분이 있다. 급수에 따라 정해진 기본급은 나의 힘으로 바꿀 수 없지만 수당은 내가 노력한 만큼 받을 수 있는 부분이다.

　재직 때 월급은 나의 연금에 영향을 미친다. 월급에 합산되는 각종 수당은 퇴직 후 연금 수령액에 영향을 미친다. 그중에서도 대표적인 것이 초과근무수당이다. 시간외수당 혹은 초과근무수당이라고 부르는 이 수당은 법으로 정해진 근무 시간(나인 투 식스) 외 처리하기 힘들거나 많아진 업무량을 위해 늦게까지 일하는 공무원에게 주는 합법적인 수당이다. 이 합법적인 수당은 합법적으로 지급되지만, 허위로 근무하는 자리보존형 공무원을 걸러내어 지급되지 못한다. 공무원의 허위 근무에 관한 초과근무 행태 보도가 그토록 많이 나오는 이유다.

　내가 일했던 몇몇 부서에서는 허위 근무가 일상화된 적도 많았다.

서울의 모 주민센터에서 밤 9시가 되자 불이 꺼진 주민센터로 출퇴근 기록 단말기에 지문을 찍기 위해 공무원들이 하나둘씩 모여들다가 잠복하고 있던 KBS 기자에게 들통이 난 사실이 보도되었다. 사실 시간당 만 원(8급 기준) 정도의 수당밖엔 되지 않기 때문에 대수로워할 일이 아니라고 생각할지도 모른다. 그러나 전국에 이런 행태가 얼마나 많을지 생각한다면 국가적인 손실(세금 낭비)이 산술적으로 계산하기도 어려울 정도로 많다고 봐야 한다. 그렇다. 정말 열심히 일하는 헌신의 공무원이 있다면 허위로 초과근무를 찍는 자리보존형 공무원이 있다. 그리고 국민이 말한다. "이 세금만 축내는 것들!"

사실 요즘 지방직 공무원 중에는 내 연금에 영향을 미친다고 할지라도 나에게 주어진 초과근무 시간(1년에 대략 500시간)에 연연하지 않고 일과 중에 고밀도의 업무로 초과근무를 되도록 하지 않으려는 공무원도 많다. 중년 이상의 아빠들이 자녀 교육에 대해 항상 하는 말이 있다. "그때 아이들과 더 많은 시간을 보내주었더라면." 내가 지금 보내는 저녁 시간을 시간당 행복 수치로 환산한다면, 초과근무수당 만 몇천 원보다 가족과 함께 혹은 나의 삶을 위해 일찍 퇴근하여 보내는 시간이 더욱 가치 있다고 생각하기 때문이다.

그러나 이미 이런 생각을 하고 있다면 자리보존형 공무원보다는 다른 유형의 공무원에 가까울 수 있다. 공무원의 유형을 정의 내리는 것은 불가능하다. 여러 가지 DNA가 뒤섞여 만들어 낸 공통적인 특징들이 모여 유형이라고 할 뿐이다. '당신 공무원이죠!'라는 말을 들을 때마다 나조차도 모르는 공무원들이 보이는 일반적인 특징이 있었다. 자리보존형 공무원이 그런 유형 중 하나였다. 그리고 꼬박꼬박 받아가는 월급과 각종 수당 그리고 공무원에게 주어지는 각종 혜택에 대한 자리보존형 공무원들의 주요 관심사와 더불어 또 한 가지 공통된 특징은 **부서 감별**이다.

업무적으로는 감사에 잘 지적되지도 않는다. 그렇다고 일을 잘하고 빠르게 하는 것도 아니다. 내부적으로 현상 유지라는 소극적 업무로 큰 문제를 일으키지 않는다. 외부적으로는 기존 방식만 따르는 업무 처리 방식 습관만 보인다. 새로운 부서에서 전임자의 업무를 물려받아서 하다 보면 여기저기 펑크가 나 있는 경우가 많은데, 알고 보면 전임자는 **자리보존형 공무원**이었다. 중요 서류가 빠졌다던가 몇 가지 사소한 위법 사항에도 불구하고 처리된 경우, 일관된 기준 없이 이리저리 뒹굴고 있는 계획서와 지침서들이 여기저기 박혀 있다. 모두 전임자가 정리하거나 처리해야 하는 일이지만 인사발령으로 부서를 떠나버리면 대개 다음 담당자가 남겨진 일을 모두 처리해야 한다. 만약 일을 못했던 직원 이후에 다음 담당자도 일을 원숙하게 해결하지 못한다면 미완의 누적된 업무는 쌓여만 간다. 삽으로 막을 수 있는 상황은 나중엔 불도저가 와도 막지 못하는 홍수가 되고, 이런 상황이 오랫동안 지속되면 결국 최종적인 피해는 국민에게 돌아가게 된다.

공무원들이 자주 쓰는 말이 있다. "돈만 안 떼먹으면 돼." 이 말처럼 금전적인 문제로 금고 이상의 형을 받는다는 것은 정직, 해임, 파면과 같은 신분의 보장에 위험으로 다가온다. 그런 중벌을 받을 위험을 피하되, 큰 문제가 되지 않는 업무상의 해태와 미숙함 같은 것은 크게 신경 쓰지 않는다. 자신의 이런 업무 처리 방식과 루틴 같은 업무 패턴이 아무런 문제가 되지 않는 부서를 감별한다. 또한, 내가 맡게 될 부서의 업무가 과중한가 그렇지 않은가를 판별해 내는 것이다. 쉬운 부서와 어려운 부서를 구별하여 어렵지 않은 부서로 다음 인사 발령이 나는 것이다.

난 공무원으로 근무하면서 백(?)이 있다거나 나를 든든히 받쳐주는 암묵적인 후원자를 만난 적이 없다. 백이라고 말하는 힘 있는 지원자는 자리보존형 공무원과 깊거나 옅은 관계를 맺으며 다음 인사 발령 부서에 영향을 미친다. 어려운 업무가 당면해 있는 부서는 자리보존형 공무원이 없다. 있더라도 잠시 근무 기간을 견디고 난 뒤 다음 인사 때 다른 부서로 옮겨간다. 어떻게 요리조리 잘 피해 다닐까 궁금할 정도다.

남 모 씨가 있었다. 어렵다는 광역시의 공무원 시험에 합격해 구청에 발령받아 일하였다. 내가 주변에서 봤던 남 모 직원은 성격도 좋았고 업무 능력도 탁월했다. 어려운 업무를 도맡아 7, 8년간 격무 부서와 기피 부서를 옮겨 다녔다. 근무하는 지역이 연고지도 아니었고 같은 조직에서 백이 있는 경우도 아니었다. 그는 근무 기간 내에 단 한 번도 요직이라는 곳, 덜 힘들다는 부서, 나인 투 식스가 가능한 부서로 발령받지 못하다 결국 남 모 직원의 고향이었던 농촌 지역으로 인사 교류를 신청하고 떠났다. 떠나면서 남긴 말은 7, 8년간 몸담았던 지금의 조직에서 남은 기억은 후회뿐이라고 했다. 마치 힐링을 위해 태어났던 지방으로 전출한 것 같았다. 남 모 직원이 사실 덜 힘든 부서로 갈 기회가 전혀 없었던 것은 아니었다. 공직에 오래 있다 보면 다음 인사 때 난 어디로 가겠다는 향후 부서가 가늠되는 경우가 있는데 그런 예측을 번번이 깨고 격무 부서만 전전긍긍했던 직원이 남 모 씨였다. 자리보존형 공무원은 쉽고 편한 자리로 옮겨가기 위해 인사철 조직 분위기에 대한 촉을 세우고 비공식적인 경로로 자신의 목표를 실현하는 경우가 많아 인사에 대한 요긴한 정보와 백이라는 지원자가 없는 경우 자리 싸움에서 밀려날 가능성이 크다.

이런 공무원은 과거에도 있었고 현재에도 있으며 미래에도 있을 가능성이 크다고 볼 때, 자리보존형 공무원이 왜 생겨났는지 궁금하다. 자리보존형 공무원은 대개 일을 하기 싫어한다. 누구나 일을 하기 싫어하는 것은 당연하다. 어쩌면 공무원 조직은 처음부터 구조적으로 공무원들이 자신이 가진 전체 역량을 발휘할 수 없는 조직인지도 모른다. 인간의 이기적인 본심이 자본주의 경제를 이끌 듯 내가 하는 일이 나의 이윤을 극대화할 수 없다면 전력으로 일하려 하지 않기 때문이다. 내가 지금 9급에서 8급 공무원으로 승진을 한다면 급여가 늘겠지만, 9급 공무원들이 하소연하듯 쥐꼬리만 한 월급은 9급이나 8급이나 다를 게 없다. 내가 일을 잘하여도 내 주머니를 두둑하게 채워주지 않고 탁월한 업무 성취도에 대한 보상이 적으며 새로운 사업, 새로운 공약에 따른 프로젝트라는 이름으로 내려오는데 추가되는 업무가 계속 부여된다면 누군들 쉽게 하려 들겠는가. 그저 열심히 하든 게을리하든 제때 알아서 나오는 월급만 가져가면 되는 직업인데 무엇 하러 나의 열정적 삶을 공직에다 쏟아부어야 하는가?

요즘 일본은 우리나라의 행정고시(고시란 말도 없어져 5급 공개 경쟁 채용 시험이라고 함)에 해당하는 '종합직' 공무원 채용 시험의 지원자가 줄고 있다고 한다. 경기가 좋아서 굳이 공직에 들어가지 않아도 일손이 부족한 민간 기업에 취업하는 것이 더 득이 되니, 공무원 시험에 지원할 필요가 없는 것이다. '종합직' 공무원 시험에 합격하면 우리나라의 5급 사무관에 해당하는 간부급 공무원으로, 명예와 안정성이 보장되는 직위를 얻을 수 있다. 그러나 일본의 젊은이들은 이를 마다하고 있다. 과거 우리나라도 경제 성장률이 가파르게 올라가던 80년대 시절에는 굳이 공무원을 할 필요가 없었다. 종합 상사라는 형태의 민간 기업에 취업하면 공무원의 3~5배에 해당하는 임금을 받을 수 있었기 때문이다. 대학 졸업자는 섬유 회사, 전자 회사, 철강 회사 등 고액의 임금을 지급하는 민간 기업으로 직업을 선택했다. 그 결과, 386세대가 IMF를 만나 해고를 당하거나 자신의 기업이 무너지는 걸 경험한 뒤 안전성이 보장된 공무원이 최고라고 이야기했지만, 그들도 이십 대 젊은 시절의 첫 직업 선택의 기준은 안정보다는 돈이었다.

다시 자리보존형 공무원 이야기를 하자면 이런 공무원들에게 고액의 임금을 준다면 일을 열심히 할까? 그렇지 않다. 자리보존형 공무원의 궁극적 목적은 '가늘고 길게'이다. 안전한 자리와 변함없는 보수를 준다면 이를 끊임없이 잘 유지해나가는 것을 목표로 한다. 고액의 연봉은 오래가지 않는다. 고액의 연봉은 괄목할 만한 성과를 요구한다. 많은 성과를 요구하는 직업은 대개 굵고 짧은 수명을 가진다. 자리보존형 공무원은 대개 업무 처리 능력이 특별히 뛰어나지 않는다. 업무 처리 능력이 뛰어난 직원은 이미 조직에 소문이 나게 되어 간부가 뽑아 쓰는 사람이다 보니 주요 요직에서 근무하고 있을 것이다. 가늘고 길게 살아야 하는 자리보존형 공무원에게는 뛰어난 업무 처리 능력은 오히려 피곤한 삶의 방식이 될 수 있다.

그럼 이쯤에서 '일을 잘하거나 많이 해야 돈을 많이 받지 않나?' 하는 의문이 생길 법하다. 물론 책임도와 성취도에 따라 성과급을 받는 고위직 공무원이 있긴 하나, 이들도 역시 퇴직 때까지 '가늘고 길게'라는 기준은 매한가지다. 일반 지방직 공무원의 성과 평가의 C 등급도 S 등급과 비교해 백만 원, 백오십 만원 정도의 차이밖에 나지 않는다. 천만 원이 넘는 소수의 민간 기업이나 공사, 공단과 비교되지 않는다. 자리보존형 공무원이라는 틀을 깰 수 있는 금전적 동기 요소는 눈을 씻고 봐도 찾을 수 없다. 오히려 계산이 빠른 처세술로 내가 겪게 될 피곤한 공직생활과 얻게 될 보상의 정도를 저울질할 뿐이다.

자리보존형 공무원이 무조건 나쁘다는 것은 아니다. 그들이 없다면 법과 제도 유지되지 않기 때문이다. 다만 국가적으로 잠재적 성장률이라는 경제적 관점에서 봤을 때, 국민의 삶의 질 향상이라는 사회적 관점으로 봤을 때는 엄청난 손실인 건 분명하다. 있는 듯 없는 듯한 존재에 책임이나 성취와는 거리가 멀고, 과중한 업무를 피하며 '가늘고 길게'를 공직 철학처럼 지켜나가는 공무원이 많은 나라가 발전할 수는 없다. 아이러니하지만 이런 공무원을 비판하는 사람들도 공무원이 되고 싶어 한다.

인사혁신처는 '자녀 돌봄 휴가'를 적극적으로 권장하고, 퇴근 후 카카오톡을 이용한 업무 지시를 금지하며, 점심시간 전후 1시간을 이용하여 자기 계발의 기회를 제공하려고 한다. 임신한 여성 공무원에게는 하루에 2시간씩 병원 진료를 다녀올 기회를 보장하는 등 공무원의 복무와 복지에 관한 혁신안을 계속해서 만들고 있다. 민간이 선제적으로 실행하기 어려운 근무 여건을 정부가 먼저 개선하여 실질적인 공직생활을 개선하기 위한 노력을 해왔다. 좋아진 근무 여건은 더욱 많은 사람을 공무원 시험장으로 이끈다. 세금만 축낸다고 지적하는 자신이 직접 공무원이 되면 자리보존형 공무원이 될 수도 있다.

탁상행정만 하는 존재라고 비판하는 자신이 요즈음 같은 시대에 공무원만 한 직업이 없다고 말한다. 자리보존형 공무원이 되는 것은 어쩌면 대한민국 공무원 제도에서는 지극히 자연스러운 인간적인 현상이라고 생각한다. 그래서 자리보존에 대한 욕구가 자연스러운 인간적 현상이듯 자리보존형 공무원은 대한민국에서 영원히 사라지지 않는다. 전국의 수많은 지자체에서 지극히 정상적으로 근무하며 정년을 향해 달려가고 있다.

▶ 업무답습형 공무원

업무답습형 공무원은 자리보존형 공무원의 한 부분이다. 대부분의 업무답습형 공무원은 자리보존형 공무원과 관계있거나 완벽한 자리보존형 공무원으로 진화한다.

온고지신(溫故知新)이라는 말은 옛것을 익히고 미루어 새것을 아는 것이다. 그러나 업무답습형 공무원은 온고지고(溫故知故)라고 하여 옛것을 익히고 다시 옛것을 끄집어내는 유형이다. 새것을 꺼내 들면 위험하다. 새것은 항상 거부감을 불러일으킨다. 업무의 새로운 방식 도입을 꺼린다. 원래 하던 방식은 인간에게 안정감을 주지만 새로운 방식은 저항에 부딪히는 불안감을 가져온다. 자리를 보존하고자 한다면 새로운 것보다 검증된 옛것을 가져다 써야 한다. 검증된 방식은 현상의 유지가 가능하다. 답습은 변화와는 거리가 멀다. 현상의 유지는 도태되지 않는다. 남들에 뒤처져 가면 안 되지만 남들과 함께 가는 것은 고립을 피할 수 있다. 발전은 없다. 새로운 방식에 대한 도입을 수차례 하여 하나의 성공으로 발전을 이루겠지만 하나의 성공적인 것을 위해 다수의 실패를 용납하지 않는다.

"행정이란 건 말이야 가급적 새로운 건 절대 피해야 해. 원래 하던 대로 하는 게 제일 좋은 거야. 그럼 아무 문제가 안 생겨."

-2017년 어느 시니어 공무원의 말

업무답습형 공무원은 말 그대로 전임자가 했던 업무를 그대로 답습한다. 자리보존형과 같이 역시 조직에 큰 문제가 되지 않는다. 감사에 지적받을 일도 없다. 지적받게 돼도 가벼운 견책이나 훈계 정도다. 이전에도 그랬기 때문에 나도 그렇게 했다는 변명도 가능하다. 법규에 의존하기보다는 전임자와의 통화나 대화에 의존해 일을 처리한다. 젊은 직원과 나이 많은 직원을 가리지 않고 나타난다. 부서를 옮겨 다니며 전임자의 업무를 답습하는 루틴과도 방식은 나이 들면서 더욱 경직된다.

업무의 인수인계는 중요한 절차이다. 멘토와 멘티가 오랜 공직생활을 두고 장기적으로 이어지는 관계라면 인사철 전임자와 후임자는 재빨리 업무에 돌입하기 위해 업무의 핵심을 이전받기 위한 멘토와 멘티 관계다. 멘토는 정성 어린 조언과 축적된 노하우를 제대로 전달해줘야 하며 멘티는 이 인계를 주의 깊게 받아들여야 한다.

대부분의 기초자치단체에서 부리나케 이루어지는 업무의 인수인계는 이전 담당자의 업무를 온전히 내 것으로 만들기 위한 시간이 절대적으로 부족하다. 온고지신이 아닌 온고지고를 하고 싶어도 기존에 하던 방식조차 습득이 쉽지 않다. 1년, 2년 안에 일어난 보직 변경, 자리 이동, 파견 근무 등 갑작스러운 업무 환경의 변화에서 살아남는 방법은 답습하는 것이 가장 빠른 방법이다. 또 어떤 경우는 업무를 인계해주기 위한 준비가 아무것도 안 된 경우도 있다. 기본 편람 하나만 던져주고 자리를 떠나는 경우도 있고 인수자가 인계자를 만나지 못하는 경우도 있다. 기존과 똑같이 하고 싶어도 그럴 수 없는 처지인 것이다.

답습은 좋은 것이다. 창조는 모방에서 출발한다. 뭘 알아야 시늉이라도 할 것 아닌가. 그래서 답습은 꼭 필요하다. 내가 생각하는 업무답습형 공무원의 가장 큰 문제는 후배 공무원에게 좋지 않은 본보기로 남기 때문이다. 윤이 나는 검은 구두를 신고 흰색 셔츠에 검은 정장을 입고 대한민국의 공무원으로 사회에 첫발을 내딛던 신입 공무원이 처음부터 업무답습형 공무원은 아니었을 것이다. 쓴맛, 단맛 보며 몇 년도 아닌 단 몇 개월의 근무를 하다 보면 현실을 직시하게 되고 실상에 대처하는 자기만의 방법을 체득하며 공직생활에 적응해간다. 그러다 첫 번째 인사발령을 받게 되고 다른 부서로 이동하게 되면서 처음 나와 다른 업무를 하는 선배 공무원으로부터 업무를 인계받게 된다. 어쩌면 멘토가 될 수도 있는 존재로부터 대개 전임자가 만든 비공식적 업무 매뉴얼을 전수하고 새로운 업무에 돌입하게 된다.

그때 한 번도 해보지 못한 업무를 마주하게 되면 막막함을 느끼게 되고 가장 빨리 일을 처리할 방법을 찾게 되는데, 주로 같은 업무를 보고 있는 동료나 지인에게 전화 혹은 메신저를 통해 업무 방법을 묻게 된다. 혹은 전임자에게 전화를 한다. 그 역시 부서 변경으로 새로운 업무를 보기 때문에 바쁠 게 뻔한데도 물어볼 데라곤 전임자뿐이다. 메신저를 보낸다. 인터넷을 뒤져 보기도 한다. 점차 업무에 적응해서 안정을 되찾는다. 그리고 일정 시간이 지나서 자신의 업무에서 일련의 패턴과 요령을 익히게 되고 이후로는 변화를 찾기 위한 노력은 점차 희미해져 간다. 나의 조직도 기존의 업무 방식에 대해 별다른 문제를 얘기하지 않는다. 상급자도 새로운 업무 방식을 요구하지 않는다.

재사회화라는 말이 있다. 처음 자신의 모습이 새로운 조직에서 요구하는 방식으로 바뀌어가는 모습을 보고 재사회화가 되어간다고 말한다. 주니어 공무원은 보고 듣고 배우는 모든 것들을 내재화시켜 재사회화에 들어간다. 그리고 이들이 다시 시니어 공무원이 되면 다시 재사회화된 방식으로 후배 공무원들에게 멘토가 되고 전수자가 되는 것이다. 업무 답습의 전통이 만들어져 가는 것이다. 역사학자 이기백은 전통은 스스로 깨닫지 못하는 사이에 우리의 몸에 배어 현실에 작용한다고 했다. 그리고 전통이라는 것이 계승해야 하는 것이라면 인습(因襲)을 버리고 새로운 것을 창조하려는 노력의 필요하다고 한다. 지금의 사고방식과 업무 방식이 전통이라고 자부하지만 새로운 시각과 객관적 관점을 견지하고 있는 주니어 공무원에게는 인습으로 보일 수 있다. **공무원 조직은 전통이라는 틀 안에서 창조성을 감퇴시키는 우물의 벽돌을 쌓아 올린 뒤 우물 속에서 보이는 동그란 하늘만 바라보**

고 있는지 아닌지 의심해야 한다.

다음 장에서도 이야기하지만, 현재 대한민국의 모든 공무원 조직은 창조성을 깊이 갈망하고 있다. 공무원이 하는 일을 정형화된 업무와 비정형화된 업무를 나누어볼 때, 무섭게 변하는 시대에 따라 점점 비정형화된 업무가 늘어가고 있다. 매뉴얼에 없고, 인수인계서의 내용이 의미가 없으며, 전문적인 용어가 가득한 업무가 공무원의 책상 위로 스멀스멀 올라오고 있다. 온고지고의 방식은 이런 새로운 변화에 대해 한계를 가지고 있다.

난 대한민국에서 일어나는 안전불감증으로 빚어진 재난, 기후 변화와 관계된 자연재해, 매년 되풀이되는 물난리, 공사장의 안전사고, 대형 화재 등은 우연이 아니라고 생각한다. 이런 사고는 대개 공무원이 하는 일과 연관되어 공무원이 직접 관계되어 있거나 공무원에게 인가, 허가, 감독, 점검 등을 요구한다. 업무의 프로세서를 바꾸는 것은 작은 일이지만 프로세서가 바뀌어 이전에 발견되지 않았던 문제가 발견되는 경우도 있다. 때로는 담당자 스스로가 새로운 방법으로 조사방식을 변경한다면 감춰져 있던 문제가 드러날 수도 있다.

난 과거 민방위 업무를 보면서 경보기를 다룬 적이 있었다. 만약의 경우를 대비해 반경 10km까지도 소리가 들릴 수 있는 경보기는 최첨단 장비였다. 경보기의 컨트롤러 패널을 열었을 땐 일반인이 이해하기 힘든 조작 버튼이 가득했다. 별도의 교육을 들어야 겨우 이해를 할 수 있었으나 이마저도 비정형적인 업무라 매일 들여다볼 수도 없어 한 달도 지나지 않아 습득된 기억도 희미해져버렸다. 이를 염두에 두어 경보기의 조작 순서를 문서로 남겼다. 난 긴급한 상황이 생긴다면 문서와 같은 매뉴얼이 정말 효과가 있을까 의심했다. 우리가 겪은 안 좋았던 대형 사고는 대부분 실제 일어나지 않을 것 같은 상황이 오랫동안 일상

속에서 실제 일어나지 않을 것처럼 잠자고 있었기 때문이다.

건물에 대한 리모델링이 한창 진행 중이라 낙하물에 의한 사고를 막기 위해 낙하물 방지망을 설치한 건물이 있었다. 지인이 운영하던 오픈된 카페는 리모델링 건물과 붙어 있었고 카페 테라스에는 작은 돌덩이가 날아왔다. 당시 구청의 관계 공무원은 몇 가지 안내 사항을 남긴 뒤 떠났고 다시 공사는 재개되었다. 공사를 막을 법적 근거가 없다는 것이 핵심이었다. 공무원만 탓할 수는 없었다. 그 기술직 공무원은 그 지역의 리모델링 건축물에 대한 감독을 모두 담당하고 있었다. 그 당시 다른 지역에는 잭서포트[2] 부실로 붕괴가 일어난 사건이 있었다. 지인은 결국 공사가 끝날 때까지 안전상의 이유로 카페의 영업을 잠시 중단했다고 한다.

업무답습형 공무원이라고 글을 쓰고 있지만, 갑자기 내가 왜 답습하는 공무원에 대해 쓸데없는 걱정과 대한민국의 걱정을 하는지 모르겠다. 그저 지금 내가 하는 일에 적당한 답습과 적절한 변화만 주면 무난한 직업 생활로 잘 살아가게 될 텐데 말이다. 그러나 가만히 생각해보면 업무 답습이라는 습관적 행태를 방치하다가 마치 폭탄 돌리기와 같은 일이 반복되고 결국, 누군가 그 일을 처리해야만 하는 경우를 많이 보았다. 난 지방직 공무원이다. 폭탄이라고 해봤자 앞으로 얼마나 큰 폭탄이 터지겠냐마는 나처럼 작은 지방에서 일하고 있는 공무원만 있는 것은 아니다. 작은 폭탄이든 큰 폭탄이든 답습의 패러다임이 공직 문화에 깊게 자리 잡고 유지된다면 우리는 앞으로 안 좋은 뉴스를 계속해서 들으며 살아가게 될 수도 있다.

---

2) 건축에서 버팀목으로 사용되는 가설재

▶ 명예추구형 공무원

　불교에 자주 등장하는 단어가 있다. 집착이다. 법정 스님의 무소유는 집착하는 자신에 관해 이야기한다. 팔만대장경에는 집착이라는 주제가 줄곧 등장한다. 집착은 물건에 대한 집착, 내 지위에 대한 집착, 여자친구 남자친구와 같은 이성에 대한 집착, 집에 대한 집착 등 여러 가지가 있겠다. 불교에서는 이 집착이 강한 사람은 죽어서도 그 집착 때문에 다른 세계로 이동하지 못한다고 한다.

　공무원이라면 자신의 지위에 대한 집착이 있겠다. 난 공무원이 되고 난 후 '왜 저렇게 승진에 목을 맬까?' 하고 생각했다. 7급이 그렇게 되고 싶으면 7급 공개 경쟁 시험을 쳐서 7급 공무원으로 들어오면 되고 5급 행정사무관이 한평생 꿈일 정도면 행정고시에 합격해서 5급 공무원으로 들어오면 되지 않는가?

　간혹 도로를 지나다니다 보면 중형차에 온갖 튜닝을 하고 다니는 차를 보게 된다. 마후라를 뜯어 굉음을 내고 온갖 스티커를 붙이고 레이싱 카처럼 보인다던가 자동차 가격에 맞먹는 정도의 좋은 타이어휠 달고 다니는 것을 본다. 그럴 때 드는 생각은 국산 차보다 성능이 좋은 외제 차를 타면 될 일인데 왜 저렇게까지 하는가 생각했다(지금은 국산 차가 외제 차처럼 좋은 시대이지만). 오히려 저러한 치장이 그 차가 가진 고유한 디자인 라인이 주는 매력을 감소시킨 것 같았다. 그 차의 주인은 비싸고 성능 좋은 자동차를 살 돈이 없었을 것이다.

　다소 무리한 비유 같지만, 돈과 시간과 열정이 없기 때문에 다시 시험을 칠 수 없는 것이다. 내가 돈이 부족해 값비싼 차를 살 수 없듯(튜닝이 취미인 분들을 제외하고) 내가 다시 시험 쳐서 공직에 들어갈 여력도 없고 들어간다는 보장도 없다. 지금 내가 누리고 있는 지방직 공무원 직급의 급여와 명예를 포기하고 다시 행정고시를 쳐서 5급으로 채용된다고? 훗날 생각해보니 그건 거의 불가능에 가까웠다.

난 8급 공무원 때 5급의 젊은 여성 사무관과 소개팅을 한 적이 있었다. 외모까지 출중하여 '설마 이 엘리트 여성 공무원이 나를 만나주겠어?'라는 소극적 생각으로 대화를 나누었다. 그러나 의외로 영어라는 공통의 관심사와 나의 솔직한 성격이 맘에 들었는지 한동안 친근하게 이야기도 나누었고 이후로도 몇 번의 만남을 가진 적이 있었다. 그동안 5급 공개 경쟁 시험에 대해 들었던 이야기가 기억에 남아 있다

수험 기간은 처절하였다고 했다. 9급으로 합격한 나도 나름대로 열심히 해서 공무원이 되었다고 했으나, 왜 사람들이 고시라고 부를 정도인지 느낄 수 있는 이야기였다. 난 '내가 9급에 합격할 정도의 인재밖에 되지 않는구나.'라는 미약한 자존감을 가진 것도 아니다. 그럼 어렵겠지만 다시 '5급 공개 경쟁 시험을 쳐서 5급 사무관이 되면 되지 않는가?'라고 되묻는다. 현실은 다시 나에게 '아니야, 그건 불가능해.'라고 맞받아친다.

국가직 7급 시험에서 소수점 단위 차이로 불합격한 기억이 떠올랐다. 7급 공무원의 수험 기간 내내 나를 가장 힘들게 한 과목은 경제학이었다. 이공계 전공자인 내가 경제학에 대한 배경지식도 없었지만, 진척 없는 점수 때문에 공무원 학원의 단과반에 등록해도 경제학 성적은 실망스러웠다. 그러다 행정고시의 경제 관련 주관식 문제를 접했을 땐 더욱 당황스러웠다. 현실이 말하는 '그건 불가능해.'가 맞았다. 이외에도 시간과 돈의 장벽이 느껴졌다. 무엇보다 젊은 날의 소중한 시간을 보장 없는 결과물에 매몰시켜야 한다는 것이 무서웠다. 결국, 난 그때부터 7급도 그렇지만 '5급이라는 것은 책에서 만나지 말고 직장에서 만나야지.'라고 읊조렸다. 그리고 어른들의 말씀을 아로새긴다. "공부는

할 수 있을 때 열심히 하는 것이니라."

명예추구형 공무원은 명예를 중요시한다. 나의 이름을 대내외로 알리는 것은 승진만 한 것이 없다. 호랑이가 죽으면 가죽을 남기지만 공직에서는 지위를 남긴다. 공무원의 현재 직위는 명예를 가장 간단하게 표현해 주는 중요한 표시다. 높은 직위를 위해서는 승진을 해야 한다. 그래서 승진에 목을 맨다. 그런데 승진하려면 상급자에게 인정받아야 가능하다. 인사에서 과장과 국장의 의견은 대부분의 기초지자체에서 승진의 성패를 가르는 중요한 요소다. 그러니 상급자에게 잘 보여야 한다. 승진을 위해서는 몇 가지 개인적 요소를 가미해야 하는데 여기서 3가지를 추려보자면

제1조건은 이기심을 살짝 가미하는 것

제2조건은 업무 능력을 최대한 가미할 것

제3조건은 윗사람의 눈도장을 가미할 것

'영혼 없는 공무원'이라는 말이 유행한 적이 있다. 승진을 위해서는 영혼을 살짝 빼야 한다. 영혼이 살짝 빠졌다는 말은 영혼이 없다는 것과는 다르다. 여기서 영혼을 살짝 뺀다는 것은 양심의 가책을 느껴도 승진을 위해서는 승진에 방해되는 것을 살짝 무시해버릴 수 있어야 한다. 승진을 위한 과정보다는 결과에 집착해야 한다. 우린 처음 공무원이 되었을 때 동기 모임이라는 것을 조직한다. 공직생활에 대한 업무 공유부터 고민을 나누며 직장생활의 작은 위로를 주고받는다. 때로는 동기애를 발휘하여 끈끈한 관계를 지속해나간다. 그러나 점차 동기간에 승진 시기가 차이 나게 될 수도 있다. 나의 승진이 도래했는데 동기가 늦었다고 하여 별수 있는가. '난 먼저 간다'고 마음속으로 말하고 내

가 먼저 승진하는 것이다.

예전에 인사 시즌의 일이다. 누가 봐도 열심히 일을 해왔던 직원이 있었다. 주변의 평판은 저 정도면 승진을 하겠거니 예측했지만, 휴직을 마치고 복귀한 한 해 빠른 선배에게 승진 자리를 내주었다. 승진에 성공한 그 선배 공무원은 승진 뒤에 격무 부서에서 몇 개월 근무하고 다시 휴직을 신청하였다. 다른 조직도 마찬가지겠지만 휴직을 하게 되면 원활한 인사 업무에 큰 방해가 될 뿐만 아니라 휴직으로 빠진 자리의 업무 공백을 메우기 위해 같이 일을 하던 공무원이 업무 증가라는 간접적인 피해를 보게 되는 경우가 있다. 그리고 승진한 선배는 그로부터 일 년 후 격무 부서를 피하여 조금 더 편한 부서로 복직하였다.

승진을 위한 두 번째는 업무 능력이다. 특히 기초지자체가 심하지만 연공 서열에 따라 승진을 하는 문화는 오랫동안 있어왔다. 여기에 학연, 지연, 혈연은 승진에 지대한 영향을 미치고 있다. 이 지독하게 고착화된 연(緣)에 의한 승진 문화에서도 한 가지 무시 못 하는 것은 업무 능력이다. 지금은 몇몇 대기업에서는 업무의 효율성을 높이기 위해 회의 진행에 가식적인 보고서나 현란한 PPT 보고를 생략하고 있다. 이런 추세에 반해 공직 사회는 아직도 간부 회의나 각종 회의에서 PPT를 유용하게 사용하고 있다.

공직에 들어오면 의외로 PPT를 잘하는 직원이 드물다. 그래서 완성도가 높은 PPT가 발표된 날이면 저걸 누가 만들었냐고 물어보게 된다. 핵심적인 업무 전달을 위해 점차적으로 일부 대기업에서 사라져가고 있는 이런 PPT 작성 능력도 간부가 봤을 때는 능력이 뛰어난 것으로 보인다. 이외에도 말을 조리 있게 잘하는 의사 전달력, 유권 해석이 필요한 현안에 대해 명확한 법률적 답변을 내놓는 공무원, 기존 업무 방식으로 해결되지 않던 민원 사안에 대해 무언가 창의적인 방법으로 해결을 한 공무원, 지자체장의 역점 사업을 원만하게 처리한 성과를 인정받은 공무원, 지자체의 예산을 아껴 쓰는 데 기여한 공무원은 승진심사에서 절대 무시당할 수 없다.

세 번째는 눈도장이다. 다시 말해 윗사람의 마음에 드는 것이다. 일과는 상관없이 술을 잘 마시는 상급자에게는 술을 잘 받아줄 수 있는 하위직 공무원이 마음에 들 것이다. 또는 성실함을 최우선으로 삼는 사람은 그것을 우선으로 본다. 심지어 장기 자랑만 잘해도 승진이 가능한 경우도 있다.

옛날 나의 조직에는 노래를 잘하는 7급 A 직원이 있었다. 그 A 직원은 젊은 사람들이 부르는 인기 가요가 아닌 인기 트로트를 맛깔나게 불렀다. 구청장이 동석한 직원 만찬이 있던 날이었다. 구청장은 즉석에서 직원들의 장기 자랑을 제안했고 '나섬'을 꺼리는 공직 분위기와 달리 자진해서 자신의 장기인 트로트를 멋지게 불렀다. 멍석을 깔아도 나설까 말까 하는 조직 분위기에서 앙코르를 외칠 정도로 자발적 박수를 받은 터라 A 직원은 구청장의 눈에 그냥 도장이 아닌 인감도장을 받았었다. 이후 도래된 인사 시즌 A 직원은 동기들보다 훨씬 빠르게 승진 명부에 올랐고 결국 6급으로 승진하고야 말았다.

업무 능력과는 상관없지만, 업무 외적인 능력으로도 눈도장을 받게 되고 그로 인해 승진하는 경우는 많은 것이다. 당신이 앞서 말한 첫 번째와 두 번째 조건은 기본이고 세 번째 조건까지 가미되었다면 다음 승진자는 당신일 것이다. 누군들 승진하고 싶지 않겠는가. 간혹 철저한 웰빙라이프를 추구한다고 하여 승진은 관심 없다던 직원도 인사 시즌이 오면 자신의 이름이 명부에 있는지 없는지 확인하고 있다. 명예 욕구는 당연하다. 사람의 다양한 욕구는 동기를 제공한다.

공무원이 일하게 만드는 동기 중 하나는 **본인이 인정받고자 하는 욕구**가 크게 작용한다. 기획실이나 요직 부서에서 일하던 사람들은 본인들이 이 기초지자체에서 중요한 부서 라인을 계속 밟아가고 있다는 자부심이 있다. 1960년 동기 부여 학파의 학자 매슬로우는 자신의 성취 동기 이론에서 조직의 기대와 같은 외부적 요인에 의해 성취 의욕이 발현될 수 있다고 보았다. 내가 중책을 맡게 되었을 때 그 일을 원활히 잘 수행하여 직장동료와 상급자에게 인정을 받고 그 인정에 의한 만족감은 또다시 나에게 성취 동기를 부여하는 작용을 해서 일 잘하는 엘리트 공무원의 이미지를 계속해서 공고히 다져가게 된다. 난 이것을 성취 동기 이론이라는 어려운 말로 기억하지 않고 그냥 '뽕한 느낌'이라고 부른다.

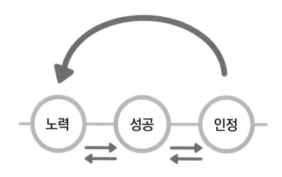

인정과 위로는 감정을 다루는 심리학에서 가장 핵심적인 단어다. 그중에 인정에 대한 욕구는 누구에게나 있다. 직장에서 자신의 목표(거의 퇴직까지 이루게 될 자신의 직급 혹은 위치)를 설정하고 목표를 이루기 위해 인정에 대한 욕구라는 것을 내재적 동기 요인으로 삼게 될 때는 자신의 직장에서 모든 행태를 결정짓는 효과를 본다. 어떨 때는 먼저 승진한 사람의 행태가 조직의 표본이나 롤 모델이 되는 경우도 있다. 인정을 받게 되면 승진을 한다는 명백한 사실이 반복적으로 일어나면 공식이 되고 모델이 되는 것이다.

승진은 공무원이라는 조직의 고유한 목표가 아니고 하나의 부산물일 뿐이지만 우리는 그 부산물에 자신의 목표를 설정하기도 한다. 공무원은 공공을 위해 일하는 사람이라는 개념으로 한정하였지만(근로자와 달리 '근로자의 날'에 쉬지도 않음), 실제 공무원으로 일해보면 공공을 위한 퍼블릭 서번트(Public Servant)가 아니라 근로자(Worker)에 가깝다. 품위를 유지해야 하는 고상한 의무를 넣었지만, 현실은 승진이라는 욕구에 불타오르는 근로자와 다를 게 없다. 공공이라는 개념이 포함된 공인이라는 신분 때문에 이 승진이라는 명예(Honor)를 얻게 되어 더욱 돋보일 뿐이다. 그냥 승진이 좋을 뿐이다. 그리고 이왕이면 공직에서 승진이 더욱 좋을 뿐이다.

매슬로우가 말했듯 승진은 최고의 자아실현이 아니다. 공직에서 명예추구형 공무원이 가장 고차원적인 상위 욕구인 자아실현까지는 도달하지 않는다. 왜냐면 우리의 삶이 직장에서만 있는 것은 아니기 때문이다. 내가 바라보는 나의 자아는 하나지만 자아실현 욕구는 직장, 가정, 모임, 학교 등 여러 곳에서 다르게 설정된 목표로 다르게 나타난다고 보아야 한다. 직장에서 업무의 표본이나 롤 모델과 같은 모습의 공무원이 가정에서 본인이 설정한 이상적 아빠, 엄마, 아들, 딸이 아닐 수도 있다. 오늘 사무실에서 처리해야 하는 일을 야근까지 하며 완벽히 수행하고 회식 후 밤늦게 집에 들어간 아빠가 아이들과 놀아줄 시간은 없다. '뽕한 느낌'이 직장 안에서 과도하면 분명히 자신의 라이프의 다른 부분에서는 조율되지 않은 음표와 같은 이상음이 들릴 수 있는 것이다. 혹은 역으로 직장 외에서 이미 이상음이 들려왔기 때문에 직장에서라도 나의 에너지를 쏟아붓는 것일 수도 있다.

"성공에 집착하지 마라, 성공에 집착할수록 성공하지 못할 가능성이 커진다. 행복과 마찬가지로 성공이란 것도 의식적으로 얻으려 한다고 해서 구해지는 것이 아니다. 성공은 자기 자신의 이해보다 더 큰 목

표에 헌신할 때에 얻어지는 부산물일 뿐이다. "
　　　-오스트리아 심리학자, 빅터 프랭클의 《삶의 의미를 찾아서》

　요즘 한 번씩 머리를 스치는 생각은 '독하다'는 말은 독하다는 그 자체의 의미보다 '응어리지다'가 아닌가 하는 생각이 든다. 독하다는 것은 독해지기 위한 동기가 있었다는 것을 암시한다. 콤플렉스는 나에게조차 그 모습이 쉽게 드러나지 않는다. 나도 한때 지독히도 승진이 하고 싶었다. 하위직 공무원이 뭐 승진을 해본들 얼마나 두드러진 명예를 얻겠느냐마는 그때는 조금이라도 빨리 승진하는 것이 공직 인생 전체를 통틀어 가장 현명한 것이라는 막연한 믿음에 휩싸인 적이 있었다.

　고백하건대 난 내 마음속에 무엇인가 응어리진 것이 있었다. 풀리지 않았던 과거의 아픈 기억이나 상처가 딱딱한 감정의 응어리가 되어 난해한 수학 문제처럼 꼬여 있었던 것 같았다. 승진이라는 만족이 이 난해한 문제를 꼭 풀어줄 것만 같았고 불만족한 삶의 양상을 바꿔줄 것만 같았다. 이런 식으로 남들에게 인정을 받으면 내 삶의 공허함이 사라질 것만 같았다. 원래 이루고자 했던 내 삶의 모습이 명예를 가지는 것은 아니었을 것인데도 말이다. 나의 삶은 가장 나다운 모습으로 살아가는 것이다. 명예라는 옵션이 장착되면 좋지만, 그 옵션이 가장 나다운 삶에 필수적인 옵션은 아니었다는 깨달음이 있었다.

　승진이라는 명예를 갖고 싶은 건 어느 공무원이나 마찬가지이지만 직장이든 어디든 명예라는 것이 나의 궁극적 자아를 실현시켜줄 것이라는 것은 무리한 생각 같다. 같은 값이면 다홍치마라고 한다. 보기 좋은 음식도 구미가 당긴다. 높은 명예를 가진 것도 당연히 좋다. 그러나 삶의 만족을 승진에서만 찾고자 과도한 에너지를 쓴다는 것도 무리인 것 같다. 돈을 버는 것은 좋지만 돈을 버는 것에 너무 과도한 에너지를 쓴다면 야망의 빈곤함을 보이게 된다는 버락 오마바의 말처럼, 적당한 명예 욕구가 아닌 과도한 명예 욕구로 공직생활을 이어가다 보면 인생이 빈곤해지지 않을까 한다. 인생을 나답게 길게 보고 풍요롭게 만들자.

▶ 영혼 있는 공무원

감사 때마다 모든 서류를 정리하는 공무원이 있다. 3년 치 서류를 감사관에게 일목요연하게 보이기 위해 그리고 자신의 담당 업무를 체계적으로 처리하기 위해, 이전의 공무원이 해결하지 못했거나 미뤄놓았던 업무를 처리하기 위해 헌신하는 공무원이 있다. 아무도 모시고 싶지 않은 담당 팀장 밑에서 다른 직원이 기피하는 업무를 맡아 보는 공무원이 있다. 그리고 대개 헌신의 이미지가 그렇듯 꿋꿋이 그 일을 다 해내고야 만다. 일을 잘한다는 정평이 나기 시작하고 다음 인사 때 또 헌신해야만 하는 자리로 옮겨간다. 요직 부서로 자리를 옮기지만 역시 중요한 업무를 맡아 늦게까지 일하는 경우가 빈번하다. 묵묵하고 헌신적인 이미지의 이 공무원은 실제 나와 친했던 선배의 모습이었다.

난 헌신하는 공무원이 좋은 공무원이라고 생각하지 않는다. 공무원이기 이전에 사람으로 태어나 누구나 인간답게 살 권리가 있다. 헌신의 공무원은 인간답게 살지 못할 확률이 높다. 우리가 알고 있듯 헌신이라는 노력에 대해 적절한 보상도 이루어지지 않는다. 야근이 잦고, 주말에도 출근하며, 버거운 업무량이 줄어들지 않는다. 이 때문에 일과 가정의 양립이 어렵고, 결혼과 연애가 영향을 받을 수도 있고, 나의 취미와 관심사에 시간을 보내지 못한다면 본인의 삶의 욕구가 채워지지 않을 수 있다. 그러다 어느덧 자아가 채워지지 않는다는 허전함이 들이닥치는 임계점에 섰을 때 비로소 헌신적인 나의 공직생활상이 좋은 것만이 아니었다고 느낄 수 있을지 모른다. 헌신만이 영혼을 채우는 것은 아니다.

난 처음 신입 공무원이 되었을 때 앉은 자리의 책상 모습을 기억하고 있다. 깔끔하게 정리된 서랍과 각도가 잡힌 모니터의 모서리에는 중요한 메모가 정리된 포스트잇이 붙어 있었고 작은 책꽂이에는 업무를 위한 핵심 편람이 꽂혀 있었으며 그 책의 갈피마다 중요한 내용에는 색깔 있는 띠지를 붙여 쉽게 찾아볼 수 있도록 되어 있었다. 전임자의 캐비닛에는 비교적 쉽게 정리된 문서철이 한눈에 보였으며 문서 보존 상자의 제목은 모두 인쇄된 A4 용지를 오려 붙여 연도별, 제목별, 업무분야별로 즉시 찾을 수 있도록 되어 있었다. 이렇게 기억을 하는 것은 이것이 처음이자 마지막이었기 때문이다. 이후로 옮겨 다니는 부서마다 심하고 덜 심하고의 차이만 있었을 뿐이었지 모두 흐트러지고 덜 정리된 책상과 업무가 가득했다.

이전에도 깨닫고 있었지만, 자신이 좋아하지 않는 일을 하기란 정말 어려운 것이다. 행정직 공무원은 업무의 특성과 전공에 관계없이 여러 가지 일을 해야 한다. 좋아하는 일이 아니더라도 말이다. 그리고 내키지 않는 사람과 함께 일하는 것은 큰 고통이다.

-2014년 3월 어느 날

직업적 선택에 후회가 서려 휘갈긴 메모지였다. 난 행정직과 전혀 관계없는 이공계를 다녔었다. 그렇다고 행정직을 좋아했던 것도 아니었다. 이공계를 다녔으면 기술 직렬과 관련된 공무원을 선택하는 것이 자연스럽지 왜 행정직을 선택했는가? 나 자신에게 물어보니 이유는 흐름에 휩쓸린 거 같았다. 선발 인원이 가장 많았던 행정직은 언제나 그렇듯 전공과 비전공을 가리지 않고 가장 많은 인원을 모집하는 직렬이었다. 우리가 사는 사회가 그렇듯 취업 자체가 힘든 시대라 전공과 비전공에 관계없이 일단 취업이 되어야 한다. 실패자를 위한 패자부활전의 기회가 적절히 제공되지 않은 사회이기 때문에 찬밥과 더운밥을 가릴 처지는 아니었다.

2006년도, 한창 내가 공무원 시험을 치를 당시에는 33명이 입장하는 수험장에는 30명이 넘게 입실하였다. 100대 1이라는 경쟁은 현실이었다. 합격 후 공무원들이 하는 일이 무엇인지 보고 듣고 겪어보게 되었다. 직장인이 되었지만, 덕업일치라고 말하는 진정 내가 원하는 일이 맞는가 수없이 되뇐다. 스트레스가 그리 만들고 업무의 어려움이 그리 만들고 적은 보상이 다시 그런 생각을 하게 만들었다.

임용 당시 4급의 면접관이 나에게 던진 질문이 기억난다. "공무원이 되려는 이유가 무엇인가요?"라고 물었다. 그때 난 내가 한 대답이 일반적인 상식의 기준을 벗어나 그릇된 가치관을 가진 수험생으로 비칠지도 모른다는 생각 때문에 마음에 있지도 않은 형식적 대답을 하였다. "공공을 위해 일한다는 자부심을 느낄 수 있는 직업이라고 생각합니다. 공무원으로 봉사와 헌신의 마음을 가지고 주민과 국민을 위해 일하고 싶습니다." 뭐 대충 이런 형식이었다. 지금 생각하면 이불 킥을 날리고도 남을 형식적인 대답이었지만 낮은 면접 점수 때문에 불합격이 될 수도 있으니 최대한 교과서적인 대답이 필요했다. 그 질문을 던진 면접관이 저런 형식적인 대답을 기대하고 물은 것은 아니었을 것이다. 오히려 진솔하고 인간적인 대답을 기대했을 수도 있고 남과 다른 지원 동기를 가진 특별한 신입 공무원을 원했을 수도 있다. 공직생활 15년 차에 들어선 지금 나에게 공무원이 되려는 이유가 무엇이냐고 묻는 면접관이 있다면 다시 이렇게 대답하고 싶다.

"무엇하나 먹고 살기 힘든 시대입니다. 이런 시대에 안정된 직업을 가진다는 것은 행운이라는 것을 알고 있습니다. 변하지 않는 월급과 연금이 보장되고 직장과 더불어 직장 밖의 삶에 시간을 쏟아서 내 삶의 만족을 찾을 기회를 갖게 해주는 공무원 같은 직업을 가진다는 것은 큰 축복입니다. 더 많은 보수와 더 많은 개인의 삶을 보장해주는 좋은 일자리가 있다는 것은 알지만, 현실적으로 나의 능력은 그런 최상위 직업을 차지할 수준에 도달하지 못했습니다.

그러나 저는 주어진 일을 끝까지 완수하려는 책임감과 인간적인 감정을 공유할 줄 아는 건전하고 상식적인 사람입니다. 또한, 남들과 다른 창의적인 일에 몰두할 수 있는 장점도 가지고 있습니다. 내가 가진 이런 모습이 공무원이 되는 데 부족하지 않다고 생각합니다. 남에게 베풀었을 때 최고의 행복감에 도달한다는 말이 진리라는 것을 알고 있습니다. 저는 개인적인 욕구를 충족하면서 동시에 직업적인 봉사를 통해 타인의 삶도 존중하고 싶습니다. 그래서 공무원이 되고자 합니다."

다시 대답한 이 답변조차도 과연 그런가 되새김질한다. 개인적인 욕구도 충족하면서 살고 타인의 삶도 존중하면서 살았는가? 영혼 있는 공무원이란 제목으로 이 장을 쓰면서 난 뭔가 내 안에 저장하고 비축해 뒀던 에너지를 쏟아내는 느낌이었다. 내가 느끼는 감정을 모두 여기에 쓸 수는 없지만, 톨스토이의 책 《인간은 무엇으로 사는가》라는 철학적 물음까지 문득 떠올랐다. 내가 사는 삶이 진정한 삶인가라는 물음이 자꾸 들었다. 공무원이라는 직업을 가졌지만, 공무원이기 이전에 나라는 인간의 본질은 바뀐 것이 없다. 영혼 있는 공무원이기 전에 '영혼 있는 인간인가'라고 나 자신에게 물어본다.

그 물음으로 자연스레 과거 삶의 행적을 뒤적거렸고 기억 속에 잠자고 있던 후회가 다시 떠올랐다. 진심을 다하지 못했던 순간, 모른 척 지나갔던 순간, 사랑한다고 더욱 깊게 표현했어야 하는 순간 등 온갖 기억이 오일장의 좌판처럼 머릿속에 널브러져버렸다. 기뻤던 기억도 있지만, 영혼 있는 인간으로 살고 있는가 하는 물음에는 후회의 기억이 가장 먼저 떠올랐고, 그 기억이 생각을 멈출 수 없게 만들었다. 매 순간을 영원할 것처럼 살아도 부족하다고 하는데, 한 치 앞을 계산하고 살기 바쁜 일상들로만 가득 찬 것 같았다. 깊은 후회가 깊은 깨달음을 주는 게 맞다면, 지금 끄집어낸 후회(직업적 선택의 후회까지)가 내가 사는 삶을 진정한 삶으로 바꾸어 줄 수 있을까 하는 생각도 들었고 지금이 순간에도 후회의 기억을 계속해서 만들어내는 삶이 아닐까 하고 두렵기도 했다.

내가 만든 생각과 말과 행동이 몇 가지 후회를 만들었지만, 후회가 지금의 나를 끌어내리지는 않는다. 후회 때문에 지금의 나를 부정하면 안 된다고 다짐한다. 후회는 미완의 인간이 겪는 감정이다. 난 완성되지 못했다. 사십이 넘는 지금도 미완이다. 그리고 앞으로도 완성되지 않을 것을 안다. 그러나 지금도 후회하지 않을 삶을 만들어가기 위해 노력하며 살아가는 역동적이고 소중한 존재라고 생각한다.

"나아가라. 계속 밀고 나아가라. 나는 내가 할 수 있는 모든 실수를 해왔다. 그렇더라도 나는 계속 나아가고 있다."

-철학자 르네 데카르트

남들이 모르는 슬픔이 내 마음을 무겁게 누를 때도 있었다. 후회와 슬픔 때문에 나를 버리겠다는 마음도 들었다. 안동 도산서원을 갔을 때 퇴계 이황의 수신십훈(修身十訓)의 한 구절이 생각난다.

"털끝만큼이라도 내가 못났다는 생각은 하지 마라."

이 글을 쓰고 있는 그저께 한 대기업의 직원이 어린 두 아들과 아내를 남겨두고 직장 스트레스로 목숨을 끊었다는 뉴스를 보았다. 톨스토이가 말한 인간에게 허락되지 않는 것이 죽음이라고 하였는데 어떻게 어린 두 아들을 남겨두고 세상을 등질 수가 있는가라고 물었다. 그리고 다시 가장이 직장에서 견뎠을 고통의 무게가 가늠되지 않았다. '내가 사는 삶이 진정한 삶인가?'를 물을 때 꼭 한 가지 붙잡고 있어야 할 동아줄과도 같은 건 나 자신을 향한 사랑이다. 내가 살아갈 수 있는 건 타인이 내게 준 사랑과 나 자신을 향한 사랑이다. 나의 선배와 같이 모범적이고 헌신적인 삶을 사는 공무원이라도 나 자신을 돌보지 않았다면 언젠가는 감정이 옥죄어 올 수 있다. 나 자신이 얼마나 소중한 존재인지 깨닫는 것은 힘들다. 그러나 **나 자신이 얼마나 소중한 존재인지 깨닫기 위해 노력하면서 살아가야 한다.**

영혼 있는 인간, 영혼 있는 공무원이라고 말하는 것은 나는 소중한 존재이고 그런 소중한 나를 다듬고 보살피며 스스로 아껴가겠다는 말이다. 어릴 적부터 누군가에게 진심으로 내가 잘해나갈 거라는 믿음을 받지 못했을 수도 있다. 긍정의 힘과 사랑을 받지 못했을 수도 있다. 그렇다고 정서적 후원이 없었던 지난날을 탓할 수는 없다. 세상에 내가 태어나는 것은 내가 결정할 수 없지만 태어난 이후의 삶은 내가 결정할 수 있는 존재다. 그 누구도 나의 선택을 질타할 수는 없다. 우리는 스티그마[3]보다는 피그말리온 효과[4]를 믿는다.

"인생은 짧다. 매 순간을 나 자신으로 살아야 한다. 참된 자신을 찾는 건 결코 쉽지 않지만 그러기 위해 끝없이 노력해야 한다. 그게 인간답게 사는 길이다."

-철학자 최진석

미혼의 젊은 여성 공무원들은 연휴 기간을 이용해 해외여행을 많이 간다. 불만족스러운 직장의 일상에 찌들어 있을 때 잠시 낯설고 아름다운 풍경이 있는 해외로 떠난다. 그곳에서 새로운 사람과 문화를 접하면 일상을 잊을 수 있다. 나를 가장 잘 들여다보기 위해 나를 가장 잘 아는 사람과 만남보다는 나를 전혀 모르는 사람과의 만남이 필요할 때도 있다. 때로는 혼자 여행을 한다. 방해받지 않는 것과 내려놓을 수 있

---

3) 부정적인 낙인이 찍히면 그 인식은 사라지지 않는다는 이론
4) 긍정적인 기대나 관심이 좋은 영향을 미친다는 이론

는 시간이 중요하다. 온전히 나 자신과 마주하는 시간이다. 일상에서는 나 자신에 관한 몰입이 없었다. 가족과 친구, 주변의 익숙한 사람들과 잦은 만남에서 벗어나 나를 마주할 시간이 없었다. 나를 마주하지 못해 내 감정이 어떻게 흘러가는지 모른 채 살고 있었다.

"고독을 즐기는 법을 배우지 않는 한 생의 많은 부분이 그 부작용을 회피하려는 필사적인 노력으로 점철되고 말 것이다."
- 《몰입》의 저자 미하이 칙센트

이 광활한 우주에서 나라는 존재가 특별하다면 그래서 나를 사랑한 다면 남들이 정해놓은 생각의 방식과 훈계, 가르침, 비판, 평판, 설교, 구설수에 둘러싸여 나라는 존재가 잊혀가게 내버려둘 수 없다. 내 존 재가 잊혀간다는 것은 슬픈 일이다. 내 감정이 살아 있을 때, 내 생각이 살아 있을 때 난 존재한다. 내 감정은 의외로 미약하고 상처에 약하다. 자신감과 경험으로 무장하였지만, 껍질을 벗기면 있는 그대로의 내가 드러난다. 있는 그대로의 나에게 위로가 필요했지만 위로하지 못했다. 내 감정을 위로하고 다독이는 시간이 필요했다. 그 시간은 나 자신이 얼마나 소중한 존재인지 느낄 수 있는 세상에서 제일 중요한 시간이었 다. 내가 얼마나 소중한 존재인지 알고 있다면 남이 정해놓은 길을 따 라갈 수 없다. 그것이 부모가 정해놓은 길, 선생님이 추천하는 길, 직장 의 인생 선배가 권유하는 길일지라도 내 존재는 주체적으로 내가 결정 하는 삶일 때 가장 가치 있는 삶이다.

"연예인을 따라 하려는 사람들은 아름다움의 의미를 잘못 이해하고 있습니다. 남들에게 어떻게 보일지 생각하며 아름다움을 추구하는 것 은 좋은 행동이 아닙니다. 여러분은 지금의 당신을 사랑했으면 합니다. 당신이 자신을 사랑하지 않는다면 누가 당신을 사랑하겠어요. 세상이 원하는 내가 아닌, 나 자신을 사랑하는 법을 배웠으면 합니다."

난 과거 우울증과 불면증 등 복합적인 정신적 슬럼프를 겪었다. 마음의 감기와도 같이 찾아온 허무함이 생활 전체를 도배하였다. 무기력한 상태에서 아무것도 할 수 없었다. 몇 번의 실패에 내 안에 에너지가 소진되었고, 나의 감정과는 다르게 변함없이 돌아가는 일상의 패턴을 따라가지 못해 허겁지겁 마실 물을 달라는 감정을 무시하면서 지냈다. 결국, 나 자신에게 관심이 없었다는 것을 임계점에 도달해서야 알게 되었다. 그리고 끓는 점에 도달했을 때 냄비 뚜껑은 내게 요란한 소리를 냈었다. 기진맥진하며 찾아간 심리 상담사에게조차도 곪아서 굳어진 내 감정은 의외로 쉽게 모습을 드러내지 않았다. 나를 가장 잘 아는 것은 나라고 자신 있게 얘기할 수 없었다.

6주간의 대화 끝에 마지막 주에 비로소 알게 되었다. 새로운 나는 없었고 원래 있었던 내가 있었다. 내 감정과의 대화는 어느 날 갑자기 해보고 싶다고 해서 시작되는 것이 아니었다. 그간 본심을 가리기 위한 위장막과 양파처럼 겹겹이 싸인 변명이 무장하고 있었다. 그렇게라도 무장하지 않으면 쉽게 상처받을 내 자아가 무서웠기 때문인지도 모른다. 난 내 감정과의 대화가 나를 이해하고 사랑하는 데 큰 도움을 준다는 것을 늦게 알게 되었다. 공무원으로 생활하면서 무언가 채워지지 않는 공허함이 순간순간 나를 짓눌렀고 불만족스러운 현실에서 떠나고픈 마음은 즉흥적인 행동에 기름을 부었고, 흘러가는 시간이 아까웠지만 의미 없이 흘러가게끔 내버려두고 있다는 자책감도 예민한 나에게 스트레스로 다가왔다. 20대의 혼란한 시간은 즐거운 추억을 찾으려 하지만 뜻대로 되지 않았던 기억들이 가득했고, 가치판단을 요구하는 직장과 가정은 내 마음에 안정을 주는 날이 적었다.

자신의 감정과 대화 시간을 많이 가져야 한다. 명상 때 사용하던 띵샤의 사라져가는 소리에 집중할 때도 가능하고 고요한 절간의 풍경을 멍하니 바라보다 옮겨간 뒷산에 멈춘 시선에도 가능하다. 이런 의도적인 시간을 만들 수 없어도 아침 출근길 복잡한 지하철에 몸이 맡겼을 때 자동문 위 광고를 보고도 대화의 시간이 찾아올 수도 있고, 심지어 가장 붐비는 번화가의 길거리 벤치에서 잠시 눈을 감고 있어도 가능하다. 겨울 바다가 보이는 오전, 카페에서 커피 마시며 멍하니 바다를 바라볼 때 내 감정이 나에게 말을 걸 수도 있다.

우리가 즐기는 혼술은 내 감정을 달래기 위한 소소한 일상의 위로 섞인 대화였다. 어떤 날에는 슬픈 대중가요의 발라드를 듣고도 눈물이 날 것 같았던 때가 있었고 그 기억은 내 감정과의 대화를 시작할 수 있는 단초가 될 수도 있었다. 내 감정과 대화하고 있다는 느낌을 한 번이라도 가져본 사람은 또다시 이런 느낌을 찾게 될 가능성이 크다. 그 경험이 나에게 준 정화(靜和)와 미약하지만, 평정심으로 나를 바라보게 해주었던 귀한 시간이 다시 생각이 나기 때문이다.

동사무소

02

▶ 동사무소

지방직 행정공무원이 꼭 거쳐 가는 근무지가 있다. 바로 동사무소다. 입에 익은 말, 동사무소라는 말을 이제 더는 쓰지 않는다. 2018년에 행정복지센터라는 말로 변경되었다. 우리는 생각 없이 주민센터를 드나들지만, 주민센터 입구 어딘가에는 이 조직도와 직원들의 업무 그리고 이름이 적힌 그림이 걸려 있을 것이다(만약 없다면 게시해야 한다).

행정복지센터의 민원 창구에 일하는 공무원은 매일매일 일반인과 대면을 한다. 원하는 서류를 발급해주고, 다급한 신청서를 접수하고, 마을의 불편 사항을 현장에서 듣는 곳이다. 분야로 나누자면 건축, 토목, 재난, 세무, 가족관계, 주민등록, 민방위, 문화, 주민 자치, 아동, 여성, 노인, 장애인, 환경 등이다. 여기에 농촌이나 도농복합지역의 동사무소는 면(○○면 행정복지센터)이나 읍사무소(○○읍 행정복지센터)로 불리고 또 몇 가지 분야가 더 추가된다. 이런 다양한 분야가 망라된 업무를 하는 곳은 마치 하나의 소규모 정부와도 같다. 정부도 16개 부처가 있다면 동사무소는 그보다 더 많은 업무 분야가 있는 곳이다. 이렇게 중요한 동사무소에서 일하는 공무원은 그 소규모 정부를 대변한다.

동사무소는 행정과 복지로 크게 양분된다. 읍·면 단위로 가면 더 많은 분야로 나뉘지만, 대도시의 행정복지센터는 이렇게 크게 양분된다. 이런 행정복지센터의 행정 분야의 6급을 사무장이란 직함을 쓰고 복지 분야의 6급은 팀장이라는 직함을 주로 쓴다. 행정 분야의 6급은 행정, 문화, 세무, 건축, 건설, 주민등록 등등의 일을 담당하여 동장을 보조하며 복지 분야의 6급은 복지, 노인, 청소년, 양육, 저소득층 등의 업무를 담당하여 동장을 보조한다.

동사무소는 각종 홍보지로 넘쳐나는 홍보의 장이다. 16개 중앙 부처에서 추진하는 주요한 정책의 홍보물은 동사무소에 가면 다 볼 수 있을 정도다. 리플릿을 예로 들면 A4 용지를 두 번 접어 총 6면의 인쇄 공간을 확보한 이 홍보지 형태는 거의 모든 기관에서 쓰고 있다. 가끔 형형색색의 리플릿을 멀리서 놓고 보면 정보의 중요성보다는 가장 예쁜 디자인을 선발하는 것 같은 홍보 전시장같이 느껴지기도 한다.

그러나 동사무소 방문객은 이 리플릿 홍보지를 거들떠보지도 않는다. 심지어 육아 정보가 필요한 임산부도 육아 관련 리플릿을 쳐다보지 않았다. 2017년도에 동사무소에 근무했을 적에 방문객들을 위해 보기 편한 자리에 위치해 둔 리플릿 중에는 반년이 지나도록 손을 댄 흔적조차 없는 것이 대다수였다. 그리고 신청 기간 혹은 홍보 기간이 끝난 리플릿들을 정리할 때는 포대기를 가져와서 버릴 정도로 양이 많았다. 이렇게 버리고 나면 또 다음날 온갖 정부 기관, 비정부 기관으로부터 리플릿은 줄기차게 배달되어 온다. 그리고 또 버린다. 이런 대책 없는 홍보 방식으로 인해 버려지는 리플릿을 보면서 이것을 만들기 위해 용지와 인쇄와 디자인을 위해 들어간 돈이 얼마나 심하게 낭비되고 있는지 생각할 수밖에 없었다. 홍보의 방식이 변하는 세상에 살면서도 이런 리플릿들을 볼 때면 홍보를 하지 않았다는 질책과 책임에서 벗어나기 위해 만든 모습으로밖에 보이지 않았다.

동사무소는 온갖 유형의 민원인이 찾아오는 곳이다. 동사무소에 있으면 세상에는 남에게 삿대질하고 욕하는 사람이 그렇게 많다는 것을 느낄 수도 있다. (모두가 그렇지는 않지만) 대개 민원인을 상대하는 사람은 6급 계장이 아니고 9~7급인 말단 공무원이다(자꾸 민원인, 민원인하니 관공서를 찾아온 국민으로만 한정 짓는 것 같은 느낌이 든다). 당장 내가 사는 동네의 주민센터를 가보라. 그리고 유심히 직원들이 앉아 있는 책상의 위치를 보라. 분명 나이가 있는 사람(6급 계장)은 동사무소를 찾아간 나와 가장 멀리 있을 것이며, 나와 가장 가까운 창구에 앉아 있는 직원은 대개 9급 하위직 공무원일 것이다. 왜 나를 대면하는 사람은 항상 하위직 공무원이냐고 불만을 품고 난동을 피운다면 저 멀리 앉아 있는 6급 공무원이 당신을 쳐다볼 것이다. 거기서 좀 더 크게 난동을 피우면 6급 계장은 자리에서 일어날 것이며, 더 길게 난동을 피우면 나에게로 다가올 것이다(그렇다고 진짜 가서 난동을 피우면 아니 된다).

동사무소는 또한 행정학에서 말하는 거버넌스(Governance)의 출발점이다. 거버먼트(Government)는 국가나 정부라는 의미지만, 거버넌스는 국가나 정부에 준정부의 의미가 더해진다. 거버먼트가 일방적 통치의 개념에 가깝다면 거버넌스는 경영의 개념에 가깝다. 준정부는 정부가 제공하는 행정 서비스를 정부를 대신하여 주민에게 제공한다. 비영리나 자원봉사 조직은 이런 정부의 역할을 대신하여 공공의 활동을 하는 것이다. 난 처음 서무(동사무소의 한 보직)를 맡았을 때 동사무소와 연관된 공공단체가 그렇게 많은지 몰랐다. 지금 생각나는 것을 적어보자면 바르게살기협의회, 새마을단체(남녀 구분), 통장연합회, 자율방범대, 의용소방대, 경로후원회, 주민자치위원회, 민간사회안전망, 방위협의회, 자율방재단, 지역사회보장협의체, 봉사단 등 많고 많은 단체가 상존한다.

지방의 기초자치단체가 펼치는 행정 서비스가 주민의 일상에 속속들이 다다르지 못할 때 이런 단체들은 행정 서비스를 공급하고 도우면서 지방 정부와 유기적인 네트워크를 형성한다. 자연재해가 발생한다거나 국가적인 재난 상황, 온갖 사고 현장 등에서 도움을 줄 수 있고 공무원을 대신하여 국민의 안전을 지켜주기도 한다.

이런 것이 긍정적인 작용이라면 내가 본 바로는 부정적인 작용도 있었다. 단체의 궁극적 목표를 잊고 자신의 단체를 위해 이익집단화하는 경향이 있고, 기초 의원이나 자치단체장이 되기 위해 자신의 이름을 지역사회에 알리는 수단으로 생각하기도 한다. 때로는 기초자치단체와 협치가 아닌 단체의 뜻을 관철하려는 압력을 행사하기도 하며 단체가 구성원의 직업적 홍보를 위한 대상물, 사교의 수단, 협소한 지역사회의 인맥 관리 방편을 위한 모임 등의 수준으로 전락하는 경우도 보았다.

긍정적인 면과 부정적인 면이 상존하지만 어떤 면이 우세한지는 판단하기 힘들다. 정치적인 영역이기 때문이다. 다만 동사무소는 이 단체들과 현장에서 직접 만나고 협력하며 거버넌스를 진행 중이다.

동사무소의 이미지는 어떤가? 방문하였을 때 겉으로 보이는 이미지도 저마다 다를 것이다. 어떤 동사무소는 현대식 건물에 반짝이는 대리석, 깨끗한 엘리베이터에 깔끔한 주차장을 갖추기도 한다. 흡사 사기업 본사와 같은 곳이 있는가 하면 남의 건물을 빌려 구석의 공간에 현판을 걸고 낮은 층고에 대민 시설을 갖추고 행정 서비스를 제공하는 곳도 있다. 직원들의 책상은 허름하고 업무 공간은 협소하며 열악한 근무 환경을 벗어나지 못한 곳도 있다. 대개 공공의 시설이 그렇듯 최신식의 시설은 예산의 낭비로 비칠 수 있기에 주민의 편의성과 효율성을 위주로 운영된다. 아직 쓰는 데 문제가 없으면(내구연한이 남았다고 말한다) 공용물을 폐기할 수 없고 부족한 예산으로 무리하게 일반 재산을 사들일 수도 없다.

직접 공무원이 된 후 동사무소에 근무해보니 일반인 신분이었을 때 보지 못한 부분을 많이 보게 되었다. 우리는 내 집과 내가 아끼는 물건과 내 자동차를 관리할 때는 신경을 쓰고 진심을 다해 관리한다. 그러나 동사무소는 내가 일하는 장소일 뿐, 내가 살고 아끼고 보살피는 대상이라고 생각하기 쉽지 않다. 건물을 관리하는 건물주도 아닌데 현재 문제가 없다면 허름하더라도 고쳐 쓰고 공사해서 쓴다. 금융 업무를 보기 위해 은행 창구를 갔을 때 '고객님을 위한 공간'을 연상한다면 대부분의 동사무소는 그 기대와는 다르거나 미치지 못한다.

동사무소는 직원들을 위한 휴식 공간이나 피트니스 공간은 없다. 몇몇 여유로운 사기업은 직원들의 업무 능률을 향상하고 직원들의 사기를 북돋우고자 휴식과 트레이닝이 가능한 공간을 설치하였다. 동사무소는 주민들을 위해 교양 강좌나 문화센터를 운영하는 곳이 있다. 주민들의 문화생활을 위한 공간을 확보하고 공청회나 민간단체의 회의를 위한 강당 같은 장소를 만들다 보니 직원들을 위한 휴게 공간은 없다. 전국의 읍·면·동사무소에 직원들을 위한 휴식 공간이나 잠시 쉴 수 있는 공간이 있다면, 그 지역은 직원이 행복해야 지역이 발전한다는 철학을 실천하고 있는 곳일 수도 있다.

대개 동사무소 직원들은 아침에 출근하자마자 자기 자리에 앉아 컴퓨터를 켜고, 업무를 시작하고 출장을 다녀와서 자기 자리에 앉아 쉬고, 점심을 먹고, 각자의 자리에서 쉰다. 초과근무를 할 때도 저녁을 먹고 각자의 자리에서 쉰 다음 업무에 들어간다. 그 자리도 편한 의자와 쓸 만한 책상에 선명한 모니터 정도만 있어도 다행이라고 봐야 한다. 동사무소에 근무할 때 한 번씩 생각이 들었다. '우리 지역에서 낭비 중인 예산을 조금만 더 줄인다면 철제책상 하나쯤은 나무 재질로 바꿀 수 있지 않을까?' 하고 말이다. 과거에 난 내가 쓰는 의자가 너무 불편했다. 의자가 너무 불편하니 바른 자세를 잡기 힘들었고, 업무 효율도 떨어지고, 무엇보다 퇴근하면 뭔가 피곤함이 배가 된 것 같았다. 의자를 바꾸고 싶었으나 예산이 없었기 때문에 방도가 없었다. 그래서 집에서 사용하던 사무용 의자를 동사무소로 가져가 업무를 본 적이 있었다. 동사무소는 직원들의 사소한 불편 사항을 적극적으로 해결해주는 곳이 아니다.

　동사무소는 직원들에게 유배지가 될 수도 있고 요양원이 될 수도 있다. 공무원이 본청이라 부르는 지역의 시청이나 구청에서 승진하면 대개 읍·면·동사무소로 발령이 난다. 그리고 일정 기간 근무하면 다시 본청으로 인사가 난다. 본청에 있는 동안 어렵고 힘든 업무를 맡아 승진이 되었고 승진 후 잠시 동사무소에서 여유로운 공무원 생활을 누리기도 한다. 이와 같은 인사 패턴이 거의 정형화되어 있기에 발령이 난 공무원도 그러려니 하며 동사무소에서 정시 출퇴근하는 생활을 누리기도 한다. 자리보존형 공무원이 동사무소 근무를 좋아하는 이유이기도 하다.

　다른 경우는 유배지가 될 수도 있다. 인사권자의 눈 밖에 난 직원은 관내 구역에서 가장 멀거나 혹은 가장 많은 민원이 들어오는 동사무소로 발령이 나기도 한다. 민선 지역 정부가 핵심 정책을 시행하는 데 있어 추진력이 떨어지거나 능력이 없다는 이유로 보내졌을 수도 있다. 그런 민선의 추진 정책에 불만이 있는 직원도 있을 것이다. 유배지 격으로 보낸 인사 조치였지만 때로는 유배지로 생각하지 않는 공무원도 있다. 어떤 경우는 자진해서 인사 부서에 유배지로 보내달라고 요청하는 경우도 있다. 조직은 유배지로 생각하지만 당사자는 요양할 기회로 삼기 때문이다.

　한직의 동사무소 근무는 "공무원의 꽃"이라고 표현하기도 한다. 그간 못했던 취미생활과 여행, 퇴근 후의 라이프를 즐길 시간이 많아져 행복한 유배지 생활을 찾는 공무원이 점점 늘고 있다. 5~60대분들이 나에게 어디서 근무하냐고 물을 때 내가 본청 무슨 무슨 부서에서 근무한다고 하면 "아유, 대단하시다. 수고가 많으시다. 높은 자리에 계시는데 앞으로 잘 봐달라." 등등의 말이 오고 간다. 그러나 어디 동사무소에 근무한다고 하면 동네 빵집 청년 대하듯 친숙하게 말을 한다거나 한직에 있는 공무원 대하듯 하는 느낌을 많이 받았다. 동사무소는 공직 내부에서도 보직과 근무 환경에 따라 시각차가 존재하듯이 일반 국민이 바라보기에도 다양한 관점과 시각차가 존재하는 곳이다.

▶ 50개 부서에서 가장 중요한 곳

조선 시대 임금들은 내금위나 금군청에 소수의 경호원을 대동하고 미복잠행(微服潛行)을 즐겼다. 미복잠행을 가장 많이 했던 숙종은 현장에서 백성을 소리를 듣고 나라의 대소사를 처리하는 아이디어를 발견하거나 인재를 등용하였다. 그러나 현실에서 대통령이 미복잠행을 하기란 경호상의 문제가 있어 쉽지는 않겠지만 기초자치단체장이 미복잠행을 한다거나 이와 유사하게 현장의 목소리를 듣겠다고 주민을 만난다는데 어려움이 일을 리가 없다. 얼굴이 알려졌으니 미복잠행과도 같은 일은 어렵다고 한다. 그러나 기존에 만나던 민간단체나 정치에 조금이라도 관심을 두고 있는 사람이 아니라면 시장이나 구청장의 얼굴을 모르는 사람이 대부분이다. 검은 양복에 의전비서와 수행원을 대동하고 검은 승용차의 뒷자리에서 내리지 않는다면 젊은 사람들은 시장이나 구청장을 알아볼 리가 없다. 자치단체장이 짙은 양복을 입고 혼자서 길거리를 걷고 있을 리도 없고 마을버스를 기다리며 핸드폰을 만지작거릴 일도 없고 마트에서 장바구니를 들고 마주칠 일도 없다(물론 선거 기간은 예외겠지만).

50개 부서는 기초지자체를 구성하고 있는 대략적인 부서의 개수이다. 어느 하나 중요하지 않은 부서가 없지만, 동사무소가 특별히 중요한 이유는 생생한 국민의 생각들이 직접적으로 전달되는 곳이기 때문이다. 그러나 지자체장은 자기를 뽑아준 주민들의 생각을 읽을 수 있는 동사무소의 중요성을 아직 인식하지 못하는 듯하다.

물론 시청, 도청, 구청의 담당 부서에 전화하여 원하는 의사를 전달할 수도 있겠지만 전화는 공무원과 마주하여 생생한 내용을 전달하는 것과는 차이가 크다. 찾아가기에는 거리상 불편함이 있기에 접근성이 떨어진다. 그렇다고 인터넷을 이용하는 것은 내가 원하는 건의 사항의 전달력이 더욱 줄어든다. 사람과 마주할 때는 표정과 말소리의 톤, 억양 등 생생히 전달되었지만, 인터넷을 이용할 때는 글로 쓰거나 OX 하듯 조건식의 절차로 민원을 전달하기에 전달력이 줄어드는 것이다. 또한, 아직도 인터넷을 사용할 수 없는 수많은 국민이 있다. 디지털 리터러시(Digital Literacy)가 부족한 국민에게 동사무소는 공무원들 쉽게 만날 수 있는 곳이다.

과거 내가 일했던 구청에는 구청장이 직접 일일 동장으로 근무하는 제도가 있었다. 비록 일일 동장이지만 직접 일선 현장의 현실을 체험하기에는 좋은 제도였다. 그러나 그 제도 역시 주민들과의 접촉 기회는 배제된 채 동사무소의 결재 등을 처리하는 행정 업무에 국한된 한계를 가지고 있었다. 일종의 보여주기 식 행정에서 크게 벗어나지 못했다.

대개 구청장이 동사무소에 방문한다고 하면 이미 의전부터 시작된 극진한 방문 채비를 모두 갖춘 채 몇 가지 시나리오를 짜고 그에 맞춰진 계획과 동선대로 구청장(혹은 시장)이 움직인다. 일 년 동안 되풀이되는 동 방문 행사, 연두순시[5], 각종 관변 단체와의 만남 등등은 모두 기획에 의해 만들어진 각본과도 같은 행사이다. 주민들의 생생한 생각을 듣기 위한 방문이었지만, 질문과 그에 대한 예상 답변이 짜인 각본대로 주민들과 만남이 이루어지는 곳이 대부분일 것이다. 실제 내가 사는 구(區), 내가 사는 동네 혹은 마을에 대한 다양한 삶의 이야기가 구청장에게 제대로 전달되겠는가? 항상 생생한 삶의 이야기는 각본 없는 드라마와 같은 현실에서 나올 수 있는 것이다.

리더가 갖추어야 할 핵심 요소 중에 '디테일'이 있는데 이 디테일은 리더 자신의 전공이나 과거의 경험과 관심에서 표출되는 경우가 많다. 예컨대 지금의 간부가 승진 전 과거에 일했던 업무 분야에서 습득했던

---

5) 연초에 관할 읍면동의 방문

지식과 구체적인 일의 흐름과 방식에서 드러나는 연륜이 그와 같다. 일반 행정가를 양성하는 직업공무원제하에서 두루두루 거친 업무에서 습득된 공통된 스킬과 의사 결정 패턴은 특별하게 차이가 나지 않는다. 그러나 간부의 대부분이나 지자체장이 그렇듯 전문성이 부족한 부분은 관련 부서의 보고와 청취에 의존하게 된다. 백문불여일견(百聞不如一見)이라는 말이 있다. 간부 회의에서 다뤄지는 현안에 대해 직접 볼 수 없기에 백문불여일청(百聞不如一聽)을 하는 것이다. 때로는 아무리 보고를 받아도 직접 눈으로 확인했을 경우에 문제가 해결되거나 사태의 심각성을 알게 되는 경우도 있다. 그래서 '백문불여일청'보다는 '백문불여일견'이 필요하다.

건물의 안전도가 D등급, E등급이라는 것을 현장에서 직접 보는 것이 내부 회의에서 듣는 것보다 사태의 심각성을 더욱 여실히 알 수 있다. 대개 빡빡한 지자체장의 일정에는 그러한 시간을 내는 것이 힘들다. 행사성 일정을 줄이고 현안 사업의 현장을 방문한다면 가능할지도 모른다. 여기서 한 걸음 더 나아가 '백견불여일체득'이면 더욱 좋다. 백번 보고 받아도 직접 가서 시찰하고 과정을 지켜보는 것이 좋고, 더 좋은 것은 백번 보아도 지자체장이 직접 해보고 경험해서 알게 되는 것이 더 좋다.

"가장 뛰어난 아이디어는 점원과 창고 직원들로부터 나온다."라고 한다. 현장 경영은 현장의 현실을 직접 보고 체험함으로써 정확하고 신속한 의사 결정을 가능하게 한다. 그 과정에서 일선의 직원과 직접적인 의사소통이 가능하고 몇 단계를 밟아 걸러져 올라오는 보고가 아닌 현장의 생생한 상황을 알게 되는 것이다. 그래서 수많은 기업의 리더들이 현장 경영을 중요하게 생각한다. 동사무소는 백견불여일체득 하기 가장 좋은 현장이다.

현직 공무원이 듣기에는 터무니없는 망상처럼 볼 수 있으나 상상이라도 해본들 어떠하겠는가? 내가 지자체장이라면 혹은 고위 간부라면 경험과 체득에서 오는 생생한 현장감과 아이디어들을 최우선으로 하겠다.

관할 지역의 환경 부분에서는 초등학교 주변에 유해 업소가 많다는데 정말 그런지, 쓰레기 수거 과정을 직접 체험해본 뒤 발견할 수 있는 수많은 아이디어, 동사무소에 산재해 있는 소규모 공사가 필요한 지역을 걸어보는 것, 법적 근거도 없고 검증도 없이 오랜 기간 '주민숙원사업'이라는 명목으로 집행되는 예산이 실제로 잘 쓰이는지, 인근 공사장의 생활 소음으로 인해 밤낮으로 고통받는 지역에 환경 부서 담당자와 함께 나가보는 것, 불법 주·정차가 극심한 도로에 왜 불법 주·정차가 많은지 직접 방문하는 것, 교통사고 빈번하다는 관할 지역에 대해 추가 시설물이나 도로 상황을 변경해야 하는지, 애견 인구가 늘어난다는데 새로운 수요층을 위한 새로운 시설물은 없는지, '아름다운 꽃길 조성'이 별로 쓸모없어 보인다는 외지인의 말대로 매년 많은 예산을 여기에 써야 하는지, 공원의 관리에 예산을 절감할 수 있는 부분은 없는지, 공유재산이 실제 현장에서 목적에 맞게 임대하고 있는지.

인력 관리 부문에서는 공무원의 업무를 도와주는 통장이 어떻게 면접을 거치는지 면접관으로 참여해보는 것, 초과근무 50~100시간을 해도 업무 시간이 모자란다는 사회복지 담당 공무원의 현실적인 토로를 들어보고, 민원 창구에 4명의 직원이 있어도 밥 먹을 시간이 없다는 업무 강도가 실제 그런지, 공공근로로 선발된 사람들이 업무를 게을리한다는데 왜 그런지 근로 구역을 둘러보는 것, 선거철만 되면 그토록 업무 과중에 시달리는 직원에 대한 처우개선이 왜 안되는지, 당직자와 숙직자의 근무 여건 고충을 들어보는 것.

재난·재해 부문에서는 관내 공사 관련 민원이 많은 지역을 둘러본다는 것, 산불 감시 구역의 위치가 적절한지 혹은 인력 예산을 아낄 수 있는 새로운 감시 체계의 마련이 가능한지, 장마철 수해가 예상되는 지역에 대비는 잘 되어가는지 확인하는 것, 재난·재해관리시스템이 잘 돌아가고 있는지.

복지 부문에서는 장애인 단체들을 직접 만나 본다는 것, 기초수급대상자와 만남에서 얻어질 현실적인 복지 정책, 아동 급식처의 음식은 믿을 만한지, 독거노인에 대한 관리가 제대로 되고 있는지.

인구 문제 부문에서는 인구가 왜 늘지 않는지 직접 정주 여건을 발로 뛰어 확인하는 것, 지역에 아동 병원이 하나도 없다는 엄마들의 건의에 대해 직접 알아보는 것, 귀농 장려를 위해 농기계를 지원할 때 적정하게 지원자가 선정되는지, 매년 농민 지원 사업에 관한 데이터가 체계적으로 관리되고 있는지.

읍·면·동의 관리 부문에서는 동사무소에 설치된 주민 편의 시설과 강좌 프로그램이 잘 운영되어 주민에게 유익한 문화 생활로 자리 잡아가는지, 마을 공동체와 함께 추진하는 사업이 동사무소에서 잘 되고 있는지, 4차 산업의 시대에 맞춰 빅데이터의 활용이 가능한 생활 민원이 없는지, 동사무소에 접수되는 민원을 유형별로 데이터화가 가능하지, 우리 동네에 가장 필요한 것이 무엇이냐는 설문 조사 결과와 동사무소 담당자가 현실적으로 느끼는 점도 그와 같은지, 왜 그 동사무소만 유독 사건·사고가 많이 일어나는지 확인하는 것.

재임 기간 공약에 대해서는 관내 주민의 생각을 들어보는 것, 과거 중점적으로 추진해온 관광사업 결과 관광객이 없다는데 왜 그런 것인지, 그로 인해 예산을 계속 투입해야 하는지, 소모성 축제라고 질타받는 지역 축제에 축사만 하지 말고 직접 참여하고 체험해보는 것.

지자체장의 업무 버킷리스트가 있다면 동사무소는 그 버킷리스트의 대부분을 채워줄 수 있을 만큼 방대한 정책의 싱크 탱크(Think Tank)와도 같은 곳이다.

그럼 이렇게 묻는다. 감사 부서가 있고, 기획 부서가 있고, 사업을 하는 부서가 있고, 동사무소의 동장이 있는데 그들은 아무 일도 하지 않는 것인가? 전략적이며 핵심적인 참모가 아무리 지자체장이 직접 경험한 것과 같은 알짜 보고서를 올려도 현장에서 다양한 이야기를 보고 듣고 체험하는 것과는 많은 차이가 있다. 삼성전자를 먹여 살리는 것은 반도체다. 故 이건희 회장이 왜 현장 경영을 강조하며 반도체 생산 라인을 수시로 방문하고 확인했는지를 생각해보면 된다. 그리고 자리보존형 공무원, 업무답습형 공무원이라면 안 하거나 덜 하고 있을 가능성이 크다. 동사무소는 이런 실제적인 모든 행정을 확인할 수 있는 곳인데도(뒷장의 인사 관련 얘기에서 다루겠지만) 시군구 행정 단위에서 가장 존재감 없는 소위 한직이라고 평가받고 있다.

▶ 6급의 낙원

계장은 6급이다. 행정직 6급, 건축직 6급, 건설직 6급, 공업직 6급, 토목직 6급, 세무직 6급 등 직렬은 다르지만 모두 계급은 6급이다. 5급은 사무관이라는 직위를 가지고 있으나 5급 미만의 직급(6~9급)은 직위가 없어 모두 주무관이라고 통칭한다. 여기서 직위와 직급의 차이점을 보자면 직위는 말 그대로 직(職)의 위치이다. 일반 회사에서는 사원, 대리, 과장, 차장, 부장 등의 직위에 해당한다. 직급은 호봉이나 급수를 말한다. 5급, 6급, 7급, 8급, 9급으로 나누는 것도 직급이요, 9급 1호봉, 9급 2호봉, 9급 3호봉처럼 호봉으로 나누는 것도 직급이다. 그래서 일반 회사는 직위를 주로 쓰며 공무원은 직위 대신에 직급을 주로 쓴다. 그러나 공무원도 일반 회사처럼 직위를 쓰긴 하는데 사무관(5급), 주사(6급), 주사보(7급), 서기(8급), 서기보(9급)라는 말이 직위에 해당한다. 현실에서는 이처럼 부르기가 쉽지 않기 때문에 사무관(5급)과 주무관(6~9급)으로 나눠서 부른다. 다소 복잡한 개념은 전부 직위 분류제에서 왔으나 직위 분류제의 전통 개념도 시대가 바뀜에 따라 조금씩 바뀌고 있다.

많은 직원이 9급에서 7급까지 멈추지 않고 공직생활을 이어오며 승진해왔지만 6급이 되는 것에는 다소 어려움이 있다. 6급 실무자보다는 관리직의 성격이 있기 때문이다. 9급부터 7급까지 담당 업무에 구체적인 실무를 보게 된다면 6급은 실무의 큰 윤곽을 이미 알고 있다는 전제하에 더 나아가 그것을 총괄하는 자리이기 때문이다. 당연히 9급보다 하이 퀄리티를 요구하는 직무가 있을 것이고 7급 공무원보다는 더 큰 책임이 뒤따르게 되어 있다. 업무 현장에서는 그런 큰 책임이 있는 자리라는 의미에서 '보직을 준다'고 표현한다. 보직을 받았다는 것은 7급에서 승진하여 계장, 팀장, 사무장의 자리에 앉았다는 것이다.

6급 계장의 성격을 놓고 보니 현실과 다른 감이 있다. 교육학자 로렌스 피터(Laurence J. Peter)는 유명한 《피터의 원리》라는 책에서 수직적 계층 조직 내에서는 조직 구성원은 무능력 수준까지 승진한다고 말한다. 사업 부서에서 일했을 때, 상관으로 대했던 계장이 있다. 나중에 우리 하위직 동기들은 그 계장이 5급으로 승진하는 것을 보고 '아, 그냥 대충 살아도 5급은 되는구나.' 하고 탄식했던 적이 있다. 직업 공무원제에 따라 나이가 들어 6급까지 승진하였지만, 지방직 6급 행정 공무원은 겪어보지 않는 업무가 본인이 겪어본 업무보다 훨씬 많다. 내 능력과 경험은 7급이지만 시간이 지남에 따라 6급으로 승진하여 내 능력 밖의 업무를 보기도 한다는 것이다. 나 역시 훗날 6급으로 승진하겠지만 마찬가지일 것이다.

옛날에 같은 조직의 모 동장(5급)은 회계와 예산 업무를 본 적이 없었다. 그래서 회계와 예산 관련 문서의 결재가 올라오지만 '그러할 것이다.'라고 대충의 감으로 결재를 하였다. 속어로 '구력'이라고 불리는 연륜에서 나오는 감으로 결재를 하는 것이다. 십수 년간의 공직생활 중에 자신이 경험하지 못한 업무에 대해서 결재를 해야 하는 자리에 있지만, 업무 원리를 구체적으로 모르는 경우가 많은 것이다. 또 다른 경우는 업무는 알겠는데 직원들의 관리 능력이 떨어지는 경우도 있다. 리더십이 부족하여 직원들 간에 혹은 자신과 직원 간의 관계를 관리하지 못해 성과를 내지 못하는 경우도 있다.

진급에 욕심이 있는 6급 주무관은 동사무소 사무장(팀장) 자리를 좋아하지 않을 것이다. 앞서 50개 부서에서 가장 중요한 곳인데도 동사무소는 진급을 목표로 하는 주무관에게는 중요하지 않다. 만약 인사권자(기초자치단체장)가 동사무소를 내 생각처럼 가장 중요한 곳이라 생각한다면, 당연히 많은 6급 주무관들은 기를 쓰고 동사무소 팀장이나 사무장으로 가려고 할 것이다. 그게 아닌데도 동사무소는 왜 많은 6급 주무관이 가려고 하는 것일까?

동사무소는 피터의 원리가 적용되지 않는다. 내가 무능력할지라도 6급까지 지내온 연륜으로도 충분히 업무를 감당할 수 있고, 대체로 깊은 전문성을 요구하지 않으며, 관리해야 할 사람의 숫자도 많지 않다. 환경에 따라 개인적인 차이는 있겠지만 동사무소라는 직장은 6급 팀장에게 그리 큰 능력을 요구하지 않는다. 급여만 놓고 보자면 시청이나 구청의 부서와 월급은 똑같은데 요구하는 능력이 동사무소가 적다면 동사무소를 택한다. 직장에서의 생활을 낙원이라는 말을 써가며 표현할 것은 아니지만, 지금까지의 공무원 생활을 돌이켜봤을 때 동사무소는 몇 가지 조건이 된다면 6급 공무원에게 낙원이 될 수 있다.

첫째 조건은 인적 구성이다. 모든 직장이 그렇겠지만 일보다는 사람이 중요하다. 아무리 일이 힘들지라도 육체적으로 힘든 것은 조직의 업무 재구성을 통하거나 업무 방식의 개선을 통해서 줄여나갈 수 있다. 그러나 사람은 그렇지 못하다. 사람의 성격을 재구성하거나 개선한다는 것은 불가능에 가깝다. 그래서 같이 일하는 동료가 중요한 것이다. 동료 6급 직원과 아래 직급의 직원들과의 조화로운 조직 생활도 중요하지만 6급은 읍면동의 장(長)인 5급 사무관과 일의 손발이 맞거나 성격이 맞거나 하는 것이 중요하다. 읍면동의 한 명의 장에 눈치만 보면 된다는 것은 여러 명을 의식해야 하는 7~9급과는 다른 조건인 것이다. 6급 정도 될 때까지 조직에서 버텨온 사람이라면 어느덧 5급 간부와의 친밀도가 쌓여 있거나 간부의 성격을 맞춰주는 것은 어렵지 않은 일이다.

둘째 조건은 내부 업무의 양이다. 읍면동의 6급은 관리직에 속하기 때문에 실무로부터 조금 거리를 두고 있다. 실무는 7~9급이 맡아 하고 그로부터 올라온 기안문을 결재하고 그 업무의 개괄적인 특징과 특별한 사항만 염두에 둔다면 업무의 과중도는 그리 크지 않다. 특히 관할 구역의 인구가 적정하고 사회 복지 계층이 많지 않으며 생활 환경이 안정되어 있다면 더할 나위 없다. 과거 내가 있었던 동네의 인구는 7만을 넘었던 적이 있었다. 한 도(道)의 군(郡)보다 인구가 많았다. 요즈음은 인구소멸의 위기가 지방 곳곳에 닥쳐와 2만 명을 위협하는 곳도 많지만, 동사무소의 관할 인구가 7만이면 하부 행정 기관이 감당하기엔 벅찰 정도였다. 당연히 그로부터 많은 생활 민원이 쏟아지고 난도가 높은 민원이 접수된다. 6급 사무장이 편안히 앉아 쉴 시간은 없다. 어떤 때는 선거가 있는 해도 있다. 선거는 선거관리위원회가 하지만 선거철이 되면 법정 사무의 하나라고 부르는 선거의 실제적인 업무는 동사무소에서 하는 것이다. 투표를 선거관리위원회에 가서 한 적은 없을 것이다. 무슨 초등학교, 무슨 공공시설에서 대부분 투표를 한다. 선거 벽보를 붙이고 투표소를 차리고 진행하며 개표에 동원되고 등 많은 선거 업무를 한다.

셋째 조건은 외부적인 업무의 양이다. 내부적인 업무가 동사무소가 가진 고유의 업무나 법과 제도의 근거가 있어 꼭 해야 할 의무적인 성격의 업무라면 외부적인 업무는 정책적이고 정치적인 것이라고 보면 된다. 동사무소에서 발급받은 각종 증명서가 내부적인 업무였다면 적십자모금 관련 업무는 외부적인 업무이다. 가령 관서의 주변에는 보조금을 받는 단체나 민간이 오래전부터 스스로 조직하여 유지해오고 있는 단체가 많다. 바르게살기위원회, 자율방범대, 새마을협의회, 부녀회, 각종 아파트의 협의회 단체, 경로후원회, 주민자치회, 지역사회보장협의체 등 많은 조직이 결성되어 있다. 이런 많은 단체와의 유기적인 협력이 중요한데 곳에 따라 이런 단체들과의 협업에 잡음이 발생하거나 크고 작은 어려움이 발생하기도 한다. 지역 단체와의 협력적 거버넌스가 때때로 정치적인 이해관계가 얽히고설키거나 불협화음으로 관리의 어려움이 생기는 경우라고 볼 수 있다. 외부적 업무의 한 부분이다. 또한, 기관장의 새로운 업무 발굴에 따라 기존에 없었던 업무가 생기는 경우도 외부적 업무의 추가라고 볼 수 있다. 과거 난 구청장의 계획에 따라 마을 공동체와 함께 추진할 만한 사업을 발굴하라는 지시를 받은 적이 있다. 머리를 짜낸 끝에 기쁘게도(?) 내가 계획한 새로운 사업안이 채택되어 상위 기관(광역자치단체)으로부터 천만 원이라는 사업 추진 예산을 지원받게 되었다. 상위 기관으로부터 예산을 확보받는 것은 좋은 일이지만 새로운 업무가 추가되는 것을 기존 공무원이 탐탁히 여길 일은 없다.

내가 일했던 몇몇 동사무소는 위에 말한 세 가지의 요건이 맞춰진 적이 있었다. 어떤 경우에는 사무장이 업무 시간에 항상 부동산 공부를 하였다. 부동산 경기가 한창 뜨겁게 달아올랐던(항상 뜨거웠던 것 같다) 때에 공인중개사 공부도 하면서 갭투자로 취득한 자신의 집을 전세 놓는 일 때문에 본업은 대충이었다. 대충해도 업무를 처리할 수 있었고 동장은 까다로운 상급자도 아니었다. 하위 직급의 공무원들도 대체로 유순한 성격이어서 관리도 어렵지 않았다. 평화로웠다. 하나의 기초자치단체에는 이런 평화로운 읍·면·동사무소가 몇 군데 있다.

지금도 전국의 많은 지자체는 인력난을 얘기한다. 부서의 곳곳에 휴직자가 있기에 정원이 부족한 상태로 업무를 하는 곳이 많아 인사 부서에다 사람을 더 달라고 아우성이다. 업무 배증의 법칙이라고 한번 늘어난 업무는 줄지 않고, 지방자치단체장이 바뀔 때마다 새로운 공약에 따른 또 다른 업무가 늘어난다. 공무원의 숫자는 한정되어 있는데 업무는 줄지 않고 계속 늘기만 하는 것이다. 또한 국민은 공무원의 숫자가 자꾸만 늘어가는 것에 대해 좋은 시선을 보내지 않는다. 난 이런 문제를 부분적으로나마 해결하는 방안은 적어도 지방직 6급 공무원의 관리직화(化)를 방지하는 것이 하나의 방법이라 생각한다. 의사 결정 단계가 간략해지는 것이 조직의 동태화를 위한 길이라고 하지만 어떤 곳은 부면장, 부읍장이라고 하여 간단한 문서조차 4단계의 결재 과정을 밟는 것을 보았다. 이 글을 읽고 있는 사람이 6급 본인이라면 나더러 제 발등 찍는 미친 소리를 한다고 말할 것이다. 나 역시 6급으로 승진하면 낙원과도 같은 곳에서 좀 편하게 근무할 수도 있을 것이니 말이다.

난 과로로 쓰러지거나 갑자기 운명을 달리한 공무원을 주변에서 너무나도 많이 봐왔다. 그때마다 인사 조치는 빈자리를 메워주는 감기약과 같은 처방에 불과할 뿐이었다. 사람은 바뀌지만 업무가 바뀌는 것은 아니었기에 비극은 언제 어디서 다시 되풀이될지 알 수 없는 상태로 잠자고 있는 것이다. 그 자리가 주는 업무의 과중함을 이겨낼 수 있는 사람이면 다행이고 이겨낼 수 없는 사람이라면 극한의 고통까지 몰고 간 뒤 결국 휴직이나 다른 부서로 발령을 내는 방식이었지, 업무 자체를 개선하거나 과감하게 조직을 개편하려는 시도는 없었다. 우리가 같은 월급을 받고 있지만 받는 월급의 양과 일의 과중함에서 오는 부담감의 양은 같지 않다. 매년 의례적으로 이루어지는 조직 개편이 정말로 조직을 개편하고 있는지 진지하게 고민해볼 필요가 있다.

▶ 주민등록제도

　주민등록제도를 업무적으로 구현시켜놓은 것이 주민등록시스템이다. 엑셀을 기반으로 만들어진 이 시스템의 전반적인 관리는 행정안전부 주민(?)과에서 담당하고 있다. 이 시스템 안에는 사람이 주민으로 등록되는 일에서부터 인감, 취학, 선거, 인구 통계까지 가능하다. 하나의 빅데이터라고 부를 수도 있는 이 방대한 정보를 중앙행정기관과 지방행정기관이 보유하고 있는 것이다. 그리고 동사무소는 이 시스템의 활용을 최일선에서 다루는 곳이다. 난 처음 공무원이 되었을 때 엄청난 양의 개인 정보를 정확하게 처리하는 시스템에 놀라웠다. IT 강국이라는 말이 체감되었다. 코로나와 같은 국가적인 재난이 닥쳤을 때마다 가장 중요한 것은 그 피해자나 당사자의 명단이다. 주민등록시스템은 이 명단을 추출하는 가장 정확하고도 실제적인 수단으로 활용되고 있다. ○○ 피해자 명단, ○○ 배부 대상자, 독거노인 파악, 민방위 대상자 추출, 나이와 성별, 지리적 구역별을 기준으로 요구되는 자료 등등의 모든 경우가 주민등록시스템 덕분에 신속한 업무가 가능했다. 앞서 50개의 부서 중에 가장 중요한 또 하나의 이유이기도 하다. 이런 우수한 시스템은 해외로 수출되기도 했다.

　우리가 생활 속에서 쉽게 마주하는 주민등록등본은 동사무소의 가장 큰 업무 중 하나다. 사람이 태어나서 주소를 두고, 결혼을 하고, 아이를 낳고 혹은 이혼하고 사망하기도 한다. 요람에서 무덤까지 모든 기록은 주민등록제도가 관여되어 있다. 이렇게나 중요한 업무인데도 단순 반복적인 성격 때문에 대부분 하위직 공무원이 이 일을 담당한다. 그러나 사실 주민등록은 알면 알수록 많은 경우의 수가 얽혀 있어 복잡다단한 업무에 속한다. 사회가 복잡해지면서 가족 체계도 복잡해지고 인구의 이동도 잦아졌다. 주민등록의 단순 반복적인 발급 업무와 단순한 신고업무는 점진적으로 무인화가 이루어질 것이다. 인터넷을 통한 신고는 계속 증가할 것이다. 그리고 사람의 판단이 개입되는 신고와 발급은 계속 공무원이 맡게 될 것이다. 하위직 공무원이 말이다.

주민등록제도에 대해 구구절절 쓰려는 건 아니다. 또 주민등록제도를 훌륭하게 구현해주는 주민등록시스템에 대해서도 덧붙일 말은 없다. 다만 주민등록을 담당하는 공무원들에게 하고 싶은 말이 있다. 주민등록을 담당하는 하위직 혹은 신입 공무원들이 주민등록의 전체적인 개념 없이 민원인과 마찰을 빚는 모습을 너무나 봐왔기에 조금이라도 그 부담을 덜어주고 싶은 마음이다. 그리고 앞으로 설명하는 이 개념을 일반인들이 이해한다면 정말 살면서 유용하게 쓰일 것이리라 생각한다.

우리나라 사람에게는 모두 족보가 있다. 족보는 아버지, 할아버지, 할아버지의 아버지 그리고 더 위로 올라간다면 조선 시대까지 올라갈 수도 있을 것이다. 살아가면서 어느 날 나의 뿌리가 궁금할 때가 있을 것이다. 지금은 조선 시대까지 올라가는(어쩌면 더 위도) 나의 뿌리가 담긴 족보는 거의 다 사라지고 최근 기록(할아버지까지)은 일부분이 제적등본이라는 이름으로 보관되어 있다. 전라도에 보관되어 있는 제적등본을 서울에서 간편하게 출력할 수 있는 이유는 종이로 된 문서를 일일이 스캔하여 보관하고 있기 때문이다. 모두 전산화되어 있어 원한다면 전국 어디에서든 제적등본을 프린터로 출력하여 발급하는 게 가능한 것이다. 호적등본은 또 무엇인가? 호적등본은 현재 호주제가 없어지면서 호적등본이라는 말을 쓰지 않고 제적등본이라는 말을 쓴다.

그럼 가족관계증명서는 뭔가? 제적등본은 2008년까지 이런 식으로 국민에게 발급되던 것을 〈가족관계등록법〉의 시행으로 가족관계증명서로 바뀐 것이다. 제적등본은 하나의 증명서상에 대가족의 개인 정보가 너무 많이 노출되었기 때문에 개인 정보의 중요성이 나날이 커져가는 현재 시대에 맞게 가족관계증명서가 만들어져 필요한 정보만 표시되는 것이다.

그럼 제적등본(구 호적등본), 가족관계증명서가 주민등록과는 무슨 상관인가? 조선 시대에는 지금의 주민등록제도와 비슷한 호패법이 있었다. 그 시대에도 족보는 당연히 있었지만, 인구를 파악하고 조세를 부과하고 신분을 가르기 위해서 족보와는 별개로 지금의 주민등록증과 같은 호패라는 것을 가지고 다니게 했다. 결론적으로 족보가 먼저 있었고 그 후에 호패가 있었듯이 제적등본이 먼저 있고 그다음 주민등록이 있는 것이다. 달걀이 주민등록이라면 닭이 제적등본인 것이다. 선후 관계를 이렇게 본다면 주민등록의 근간은 제적등본에서 나온 것으로 보면 된다. 대부분의 신입 공무원들이 본격적으로 보는 업무인 주민등록제도에 대한 이해의 바탕은 이 개념에서 출발해야 한다. 그러나 많은 신입 공무원(혹은 7급 공무원들조차도)들은 가족관계등록부(제적등본)와 주민등록은 별개라는 생각을 가져서 뭔가 어렵게 느껴지는 이유이기도 하다.

주민등록 번호에 있는 생년월일이 나의 제적등본에 있는 생년월일과 다를 수 있을까? 실제 수많은 사람이 다르다. 그럼 어떤 것을 기준을 해야 하는가? 정말 드문 일이 아니면 당연히 먼저 생겨난 제적등본의 기준에 따르는 것이 맞다. 이 외에도 수많은 주민등록상의 오류는 닭을 먼저 생각해야 한다. 항상 주민등록의 개인 정보가 잘못 기록되었다면 호적(호적법)과 그것이 바뀐 가족관계등록(가족관계등록법)을 먼저 살펴봐야 한다. 내가 살아가는 동안 출생, 혼인, 사망 등의 가족관계가 공문서상에 기록되는 것은 중요한 일이다. 불변의 사실을 기록하고 그 사실에 기초하여 주민등록이 유지되는 것이다. 사실을 바꾸는 것은 주민등록제도가 아닌 (가정)법원이라는 사법부가 판단한다. 그 판단에 근거하여 변경된 사실이 가족관계등록부에 기록이 되고 변경된 기록은 다시 주민등록에 반영이 되는 것이다.

부동산이라는 큰 재산의 소유권 분쟁에서 이 주민등록에 기록된 사실이 위력을 발휘한 경우를 보았다. 전세 보증금을 전입 일자 기준으로 받게 되고 못 받게 되는 경우도 수없이 보았다. 일상생활에서 별 것 아닌 것 같은 주민등록에 관한 증명서가 때로는 대단히 중요한 인간사의 기록으로 남아 나의 생활에 지대한 영향을 미친다. 공직 내부에서는 온갖 부서가 주민등록 자료를 요구한다. 내부 부서 아닌 외부 기관에서도 자료를 요구한다. 소방서, 경찰서는 자료 요구의 단골 고객이다. 국민건강보험은 주민등록이 없으면 보험제도 자체가 유지되기 힘들다. 국가의 인구 통계 자료는 모두 여기서 나온다. 개인이 신청하는 아파트 분양 신청 서류만 보아도 대부분 주민등록시스템에서 발급된다. 빅데이터가 무슨 대단한 사업을 의미하는 것이 아니다. 우리가 4차 산업의 분야라고 부르는 빅데이터는 주민등록시스템의 구축이라는 정부 사업으로 이미 진행되고 있었다고 볼 수 있다.

신입 공무원이거나 공무원이 되고자 하시는 분은 앞으로 대단한 일을 하시는 것이니 단순 반복이라는 패턴 때문에 하찮은 일로 여기지 마시길 바란다. 모두 나의 공직 경륜에 귀중한 지적 자산으로 생각한다면 조금은 더 긍정적인 마인드로 일을 할 수 있을 것이다. 업무에 대한 자부심과 자신감은 강단 있고 상냥한 하위직 공무원을 만든다.

▶ 통장

통장이나 이장은 준공무원이다. 통리제도가 살아 있는 대한민국의 지방공무원들을 대신해 공무 수행을 보조하는 마을의 준공무원이다. 공무원법에 의거하여 신분을 보장받지는 않지만, 하는 일은 다분히 공공과 관련되어 있다 보니 동사무소의 얼굴이 되기도 한다. 그래서 통장(이장)도 선발 기준에 따라 서류 절차와 면접을 통해 뽑는다. 그러나 공공의 일을 하는 것이 대부분 봉사의 성격이 있어서 그에 맞는 보수는 많지 않다. 파트타임보다 낮은 보수를 받아도 주민의 삶을 위한 일이다 보다 자긍심을 가지고 일을 한다.

이런 성격으로 통장이나 이장은 관할 동사무소의 직원과 유대감이 있다. 협조적인 관계가 지속되고 협력이 잘 될 때 성과가 나고, 지역의 행정이 원활히 추진되는 것은 두말할 나위 없다. 코로나 전염으로 마스크가 품귀되어 주민들에게 마스크를 지원했었을 때도 통장과 이장의 역할이 컸다. 지방에서 나오는 각종 세금 고지서가 통장을 통해서 전달되기도 하고 적십자를 위해 인쇄된 적십자 회비 용지는 대부분 통장이 나눠준다. 민방위 대상 남성이 있는 가정마다 통지서를 나눠주고 마을에서 나오는 의견을 수렴하여 동사무소에 전달하는 역할도 한다. 코로나 예방을 위한 백신 접종을 독려하기도 하기 교통사고 예방 캠페인도 벌인다. 모두 통장(統長)제도가 뒷받침되어 있기에 가능했다. 그리고 이런 행정적인 일은 공무원이 해야 하지만 그들을 보조하는 것이다. 공무원과 유대감이 없어서는 안 될 일이다.

통장과 이장은 협의회가 구성되어 있다. 통장도 하나의 단체이기 때문에 협의회를 구성하여 주어진 일을 조직적으로 추진하고 행정청의 업무를 신속하게 보조한다. 때로는 친목을 위해 통장협의회는 선진지 견학이라는 이름으로 여행을 하기도 한다. 처음 신입 공무원이 되었을 때 난 통장 야유회라는 곳에 따라갔다가 충격을 받은 적이 있었다. 이른 아침 마을에 모든 통장이 올라탄 관광버스에서 통장들이 권하는 술을 먹고 정신이 아뜩해지는 경험을 했었다. 오전부터 마신 술은 관광버스가 저녁에 돌아올 때까지 계속되었다. 술과 수육을 먹고 좁은 관광버스 안에서 온종일 같은 동작의 춤을 추며 고속도로를 달리던 기억은 아직도 생생하다. 《나의 문화유산 답사기》를 쓴 유홍준 작가가 언젠가 이런 관광버스 춤 문화에 대해 평론해놓은 것을 읽었지만, 내가 직접 이런 경험을 하게 될 줄은 몰랐었다. 그 이후로 몇 차례 더 끌려다닌 적도 있었지만 여행의 방법은 똑같았다. '아~, 동사무소의 남자 직원이라면 이것도 어쩔 수 없이 해야 하는 업무의 연장이구나.'라고 느꼈다.

도시와 농촌의 성격이 함께 공존하는 지역이 있다. 도농복합지역이라고 부른다. 이런 도농복합지역과 달리 대도시의 통장은 주로 여성 통장들이 많다. 남편은 직업을 가진 사람들이고 자신은 맞벌이는 하지 않으며 집에 머무르는 시간이 많거나 고정된 직장을 가지고 있지 않다. 지역사회를 위해 봉사를 할 수 있는 시간이 허락되고 같은 처지에 있는 중년의 여성들과 친분도 도모하면서 작은 수당을 받으며 마을과 동네의 불편한 점을 개선하는 데 도움도 줄 수 있는 것이다. 그렇다 보니 과거에 난 내가 일하던 동사무소에는 딸을 가진 중년의 여성 통장들이 유달리 많았다. 공무원 시험의 경쟁률이 점입가경으로 높아지던 시절이라 공무원을 사위로 삼고자 하는 통장님들이 그렇게도 많았다. 내게도 예외는 아니어서 예비 장모가 되겠다는 분도 있었고 다른 동네의 통장들도 사위 인상을 보겠다며 슬쩍 나를 보고 가기도 하는 해프닝도 있었다.

동사무소에 관해 얘기하다 보니 통장에 대한 주제를 뺄 수 없어 얘기하였지만 이런 통장제도도 점진적으로 중요성이 낮아지는 듯하다. 미래에는 사람이 직접 해야 하는 일이 점점 줄어들고 비대면과 온라인이 더욱 활성화될 것이다. 어쩌면 우리가 겪고 있는 코로나가 사람과의 비접촉만으로도 세상이 충분히 잘 흘러간다는 미래의 흐름에 트리거를 당긴 것같이 느껴지기도 한다. 통장의 하부 조직이라는 반장제도도 점차 없어지고 있다. 조직적이고 일사분란하게 움직여야 하는 새마을 운동 시대도 아니다.

체계적인 하부 조직의 필요성이 나날이 없어지고 있다. 행정 관서는 민간이 하는 홍보의 수단과 방법을 따라가지 못해 통장제도를 이용해 정책과 시책을 홍보하지만, 국민은 시간이 갈수록 늘어나는 정보 속에서 자기에게 필요한 선택적 정보만 가려서 접하는 수준 높은 정보 수용자로 변모하고 있다. 국민은 정보의 단순 수용자의 위치를 넘어선 지 오래다. 고지서의 전달은 중요하지만 더욱 편리한 전달 방법이 계속해서 생겨나고 있다. 적십자 회비가 세금 고지서와 똑같은 모양으로 우편함에 매번 꽂혀 있지만, 적십자 회비가 세금과 같이 의무적으로 내야 하는 고지서가 아니라는 것은 이미 알고 있다. 아직도 통지서를 받았나 안 받았나를 확인하여 동사무소에 제출하기 위한 수령확인서에 사인을 받으러 집집마다 돌아다니는 시대는 저물고 있다. 지금껏 번잡스러운 업무 방식이 유지되고 있는 것은 변화에 인색한 공무원의 업무 방식이 통장들에게 전가되고 있기 때문이다. 민방위 통지서는 통장들을 통해서 배부할 일은 없다. 사이버 교육으로 대상자 여부를 알고 교육도 듣는다. 온라인이라는 것이 세상에 시작된 시점부터 가능했지만, 수용에 인색했기 때문에 시행이 늦어진 것뿐이다. 코로나 잔여 백신이 있는 곳은 국민이 스스로 검색하여 찾아다녔다.

통장제도는 필요하다. 부족한 행정력은 통리제도를 필요로 한다. 지금 우리나라에 통장과 이장이 없다면 아마도 행정 마비 사태가 올 수도 있다. 더욱이 지금과 같은 국가적 재난이 닥쳤을 때는 더욱 그럴 것이다. 통장과 이장이 꼭 필요하다면 이제 통장제도도 바뀌어야 한다. 적당한 이력서에 3대 1의 면접 경쟁률만 통과하면 내가 사는 마을에 통장이 되는 것은 과거의 방식이다. 수준 높은 행정 서비스를 하겠다는 기초자치단체가 주민과 최일선에서 접촉하는 통장들에 대한 현재의 제도를 그대로 방치한다는 것은 의지를 의심케 한다. 통장에 대한 보수도 높여야 한다. 협력적 거버넌스를 통해 지역사회에 봉사한다는 명분은 통장 지원자에게 매력이 없다. 먹고 살기 힘든 시대라고 하면서도 아직도 순수한 봉사 정신을 내세워 통장의 수고를 부탁하는 것은 자가당착이다.

난 통장을 하겠다는 사람이 한 명도 없는 지역을 무수히 보았다. 15년 공직생활 동안 30대인 젊은 통장을 본 적이 없다. 공무원이 되는 방식이 책을 보고 점수를 잘 받아서 공무원이 되는 것보다 통장이 하는 일을 자신이 겪어보고 인턴과도 같은 현장을 체험하는 것이 더욱 도움이 될 것이다(이 아이디어는 내가 오래전부터 생각해왔다). 같은 세대에 같은 생각을 공유하며 같은 마을에 사는 여성 통장들이 다수가 된 환경에서는 큰 발전을 기대할 수 없다. 이제 정보 전달자의 역할은 줄고 있다. 기초자치단체가 통장제도를 유지하겠다면 새로운 역할에 대한 고민이 필요하고 그 결과로 부여된 역할의 성실한 수행으로 행정의 큰 손발이 될 수 있음을 알아야겠다. 동사무소 담당자는 더욱 말이다.

02 동사무소 일상

▶ 신입 직원

공무원으로 정식 임용이 되면 대부분 동사무소를 거치는 것이 필수처럼 되어 있다. 난 신입 직원으로 공직에 들어가자마자 동사무소로 발령이 났었다. 그때 민원 창구에서 겪은 많은 일이 생각이 난다. 이후로 7급 공무원이 되었을 때 또다시 동사무소에 근무하게 되었다. 신입 직원 때의 처음과 달리 다른 보직을 받아 업무를 하였고 장기간 근무를 하다 보니 회계 업무를 제외한 업무의 대부분을 겪게 되었다.

'배리다'라는 말이 있다. 배리다와 배린다는 다른데 배리다는 하는 짓이 좀스럽고 구차스러워서 조금 더럽고 아니꼽다 정도로 나와 있다. 그런데도 난 친구들과 얘기할 때 '성격을 배린다.'라고 표현하며 성격이 점점 안 좋아지는 것 같은 상황을 표현할 때 자주 썼었다. 동사무소가 그랬다. 내가 일하던 지역이 유독 험한 동네였었는지는 모르겠으나 처음 신입 직원으로 느낀 점은 '여긴 성격을 배리는 곳'이라는 생각이 들었었다. 악화가 양화를 구축한다고 하였던가. 아무리 좋은 성격을 가진 사람이라도 여기에 오래 있으면 염세적으로 변하겠구나 싶었다. 어느 날 동사무소에 일한다는 익명의 직원이 인터넷상에 올린 글이 공감되어 그대로 갖고 있다가 옛날의 나의 심정을 말해주는 것 같아 올려보았다.

2018.11.14. 아이디: 따×××
지방직 공무원 하면 인간 세상 대환멸 난다.
안정적인 직장? 저녁이 있는 삶?
내 정신이 불안정해지고 저녁도 없다.

민원인 상대하다 보면 인간들이란 조금의 피해도 참지 못하는 존재이며 조금이라도 우위에 있다 싶으면 갑질을 하는 이기적인 존재라는 생각밖에 안 든다.

이 사회를 조금이라도 나은 곳으로 만들고자 하는 민원인 같은 건 없다. 살면서 관공서에 민원 넣어본 적 있는 사람 있는가?

정상적으로 사는 사람은 민원 제기 거의 하지 않는다.

보통은 자기 삶이 팍팍해서 나오는 울분을 만만한 공무원한테 시비 걸면서 풀거나 표정이 왜 그러냐, 말투가 원래 그러냐, 눈빛이 왜 그러냐 등 말끝마다 맘에 안 들면 세금 받아쳐 먹으면서 라며 자기가 월급 주는 사장처럼 행동한다(나도 세금 내는데).

옆집, 옆 건물 사람, 옆 가게한테 엿 먹이고 싶은데 직접 싸우긴 싫으니까 뭐가 불법인 거 같다는 둥 이유를 갖다 붙여서 단속하라며 공무원 불러내거나 혐오 시설, 소음 지역이라 저렴하게 입주해놓고 그 이전부터 있었던 혐오 시설이나 소음 발생원 없애라고 동네 주민들 단체 민원 넣고, 할 일 없는 백수가 조금이라도 불법처럼 보이는 건 하루 종일 돌아다니면서 블랙박스나 폰으로 촬영해서 하루에 몇십 건을 신고 넣음. 공무원들이 일을 안 한다며 자기가 일을 만들어주는 거라고 생각함. 사회에서 무시 받는 백수가 자기 민원에 공무원 몇십 명이 움직이니까 그거에 성취감 느낌.

제출서류를 제대로 안 가져오거나 본인 명의 아니라서 서류 발급 불가나 서류 보완해야 한다고 하면 왜 일을 융통성 없게 하냐, 고작 이거 하나 받는데 그게 왜 필요하냐, 집주인이랑 통화시켜주겠다, 우리 아빠랑 통화시켜주면 되지 않냐, 내가 바빠죽겠는데 여기까지 언제 다시오냐 화를 냄.

민원의 가치가 없는 민원이 절반 이상임.

새끼 길냥이(길거리 고양이) 엄마랑 떨어진 거 같은데 구해줘라, 옆집 사람이 길냥이 밥 못 주게 해라, 음식점 알바생, 버스, 택시기사 불친절한데 관리 좀 해라, 옆집 사람이 폐지를 주워와서 빌라에서 냄새난다.

현수막, 의류 수거함, 쓰레기 배출 부스 등 설치해놓으면 철거하라고 민원 들어오고 철거하면 왜 철거했냐고 다시 갖다 놓으라고 다른 사람이 민원 넣음.

어디 입맛에 맞춰야 하나. 다들 자기 불편함만 생각함.

재개발, 학교 유치원 운영 관련해서는 자기들 이득 보려고 맘카페, OO 아파트조합원 등에서 계획적으로 민원 총공격을 함. 하루에 동일 민원 수십 건 처리.

눈 많이 온 날엔 제설 중인데도 자기 집 앞, 자기가 다니는 길 먼저 제설해달라고 난리. 수급자, 장애인, 어린애들 있는 부모들 지원금 확대하라고 난리. 이기적인 사람들이 하도 많아서 이 세상에 환멸 난다.

이 와중에 30년 전쯤에 들어온 노친네 상사들은 꼰대질은 다 하고, 일도 말단 직원한테 다 떠넘기고, 피곤한 민원 들어오면 자릴 회피함. 자리에서 자고 웹서핑, 저녁에 세금으로 저녁 먹고 술 한잔하고 가만히 앉아서 놀면서 초과 수당 받음.

한 직장을 30~40년 다니니 아는 사회라곤 공직생활 하나고 친구도 공무원이고 와이프도 공무원이니 현실 감각이 없음. 요즘 세상에 사기업이면 모가지였을 인격 모독, 성희롱 발언 서슴없이 함.

공무원 장점: 내가 안 짤림

공무원 단점: 이 ××도 안 짤림

이 말 완전 진리임. 아무리 어이없는 일을 당해도 그냥 참고 넘어가게 되는데 꼰대들이 다 한통속이라서 옛날엔 더한 일도 당했는데 요즘 애들은 좋은 세상에 사는 거다, 요즘 애들 편하게 살아서 참을성이 없다는 둥 피해자를 바보로 만듦.

그래도 안정적인 직장 아니냐 복지가 좋지 않냐고 얘기하면 더 할 말은 없는데 한국이 종(種)특 같은 거 매일같이 피부로 느끼다 보니 염세주의자 되고 사회혐오 생김.

그냥 사람들은 다 병신이고 이기적이고 잘해줘봤자 나만 손해 보고 도저히 세상이 아름답지 않아. 안에서 치이고 밖에서도 치이고 나는 을도 아니다. 갑을병정무기경신임계 중에 나는 계다. 그냥 계××다.

조금은 과장된 면도 있지만, 신입 공무원이 되었을 때 처음 내가 느꼈던 감정과 거의 비슷하였다. 지금은 시간이 흘러 변해왔고 좋은 방향으로 변해가고 있어 나아졌으리라 본다. 저 글을 쓴 2018년도도 벌써 한참이나 지났으니 동사무소가 더 개선되었다고 믿고 있다. 시간이 많이 지나 내가 나이를 먹어보니 세상을 살아가는 이유는 나도 행복해지기 위해서 살아가지만 다른 사람도 행복하기 위해서 살아간다고 느꼈다. 그렇다. 나의 행복도 중요하지만 다른 사람의 행복도 중요하다. 그러나 다른 사람의 불행으로 나의 행복이 방해받는다고 해서 다른 사람을 탓하기만 한다면 세상을 참으로 살기 힘든 곳으로 바뀔 수도 있다. 왜냐면 매일 그것에 대해 화내고 살 수는 없기 때문이다.

좀 더 진취적으로 생각하고 싶다. 우리는 환경에 좌우되는 인간이기도 하지만 환경을 선택적으로 변화시켜 나가는 존재이기도 하다. 나의 행복을 위해서 살아야 한다면 내가 더 행복해지기 위해 다른 사람의 행복도 기원하고 도와줄 필요가 있다. 그 다른 사람의 행복이 결국 나에게 돌아오기 때문이다. 노력하여도 이루어지지 않는다면 그때 어쩔 수 없었다고 말해도 된다. 처음으로 신입 공무원이 되었을 때 세상은 참으로 악하고 나쁜 사람들만 존재하는 것 같았다. 그들은 항상 불만과 불평을 내게 얘기했기 때문이다. 시간이 흘러 그 불만과 불평을 개선하기 위해 조용하게 자신의 위치에서 끊임없이 노력하는 사람도 있다는 것을 알게 되었다. 비록 그런 사람이 소수였고 조용하고 묵묵했기 때문에 쉽게 드러나지 않았지만 그런 사람들이 있기 때문에 세상을 너무 비관적으로 바라보지 않게 되었다.

▶ 허상국 씨의 동사무소 회식 풍경

회식 공지는 전자메일을 통해 오늘 날짜로 공지되었다. 그런데 회식 장소가 저번 회식 장소와 똑같은 고깃집이다. 상국 씨는 내심 짜증이 났다. '난 삼겹살 말고 치킨에 맥주 먹고 싶은데 저번처럼 또 갈비를 먹어야 한다니. 고기를 굽는 건 너무 귀찮아.' 특히 그 고깃집의 사장은 동장과 아는 사이라 그런지 직원들과의 회식을 친구네 고깃집에서 하는 것 같다. 회계 담당 이 주임님도 회식 장소가 석연치 않았지만, 동장의 회식 장소 지정이라 어쩔 수 없이 따르는 모양이다. 오후 5시 30분이 되자 분위기가 어수선하다. 동장은 벌써 외투를 입고 책상에 앉아 올라오는 전자 결재를 빨리 처리하고 있다. 오늘은 민원 방문이 적었던 목요일이다. 더욱이 6시가 다가오자 복지 관련 상담을 하러 온 민원인 1명 말고는 동사무소 전체가 텅 비었다. 조용한 동사무소에 마우스 클릭하는 소리만 들린다. 6시 정각, 민원 창구에 앉아 있는 등본을 떼는 민원인이 나가자마자 셔터를 내린다. 사무장님은 큰소리로 외친다.

"자, 빨리가자."

오늘 당직은 혜리 씨다. 혜리 씨는 6시 5분이 되기 전에 동사무소 창문을 모두 닫고 보안 장치가 설치된 문이 잘 닫혔는지 확인한다. 혜리 씨는 조금이라도 회식 장소에 늦게 출발하고 싶다. 제일 일찍 가면 분명 동장 옆자리에 앉아야 할 게 뻔하기 때문이다. 그래서 오늘 당직이라 늦게 출발하는 게 내심 기뻤다. 혜리 씨는 작년에 9급 신입 공무원으로 들어와서 옆자리 상국 씨하고 동기인데 매번 회식할 때마다 동장 옆자리에 앉았다. 다행히 혜리 씨는 동장이 술을 강제로 권하지는 않아서 괜찮다고 했다. 바쁘게 문단속하는 혜리 씨한테 복지 팀장이 얘기했다.

"혜리야, 오늘 당직이재? 세콤 하지 마래이."

"네, 팀장님."

"좀 있다 들어올끼다."

직원들은 회식 장소까지 차 4대를 동원해서 나눠타고 간다. 서무 주임님은 6시에 업무가 끝나자마자 빨리 갈 수 있게 동사무소 주차장 제일 좋은 자리에 올해 초에 샀던 중형차를 주차해뒀다. 조수석에 사무장을 태우고 뒷자리에는 동장을 태우고 먼저 회식 장소인 갈빗집으로 출발한다.

"김 주임, 차 이거 언제 샀노?"

"예, 동장님. 올해 1월에 프로모션할 때 샀심더(저번에도 말했던 적 있음)."

"나도 이번에 차 바꿔야 하는데, 아들 이번에 입학하디 내보고 차 달라 칸다, 캬아."

옆자리에서 듣고 있던 사무장님이 슬쩍 끼어든다.

"동장님, 새마을지도자 회원 중에 고 총무가 현대 차 딜러지 않습니까?"

"아, 맞네. 거, 딜러 한다 캤제. 한번 물어봐야겠다."

이런 차 얘기를 화제 삼아 회식 장소로 이동했다. 서무 담당자인 김 주임은 8년째 공무원 생활을 하는 베테랑 선배이다. 동장과 사무장을 잘 모시며 직원들에게도 친절하고 적절한 카리스마까지 갖췄다. 무엇보다 능력 있는 김 주임을 동장이 좋아했기에 김 주임은 동장을 잘 보좌하였다. 다음으로 두 번째 차는 상국 씨가 몰았다. 상국 씨의 경차 내부에는 남자답지 않게 아기자기하게 꾸며놨다. 상큼한 사과 향이 나는 방향제와 마블의 아이언맨 피규어가 운전대 위에서 까딱까딱 고개를 돌리고 있다. 승객은 상국 씨 포함 5명이다. 회계 담당 이 주임, 민원 창구에서 제일 오래된 8급 장 주임, 1월 신입 공무원 아영 씨, 출생신고 보는 허 주임. 저번에도 이 멤버가 상국 씨 차를 탔다. 공교롭게도 상국 씨 빼고는 모두 여자 직원이다. 회계 담당 이 주임이 푸념한다.

"아, 동장님 또 얼마나 드시려나."

"돼지나칭칭나네(회식 장소) 지겹다, 지겨워."

장 주임이 조용히 얘기한다.

"아, 이번엔 동장님 노래방 가자 카면 안 되는데. 우리 동사무소 돈 읍거든."

회계 담당이라 회식비가 걱정되어 하는 소리에 허 주임이 본인의 앞날을 걱정한다.

"주임님, 저 7월에 인사 나서 주임님 가면 제가 회계 봐야 하는 거 아니에요?"

"그래, 이번에 구청에서 7급 안 내려올 거 같던데 허 씨 니밖에 회계할 사람이 읍다, 하하!"

"그때 동장님이랑 사무장님 딴 데 가시겠죠?"

"아닐걸~ 동장님 여기서 퇴직하실 작정이시던데."

회계 담당 이 주임이 예약을 해놔서 회식 장소에 도착하니 벌써 세팅이 되어 있다. 서무 주임의 차를 타고 제일 먼저 온 동장님은 6개의 좌식 테이블 제일 중간에 앉아 있고 그 옆에는 사무장 그리고 맞은편에는 복지 팀장이 앉았고 고기는 이미 구워지고 있다.

"상국아, 빨리 일로 온나."

미닫이문을 스르륵 열고 들어오는 상국 씨를 보고 사무장이 당연하다는 듯이 부른다. '오늘도 동장님 테이블에 앉아 고기를 구워야 하는구나.' 생각하고 상국 씨는 동장님 맞은편에 앉았다. 그 틈을 타 같이 차를 타고 온 네 명의 여직원은 동장 자리에서 제일 먼 쪽 테이블에 재빨리 앉았다.

"옙, 사무장님! 집게 주세요. 제가 굽겠습니다."

상국 씨는 키가 175cm 정도에 피부도 좋고 서글서글한 성격을 가졌다고 윗사람들이 좋아하는 동사무소의 남자 직원이었다. 도시적으로 생긴 데다가 유머 감각도 있어 동사무소 여직원들에게도 인기 있었다. 그런 상국 씨를 작년부터 보고 있던 주변의 주부 통장들은 호시탐탐 상국 씨를 맞선 자리에 데려가거나 상국 씨가 준수한 사윗감이라고 소문을 내고 다녔다.

"일마는 고기도 잘 굽제, 일도 잘하제, 술도 잘 묵제, 이거 물건이데이!"

동장이 벌써 취기가 올랐는지 다른 직원들이 듣는데 대놓고 칭찬을 한다. 직원들은 동장이 상국 씨를 맘에 들어 한다는 것을 이미 알고 있었다. 직원들이 이런저런 얘기를 하는 사이, 사무장이 자리에서 일어섰다.

"자, 다들 도착했으면 회식을 시작하도록 하겠습니다. 모두 잔에 술을 채워주십시오. 동장님의 건배사가 있겠습니다."

이어 동장은 자리에서 일어나 으레 해왔던 건배사를 읊는다.

"우리가 함께 회식하는 자리가 흔하지 않은데 이렇게 다 모인 날이라 참 반가운 것 같습니다. 얼마 있으면 또 인사가 나서 가는 직원들도 있을 텐데 남아 있는 동안이라도 함께 잘 지내봅시다. 공무원 생활에서 이렇게 만나는 것은 큰 인연이라 생각합니다. 선거 때문에 고생 많았는데 직원들 마음껏 마시고 여러분들이 오. 징. 어를 외쳐주시기 바랍니다."

"오!"

"오고 가는 술잔 속에!"

"징!"

"징글징글하게 직원들과 들어가는 정이!"

"어!"

"어머니 품같이 사랑스럽데이!"

지방 선거가 끝난 지 일주일이 지났지만 적절한 회식 날짜를 잡지 못해 계속 연기되었다. 선거는 주로 동사무소 직원들이 수고하였다. 동장은 선거 업무에 특별히 관여하는 것은 없었다. 관내 선거관리위원들과 몇 차례 간단한 회의를 한 것이 전부였지만, 수고한 직원들에게 업무 추진비를 써가며 사기를 북돋우고 격려하는 자리였다. 동장은 한평생 공무원으로 재직하며 퇴직을 1년밖에 남겨놓지 않았다. 강단 있는 추진력에 업무의 핵심을 꿰뚫어 보는 혜안을 갖췄지만 전 구청장에게 미움을 받아 승진이 늦어져 2년 전 사무관이 되었다. 그리고 퇴직은 준비하기 전에 마지막으로 자신에게 가장 친숙한 지역에 동장을 하겠다고 구청장에게 부탁하여 지금에 동사무소에서 정년퇴직을 준비 중이었다. 회식의 사회자 역할을 맡은 사무장도 그런 동장을 깍듯이 모셨고 동장도 사무장과 김 서무를 아끼며 비교적 원활하고 화합이 되는 동사무소를 이끌었다. 25명의 직원이 모인 회식 자리를 한창 분위기가 무르익어 갔다. 30분 늦게 회식에 도착한 혜리 씨는 동장과 제일 먼 쪽에 조용히 들어와 착석했다.

"허 주임님! 건배사 끝났어요?"

"어! 동장님 사무장님 끝나고 직원들 돌아가며 하고 있어."

혜리 씨는 회식 때마다 하는 건배사가 은근히 부담스러웠다. 삼행시를 잘하는 것도 아니고 평소 많은 사람 앞에서 큰 소리로 구호를 외치는 것도 자신의 성격이랑 맞지 않았다. 동기인 상국 씨는 건배사를 따로 공부한 건지 귀에 쏙쏙 들어오는 건배사를 잘해서 왠지 자신과 비교되는 것 같기도 했다. 그런 상국 씨는 동장님 맞은편에서 고기 굽기에 여념이 없었다. 술잔을 권하고, 건배사를 해야 하고, 불편한 팀장과 함께 술을 먹어야 하지만 그래도 이런 술자리를 거부하지 않는 직원도 있었다. 장 주임이 그런 직원이었다. 결혼해서 아이가 있는 장 주임은 집에서 남편과 술을 즐길 정도로 술을 좋아하고 넉살 좋은 성격을 가졌다. 미리 공지된 회식 날짜를 남편에게 얘기해뒀기에 오늘 회식 자리는 부담 없이 즐기는 중이었다.

"혜리 씨, 한잔해라. 따라줄게!"

"장 주임님, 저 오늘 일찍 가야 해서 딱 한 잔만 할게요."

"왜, 어디 가나?"

"아뇨. 갈 데는 없고 그냥 집에 가고 싶어요."

"하하, 알겠다! 좀 이따 8시 반에 나랑 같이 살짝 나가자. 나도 9시까지는 집에 가서 애는 보고 자야 안 되겠나."

8시가 넘어가자 조금씩 취기가 올라온 직원들도 있었다. 대부분 남자 직원들이었지만 얼굴이 빨개진 여직원들도 있었다. 그리고 동사무소의 잡스러운 일을 항상 도맡아 하는 서무 주임이 잔과 소주를 들고 회식 자리를 순회하기 시작했다. 김 서무는 동장과 가장 먼 쪽에 있는 자리로 옮겨 좌석 사이를 비집고 들어가 술잔을 따라주었다. 전 직원들을 대상으로 한 잔씩 따라주고 한 잔씩 받아 마신다면 총 25잔의 소주잔을 기울여야 한다. 김 주임에게 받아 마시려는 직원은 없는데 따라주려는 직원은 많았다. 직원들도 김 주임이 서무 담당자로 항상 고생한다는 것을 알기도 해서다. 김 서무는 비교적 젊은 직원들의 취향을 존중하고 회식 자리가 요즘 추세와 안 맞는다는 것도 알지만 윗사람들의 회식 스타일도 맞춰야 하는 중간적인 자리였다. 최대한 분위기를 맞추고 직원들의 고민도 자주 들어주었다.

"장 주임님, 오늘 좀 드시네. 하하."

"어, 집에다가 좀 먹고 온다 캤다. 히히. 오늘 마이 묵제. 난 안 따라주께, 키키. 김 주임 이번 인사 때 구청 가나? 능력 있으니 서로 땡기 갈라 칼 긴데.”

“모르겠어요. 난 그냥 평생 여기서만 살고 싶어요. 구청 가면 머리 더 아플 거 같아서. 내 정보에 따르면 나 말고 장 주임이 간답니다.”

“진짜? 나 구청 가면 육아시간 못 쓰는데. 가면 안 된다. 아는 누가 보노! 흑흑.”

“동장님이나 사무장님한테 한번 이따가 술잔 들고 가서 얘기 한번 해보세요. 근데 장 주임 2년이 넘어서 끌려갈 겁니다. 하하!”

인사 주제로 이런저런 얘기를 나누는 사이 직원들은 긴 테이블을 돌며 서로 술잔을 기울이기 바빴다. 그런 사이 벌써 5명의 직원은 떠나고 없었다. 그중에 혜리 씨도 동장님과 팀장님들이 정신없는 틈을 타 슬쩍 자리에서 일어났다. 쥐도 새로 모르게 빠져나간 혜리는 고깃집 근처에서 카카오 택시를 불러 탔다.

“밥 드실 분?”

김 서무가 외쳤다. 된장찌개와 밥이 나오고 술을 안 먹은 직원들은 술 대신 밥을 챙겨 먹었다. 복지 팀장은 벌써 자기 부서원들이 집에 갔는지 안 갔는지 확인하는 중이었다. 깐깐하기로 유명한 복지 팀장은 몇 년째 5급 승진에서 누락이 되어 요즈음 더욱 예민하였다. 그런 팀장 성격을 알아서인지 복지 파트 직원은 거의 다 자리를 지키며 소주잔에 물을 채우기 바빴다. 밥까지 모두 먹고 사무장이 말하였다.

“동장님, 노래방 가시지예?”

사무장 또한 노래방 가는 것을 즐기지 않으나 2차로 다시 술자리를 가는 것이 내키지 않아 먼저 동장에게 노래방을 권하였다. 동장은 노래방이든 2차 술자리든 상관없었다. 선거의 노고가 컸던 것일까? 직원들은 평소와 다르게 많이들 남아 있었다. 김 서무는 먼저 회식을 한 다른 동사무소의 분위기를 들었다. 직원들이 좀처럼 모이지 않아 동장과 팀장만 모여 회식을 하기도 하였고 어떤 동사무소는 속전속결로 8시 전에 술을 먹고 일찍 마무리한 곳도 있었다. 직원들이 15명 되는 한 동사무소는 오히려 직원들이 아쉬워하며 밤 12시까지 술을 먹었다고 했다. 사무장은 회계 담당자를 얘기해 근처 공간이 넓은 노래방을 예약하라고 했다.

"주임님, 주임님이 동장님이랑 사무장님 모시고 택시 잡아 와요. 나머지 여직원들은 몇 명만 제가 데리고 갈게요. 그리고 이제 동장님은 술 그만 따라드려요."

술을 먹어도 계산을 해야 하기에 회계 담당 이 주임은 서무 담당 김 주임에게 먼저 동장님을 모셔가라 하고 자신은 뒷정리를 담당했다. 윗분들을 모시고 김 주임은 곧장 예약해둔 가까운 노래방에 도착했다. VIP3이라고 적힌 방으로 갔더니 상국 씨가 먼저 도착해 자리를 정돈하고 맥주를 시켜놓았다. 김 주임은 도착하자마자 이 주임에게 전화를 하였다.

"이 쩜, 우리 도착했어. 나머지 직원들은?"

"여직원들은 거의 다 갔어요. 복지 팀장님들도 가고 장 주임하고 저만 갈 거 같아요."

결국, 노래방에는 동장, 사무장, 서무, 회계 담당 이 주임, 상국 씨,

장 주임, 따로 도착한 남자 직원 박 주임까지 7명이 함께 모였다. 어떻게 보면 술에 강한 사람들만 모인 것 같았다. 잠시 후 박 주임은 노래한 곡이 끝나고 동장님께 사정을 얘기하고 먼저 자리에서 일어났다. 박 주임은 8급이지만 늦게 공무원이 되어 나이가 좀 있는 편이었다. 항상 예의 바른 모습을 보여 우리는 '예의남'이라고 불렀다. 박 주임이 노래방 밖에서 따로 김 주임을 불렀다.

"김 주임, 우리 나중에 따로 한잔하자."

"예, 주임님. 조심히 가시고 오늘 별로 안 드셨죠?"

"김 주임한테 할 얘기가 많은데 오늘은 날이 아이네, 하하."

"살펴 가세요."

김 주임은 다시 들어가는 도중에 옆에 VIP 2라고 적힌 방의 유리 안으로 익숙한 사람을 발견했다. 단번에 국장을 알아본 김 주임은 주변 일행의 얼굴을 보았다. 라인이라고 불리는 국장, 과장 2명과 지역 관변 단체의 임원들이 함께 모여 노래를 부르고 있었다. 다시 방으로 돌아온 김 주임은 모른 척 맥주를 마시며 탬버린을 흔들었다. 화장실을 다녀오겠다던 동장님이 돌아오시지 않아 상국 씨는 다시 동장님을 찾으러 나갔다. 상국 씨마저 오지 않자 이번에는 김 주임이 다시 찾으러 나섰다. 알고 보니 옆방 VIP 2에서 국장의 일행들과 합석이 진행 중이었다. 그 사이 회계 담당자와 장 주임은 슬쩍 자리를 빠져나와 집으로 돌아갔다. 결국 사무장과 김 주임, 상국 씨는 국장님의 방에서 연신 탬버린을 흔들며 흥을 맞춰 노래를 부르고 맥주를 마셨다. 국장님은 평소 동장님과 오랫동안 각별한 사이를 유지하고 있는데 우연찮게 노래방에서 만나게 되어 더욱 반가웠던 모양이었다.

"국장님, 야가 상국이라 카는 아인데 엄청 착실합니다. 앞으로 잘 좀 봐주이소."

"그래, 상국 씨. 동장님 잘 모시고 구청에 올라오면 자주 보자."

동장님의 상국 씨 사랑은 국장님께도 계속되고 있었다. 그렇게 한 시간 넘게 노래방에서 즐긴 뒤 상국 씨는 국장님의 대리운전을 잡기 위해 카운터에서 대기 중이었다. 자리를 마무리하고 나오는 중에도 모두 취기에 기분이 좋았던지 싱글벙글이었다. 김 주임은 택시를 잡기 위해 인도로 내려갔다. 먼저 국장님의 대리 기사가 온 뒤 배웅하기 위해 남자들이 인도로 우르르 내려갔다. 상국 씨는 흡사 마피아 영화의 한 장면 같았다고 느꼈지만, 동장님을 포함한 모두가 국장님이 뒷자리에 앉아 문을 닫고 떠날 때까지 인사를 드렸다. 이후 두 분의 다른 부서 과장이 떠나시고 상국 씨가 잡은 택시를 타고 동장님과 사무장님이 차례로 자리를 떠났다. 김 주임이 상국 씨에 말했다.

"상국 씨, 늦게까지 고생 많았어. 왜 일찍 안 가고 있었어?"

"남은 직원이 다 가버리면 분위기가 이상해질 것 같아서 남아 있었습니다."

"상국 씨 눈치도 빠르고 대단한데, 하하. 덕분에 국장님한테 눈도장도 받고. 수고했어. 잘 가고 내일 봐."

"김 주임님, 잠깐 한잔 더 하시겠어요?"

상국 씨는 뭔가 더 하고 싶은 얘기가 있는 것 같았다.

"그래? 그럼 맥주 500만 한 잔 더 하고 갈까?"

"네, 좋습니다."

그렇게 김 주임과 상국 씨는 어느덧 11시까지 함께 맥주를 먹으며 이런저런 이야기를 나누었다. 그리고 상국 씨는 구청에서 앞으로 지내게 될 공직생활에 대해 궁금한 걸 많이도 물어봤다. 근무한 지 1년이 좀 넘었지만 적응이 되지 않는 부분이 있던지 김 주임에게 사소한 것까지도 많이 물었다. 평소에 김 주임이 윗분들을 잘 모시는 것도 남달라 보였고 문득 보게 된 김 주임의 계획서나 기안문이 자신이 봐도 잘 썼다고 느껴졌었다. 작년에는 공무원 아이디어에서 우수상도 받는 모습을 보고 배울 게 있는 공무원 선배 같았다. 그리고 김 주임에게는 일반적인 직장에서의 인간관계와는 다른 사람의 냄새가 나는 선배같이 느껴져 늦었지만 한 잔 더하자고 했던 것이다.

"상국 씨, 오늘 늦었다. 이제 가자. 앞으로 다른 부서로 가더라도 궁금한 거 있으면 언제든 메신저 해. 나도 오늘 상국 씨가 많이 도와줘서 의전 아닌 의전을 수월하게 했네. 그리고 힘든 일 있으면 가끔 오늘처럼 한잔하자고."

상국 씨는 궁금했던 걸 알게 돼서 좋았다. 무엇보다 뭔가 적응이 되지 않았던 동사무소 생활에 좋은 선배 공무원을 만난 거 같아 맘이 놓였고 앞으로의 걱정거리가 조금은 줄어든 것 같았다.

▶ 가족 같은 동사무소

'마음에 없는 말하기'와 '마음에 없는 말 하지 않기'가 있다. 우린 조직에서 원만한 대인관계 유지를 하기 위해 가급적 깊은 감정의 교류보다는 얕은 관심 정도만 상대에게 내비칠 뿐이다. 그러기 위해 마음에 있는 말을 하기란 쉽지 않고 마음에 없는 말을 많이 하게 된다. 그러나 마음에 없는 말을 자주 하게 되면 원만한 대인관계가 지속될지는 몰라도 딱 원만한 관계 정도에 그치게 된다. "오늘 바빠 보이네. 퇴근 안 해? 뭐 도와줄 거 없어?"라고 묻는 동료가 있었으나 그 동료에게 "아니에요. 조금만 하면 마무리될 거 같아요. 주임님 먼저 퇴근하세요."라고 대답하였다. 그러나 마음에 있는 말은 "너무 많아요. 물어봐주셔서 고마운데 한 번 더 물어봐주시고 옆자리에 앉아서 이것 좀 도와주세요."이다. 직장 동료에게 솔직한 마음을 표현하는 것도 해본 적이 잘 없었고, 그 물음을 던진 동료도 평소 나와는 친하지도 않은 동료였으며, 무엇보다 저번에 내 기분을 살짝 상하게 만들었던 사건 이후로 되도록 마주치고 싶지 않았다. 그런 나의 마음이 버무려져 저런 거리를 두게 되었다.

갈수록 각박해지는 대인관계 속에서 한 치의 정서적 양보가 쉽사리 허용되지 않는 이해타산적인 직장 분위기가 더해 가고 있다. 내가 아프면 남들도 분명 나처럼 아플 건데 그런 공감보다는 내가 그러하다면 남도 그러할 수 있다는 생각의 틈조차 허락하지 않는다. 조직 내 직원 간의 갈등은 현실에서 의외로 심각한 편이다. 나는 그렇게 느끼고 있다. 예전이나 지금이나 술은 직원 간의 소소한 갈등의 훌륭한 해결책이었다. 코로나로 인해 회식이 어느덧 없어지게 되었으나 코로나 이전부터 회식은 시대에 뒤처진 조직 문화의 한 부분으로 여겨지게 된 사회적 분위기로 인해 더욱 뜸해졌다. 더욱이 그 회식은 술이 매개체가 되어 갈등을 완화하고 소통의 역할을 하는 긍정적 기능은 감소하고 상사나 높은 직급의 직원이 자신의 의지대로 분위기를 주무르는 꼰대 문화의 부분이라는 부정적 모습이 더욱 부각되면서 이젠 거의 사라지다시피 되었다. 회식 대신 마음 맞은 사람과 함께 한다.

인원이 적당한 동사무소는 때로는 가족 같은 분위기가 연출되기도 한다. 난 과거에 동사무소에 나와 함께 지냈던 직원들과 소소한 술자리를 자주 가졌었다. 내가 먼저 권하는 술자리가 아니었는데 젊은 그들은 나에게 술을 함께 먹자고 먼저 얘기를 하였다. 아마도 답답한 부분이 많았나 보다. 하루 9시간 이상을 보내는 동사무소에서 인간적인 얘기를 주고받을 대상이 없었기 때문인지도 모른다. 나도 그런 과하지 않은 소소한 술자리로 위안을 받기도 했다. 비 오는 날에 막걸리와 파전을 사달라기도 하고 유난히 많은 방문 민원으로 감정 노동이 극에 달했을 땐 내가 먼저 등을 두드려주고 술을 사주기도 했다.

혹은 술이 아니더라도 그저 대화의 상대가 되어주는 것만으로도 위로가 되었다. 서로를 위하며 지내서 정이 쌓였던 것일까. 한 직원의 아버지가 상을 당하셨을 땐 나도 가슴이 많이 아팠다. 대개 공무원 조직에서 직원의 가족이 상을 당하면 안타까운 마음 이상의 감정이 들지 않는 것이 사실이다. 그러나 개인적인 친분이 쌓이거나 교감이 깊은 관계라면 자신이 당한 것처럼 마음이 아파질 수 있다. 돌이켜 생각해 보면 함께 지내는 동안 내가 조언을 주었다기보다는 내가 감정의 위로를 받았던 것 같기도 하다. 순환보직의 인사 패턴으로 인해 기초자치단체 일반 행정공무원은 공직에 몸을 담는 동안 몇 번의 동사무소 근무 기회가 있다. 그중에서도 가족 같은 직장 분위기를 자아내는 동사무소가 한 번 이상은 있다고 본다. 그 말은 내가 일하는 이 공무원 조직에서 가슴으로 일하는 인간적인 사람들이 많이 있다는 증거이기에 공무원으로서 마음이 따뜻해져 온다.

지방자치단체

03

▶ 나에게 기초자치단체장이란

지자체장은 정치인이다. 선거에서 투표로 당선된 사람이다. 정치인
이지만 4년 동안 일을 하는 공무원이다. 인기가 좋거나 일하는 동안에
잘했다는 칭찬을 받으면 8년도 한다. 8년을 했는데 마지막 한 번만 더
하라고 주민이 선택한다면 총 12년을 할 수 있다. 12년 이상은 할 수 없
다. 〈지방자치법〉에 그렇게 정하고 있기 때문이다. 잘했다는 칭찬을
받아 다음번에도 당선이 되려면 본인의 이름을 알릴 기회를 계속 만들
어가야 한다.

본인의 이름을 알릴 방법에는 성과와 홍보가 있다. 그중에 성과는
재임 기간 내의 업적이다. 업적에 대해 평가를 받는다. 어떤 도시를 가
보면 정말 깨끗한 도시가 있다. 거리가 깔끔하고 녹지 공간이 잘 조성
되어 있고 주거 구역과 상업 구역이 잘 정비된 도시가 있다. 지자체장
이 도시 미관을 중요시하고 그의 신념대로 공무원이 노력한 결과, 보기
좋은 도시 이미지를 만든 것이다. 또 어떤 기초지자체는 특별한 기업이
없는데도 관광 자원을 잘 활용하여 주민의 소득 수준을 높인 곳도 있
다. 이런 성과로 지자체장은 자신의 이름을 알리고 좋은 평가로 연임을
하기도 한다. 과거에는 구청장의 인·허가권, 승인 등의 권한이 900개가
넘는다고 했으나 요즘은 1,000개가 넘은 크고 작은 권한을 갖고 있다
고 보면 된다. 우리의 일상과 관계된 1,000개가 넘는 권한을 잘 활용하
여 가시적인 성과를 낸 것이다. 그리고 그를 잘 보좌하는 지방공무원과
함께 열심히 일했기 때문이다. 성과를 내기 위해 열심히 일했다면 그는
좋은 지자체장이다.

홍보는 정치와 유사하다. 구체적이고 가시적인 결과물가 드러나는 것이 성과라면 홍보는 성과, 비성과를 포함하여 존재를 알리는 것이다. 존재를 알리는 홍보가 성공을 거두었을 때 존재감이 발휘된다. 존재감은 기초자치단체장이 성과, 비성과와 관계없이 이미 갖춰진 경우도 있다.

예를 들어 지역의 청년회에서부터 존재감이 있는 인물로 그의 말 한마디가 모임에 파급력을 가진 경우를 볼 때 그는 지방의 리더가 될 수도 있는 것이다. 그래서 기초지자체장은 텃새라고 불리는 지역의 정치 생태계에서 자주 탄생한다. 그렇게 선출된 구청장, 군수, 시장은 이미 자신의 존재 자체가 홍보가 된 상태이기 때문에 기초지자체의 장이 되어서도 성과를 내기 위한 업무의 추진에 있어 많은 지지를 받게 된다. 주민의 지원과 지지는 가장 강력한 지자체장의 당선과 연임의 핵심이다. 가시적인 성과가 없어도 존재감만으로 민선의 수장이 되는 것이다. 또한, 성과와 홍보는 시간과 뗄 수 없는 관계이다. 시간이 흐를수록 이미지가 강렬해지는 사람이 있는가 하면 재임 기간이 흐를수록 존재감이 떨어지는 사람도 있다. 시간이 지날수록 그 지역을 잘 이끌어왔는지가 평가될 때에는 모든 부서가 성과와 홍보에 열을 올린다. 일반직 공무원도 매년 2번 내부적인 성과를 평가받지만, 정무직 공무원이라는 기초자치단체장은 지역민으로부터 수시로 평가를 받는다. 정치적인 공무원이기 때문이다. 아이러니하지만 성과가 별로 없어도 정치적인 이유로 잘했다고 평가받으면 다음에도 연임과 재선되는 경우도 있다.

공무원으로 일하면서 느낀 점은 평소 일반직 공무원이 시장이나 구청장을 만날 일이 없다는 것이다. 대개 부서의 장이 간부 회의에 참석하여 구청장, 시장을 만나지만 일반직 평직원이 조직의 수장을 만날 기회는 없다. 부서의 장은 간부 회의에서 시달된 수장의 생각을 부서에 옮긴다. 탑다운 방식이라는 수직적 계층 조직은 다운업이라는 업무 방식이 존재하지 않는다. 조직의 운영을 위한 이론적인 업무 방식에서도 조직의 장을 만날 기회는 없었지만, 실제 업무 환경에서도 조직의 장을 만날 기회는 없었다.

구청장실, 시장실이 내가 일하는 부서의 같은 층 옆에 있는 간부실이라도 만날 수는 없다. 난 공직생활 전체를 통틀어 시장이나 구청장을 공석에서 일대일로 만난 적은 없다(상장을 받을 때 잠깐 제외). 사석에서도 여러 명과 함께 모여 만났을 뿐이다. 기초자치단체장은 취임하게 되면 겹겹이 둘러싸인 조직의 껍질 가장 안쪽에 자리 잡게 된다. 피라미드에서는 제일 상층부에 위치하게 된다. 공무원이 아닌 일반인에게도 쉽게 보기 힘든 사람이다. 대개 의전 차량을 이용하기 때문에 길거리에서 지나가다 마주칠 일도 없다. 공식 석상을 제외하고는 우리 동네에서 가장 만나기 힘든 사람일 수도 있다. 오프라인에서 만나기 위해 약속을 하여도 의전과 비서 담당에게 사유가 검증되었을 경우만 가능하다. 인터넷에서는 '시장에게 바란다.'라는 공식적인 내용을 올렸을 때도 대개 담당 부서가 대응한다.

그러나 공식적인 자리는 다르다. 경로당 개소식 행사도 참석한다. 청년 모임에도 참석한다. 모든 공공의 행사는 참석이 가능한 대상이다. 그 모임의 중요도에 따라 다르지만 가급적 많은 일반인을 만나고 악수를 하고 얼굴을 알려야 한다. 정치인이기 때문이다. 하위직의 공무원 신분으로는 만나기 힘들지만 내가 만약 민간의 어떤 집단에 소속되었거나 행사를 진행하거나 참여하는 관계자라면 만날 수도 있다는 것이다. 앞에 주간 행사표는 실제 한 기초지자체의 구청장의 주간 행사표이다. 우리가 선거로 뽑은 기초자치단체장의 일주일 동안 일정이다. 대부분은 외부적인 일정이다. 내부적인 일정은 회의가 주류를 이루고 있다.

		주간행사			
2020. x. xx.(月) ~ 2020. x. xx.(日)					x x 廳
일자	시간	행사내용	장소	참석	주관부서
(月)	08:40	실·과 업무담당 회의	회의실	구청장	행정xx과
	11:00	x x 동 신년교례회	x x 동주민센터	구청장	행정xx과
	15:00	x x 재향군인회 정기총회	재향군인회관	구청장	복지xx과
(火)	08:30	市 확대간부회의	市 대회의실	부구청장	행정xx과
	11:00	라 x x x 제8지역 사랑나눔 경로행사	x x 동	부구청장	복지xx과
	11:30	사랑의 자장면 무료급식 행사	x x 동	구청장	행정xx과
	16:00	통장연합회 x x 지회 정례회의	소회의실	구청장	행정xx과
	16:00	교통봉사대 정기총회	새마을회관		행정xx과
(水)	11:00	설명절 지원사업 현판식	구청장실	구청장	복지xx과
	17:00	x x 불교총연합회 신년하례회	문화웨딩	구청장	행정xx과
(木)	11:00	공공기관 부기관장 간담회	市 상황실	부구청장	기획xx과
	14:00	건축위원회	소회의실	국 장	건물주택과
	14:00	새마을지도자 x x 협의회 정기총회	새마을회관		행정xx과
	15:00	설명절 물가안정대책회의	市 상황실	국 장	xx경제과
	16:00	지역아동센터 운영심의 회의	소회의실	국 장	가족xx과
	20:00	자동차전문정비사업조합 x x지회 정기총회	xx동	구청장	교 통 과
(金)	09:00	주간회의	국장실	국 장	행정xx과
	11:00	새마을문고 x x 지부 정기총회 및 회장 이·취임식	x x 동주민센터		행정xx과
	14:00	구보 제작업체 선정을 위한 평가위원회	소회의실		홍보xx과
	14:00	x x 새마을부녀회 정기총회	새마을회관		행정xx과
	19:00	x x 자율방범대 신년교례회 및 대장 이·취임식	x x 주민센터	구청장	행정xx과
	19:30	x x 청년회 정기총회 및 회장단 이 취임식	x x동	구청장	행정xx과
	21:00	x x 약사회 정기총회	x x동	구청장	보 건 과
주말		일정없음			

　과거 모 기초지자체는 구청장과 하위직 공무원과 만남을 통해 요즈음 신입 공무원들의 생각을 듣는 자리를 마련한 적이 있다. 여태껏 없었던 지시 사항이라 신선하다는 평가였다. 조직의 허리를 담당하는 간부와 선배 공무원을 배제하고 하위직 공무원을 대상으로 추진된 자리

는 조직원 전체의 의견을 골고루 반영하고자 하는 구청장의 의지가 담겨 있었다. 그러나 그 신선한 지시와는 다르게 하위직 공무원과 만남에 자리에는 소위 일 잘하는 직원만 선발되었다. 어떤 조직이든 평판이란 것이 있다. 공무원 조직도 자신의 공직생활에 대한 평판과 이미지가 조직에 각인되어 있다. 이 이미지에 비추어 일을 잘하며 돌출 행동의 위험이 낮게 검증된 하위직 직원으로 선발 아닌 선발의 결과로 명단이 구성되었다.

그때도 생각하였지만 역시 공무원은 '날것'을 먹는 집단이 아니라는 생각이 들었다. 포장이 되어야 하고 보기 좋아야 하며 순서는 생명이고 격식은 갖추어져야 한다. 일반 기업이 회의 방식을 바꾸고 출근 때 반바지를 입는 혁신을 단행해도 공무원 조직은 팔부 바지를 입는 수준의 개혁으로 만족해야 하며 그 이상은 먼 훗날 이루어지거나 이루어지지는 않을 가망이 더욱 많은 조직이다. 이런 조직에 몸담고 있어 당연하다고 느꼈던 것이었을까? 문득 기초자치단체장은 나에게 어떤 사람일까 하는 생각이 들었다.

기초자치단체장은 나에게 있어 만나기 힘든 사람(같은 조직이어도), 내부적인 조직 관리보다는 외부적인 이미지 관리가 더욱 중요한 존재, 성과보다는 홍보가 우선인 사람, 내 승진을 결정할 수 있는 힘 있는 사람, 노고를 치하해주는 사람, 관료제의 정점에 있는 사람, 온갖 정치적 역경을 뚫고 당선된 사람, 그래서 정치는 잘하되 전문 경영인은 될 수 없는 사람, 눈코 뜰 새 없이 바쁜 사람, 축사를 잘하는 사람, 때로는 프롬프터가 꼭 필요한 사람, 머리로 일하지 말고 가슴으로 일하라고 하는 사람, 아버지처럼 생각하라고는 하지만 가족은 아닌 사람, 국가 예산에 목마른 사람, 술자리가 많은 사람, 청탁을 많이 받는 사람, 나보다 세상을 보는 식견이 뛰어난 사람, 재임 기간 후 떠날 사람, 문서로만 만나는 사람.

난 공직생활 동안 5명의 기초자치단체장을 모시고 일을 해봤다. 5명 모두 저 이미지의 하나 혹은 여러 이미지가 겹쳐져 있거나 하는 모습이었다. 내가 겪은 5명의 기초자치단체장이 대한민국 모든 기초자치단체장의 이미지는 아닐 것이다. 조직 형태가 바뀌거나 지방자치법과 제도가 바뀐다면 기초자치단체장의 모습도 바뀔 수 있지만 현재의 지방자치제도에서 기초자치단체장의 이미지는 대한민국 어느 지역이든 내가 생각하는 바와 크게 다르지 않을 것 같다.

옛날 신입 직원으로 동사무소에서 등본을 떼고 있을 적 점잖게 차려입은 한 남성이 온 적이 있었다. 내게 이래저래 건네는 말과 행동은 그 나이의 일반인과는 조금 다른 느낌이었다. 내가 업무를 보고 있는 사이 동사무소의 사무장은 그 남자 뒤에서 허리를 굽히며 음료수 캔을 따고 인기척을 했다. 감사하다고 음료수를 마시며 사무장과 이런저런 얘기를 나누었다. 내가 발급한 서류를 남성에게 드리려고 했을 때 사무장은 황급히 서류를 내게서 빼앗아 들고 봉투를 찾은 뒤 고이 접었다. 그리고 건네드린 남성은 과거 광역자치단체장이었단다. 대개 수십 명의 의전을 거느린 현재의 광역자치단체장이라고 상상할 수 없는 전직 광역자치단체장의 모습이었다. 그렇다. 현직과 전직은 다르다. 일대일로 그리도 만나기 힘든 사람이지만 퇴직 후에는 여느 일반인의 모습과 다르지 않은 사람이다. 존재감이 제로에 가까운 일반인이지만 그는 인구 몇백만 명의 전직 광역자치단체장이었다. 우린 사실 공무원이라는 껍질을 벗겨내면 하나의 일반인일 뿐이다.

▶ 공감하는 리더

공무원이 제일 무서워하는 사람은 누구일까? 국민이 아닐 것이다.
아마도 조직의 최고 장(長)일 것이다. 민간으로 치면 사장님일 것이다.
민간 회사의 대표가 급여 정도, 복지 혜택, 업무 강도, 해고와 같은 고
용의 안정 등등에 가장 영향력이 큰 사람으로 봤을 때 공무원도 기관의
장이 가장 큰 영향력을 미친다. 내가 국민을 위해 일하는 지방공무원이
지만 실질적으로 내 명줄을 잡고 있는 사람은 기관의 장인 것이다. 그
장과 함께 수직적 체계로 구성된 조직의 상급자가 나의 직업에 가장 큰
영향을 미친다.

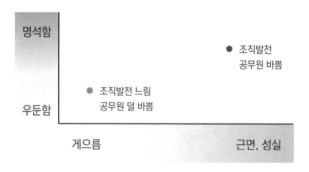

리더의 성향을 간단히 명석한 정도와 근면한 정도로만 놓고 본다면
과연 리더의 성향 차이가 나의 직장 생활에 어느 정도 영향을 미칠까?
내가 경험한 바로는 공무원 조직에서 공무원이 가장 두려워하는 리더
는 근면하고 명석한 리더다. 대개 선거로 당선되는 지방의 지방자치단
체장은 공직에 대한 경험이 별로 없는 정치인이다. 이와 같은 배경의
지자체장이 선거에 당선되어 한평생 공직에서 일하고 있는 사람들을
완벽하거나 제대로 이해하고 있을 리는 없다. 그러나 명석한 지자체장
은 취임 후 공무원들과 짧은 시간이나마 어울려 함께 일하다 보면 그들
의 생리를 금방 이해할 수 있게 된다. 자리보존형, 업무답습형, 명예추

구형 등과 같은 공무원의 DNA를 이해하게 된다면 어떻게 하면 이 집단의 구성원이 자신의 공약과 비전에 따라 일을 하게 만들지 간파할 수 있게 된다.

그러나 내가 지금까지 지방공무원으로 일하면서 보았던 지자체장은 대개가 근면하였지만 명석함은 그에 비하면 덜 하였다. 취임 초기 화려한 표어로 살기 좋은 지역을 외쳤지만 이를 받쳐줄 공무원의 역량을 한껏 끌어다 쓰는 데는 실패하였다. 지자체장은 지방공무원이라는 존재의 속성을 알고 이 속성에 따라 이들의 능력을 끌어내야 하는 것이다. 사람을 다루는 용인술과 같은 이런 명석함(현명함)은 리더가 갖추어야 할 필수 요소와도 같다. 난 그런 사람을 다루는 기술(처세) 중에 가장 으뜸인 것이 공감이라고 생각한다.

드라마에서 나오는 장면처럼 실제 결재판을 집어던지는 자치단체장이 있었다. 요즘 시대에도 그런 사람이 있나 싶지만, 폐쇄적인 조직에서 아직도 일어나는 현재 진행형이다. 내가 고위 간부와 마주할 일은 없지만, 최소한 부서의 계장급의 담당자는 직접 간부와 대면 보고를 해야 하는 일이 종종 있다. 직속 상관이라면 부담이 덜 하지만 2~3계급 위의 간부를 대면해야 하는 것은 부담이 있다. 그런 부담을 갖고 결재판을 들고 들어왔을 계장에게 보고서의 내용이 엉망이었다고 결재판을 집어던지는 것이다. 결재판을 야구공처럼 던지는 투수 같은 간부를 만난다는 것은 상상만 해도 아찔하다. 투수는 실투로 타자의 몸에 맞는 공이 나왔을 땐 미안한 감정을 느끼거나 머쓱한 표정을 지으며 실수를 인정한다. 물론 고의도 아니다. 하지만 결재판을 야구공처럼 던지고 보고서를 얼굴에 집어 던지는 것은 인간적인 모멸감까지 느끼게 한다. 조심스레 시장실의 문을 열고 들어왔을 상대방의 마음에는 전혀 공감은 없고 오로지 결재자의 위치에 있는 자신의 마음만이 있을 뿐이다.

카이스트 뇌과학자 정재승 교수는 리더에게 필요한 건 사회성과 공감 능력이라고 한다. 공감 능력은 사회성 안에 포함되어 있다. 공감력은 상냥함과도 관계되어 있다. 상냥함은 깊이 공감하는 사람에게서 나올 수 있는 인간적인 대면 방식이다. 공무원 조직에는 안타깝게도 공감 능력이 부족한 사람이 너무 많다. 이 글을 적는 나 역시도 공감 능력은 많이 부족한 거 같다고 고백한다.

9급 허상국 씨는 동장, 사무장, 직원들과의 공감을 위해 술잔을 들었지만 그런 조직 문화를 찾아볼 수 없는 의식(Ritual) 절차와도 같은 회식이었기에 자리를 마치고 공감이 가는 선배와 따로 맥주를 먹자고 한 것이다. 그분들(그 조직)은 허상국 씨가 실제 직장에서의 9급 직원으로서 느끼는 감정은 별로 중요하지 않기 때문이다. 아무리 개방적인 토론 문화를 위한 회의를 한다 해도 하위직 공무원의 의견에 단 한 번도 긍정의 신호를 보냈거나 일리가 있다는 공감의 시그널을 보낸 적이 없는 과장 동장이라면 토론식 회의를 하자고 말하지 말아야 한다. 왜냐면 그들은 이미 마음의 문을 닫아 버렸을 가능성이 크다. 꼰대 같은 동장, 답정너 과장이라는 고정된 인식이 부하 직원의 머릿속에 자리 잡았을 것이다. 같은 동료에게도 쉽게 생각을 공유하지 않는 조직에서 나이 차이가 20년이나 나는 과장, 동장에게 토론식 회의를 위해 마음을 문을 열겠는가? 오히려 꼰대 같은 리더로 여기지 않고 있음이 다행스럽다.

기초자치단체장은 4년 동안 자신의 공무원들을 4년간 마주한다. 연임하면 8년도 마주하는 것이다. 덜 가족 같은 공직 사회라고 말하지만 오랜 기간 함께 지나다 보면 자연스레 가족 같은 감정도 생겨날 수 있다. 난 군에 입대하였을 때 6주간의 훈련병 시절을 보낸 적이 있었다. 한 번도 만난 적이 없는 15명의 훈련병과 6주간의 훈련을 마치고 뿔뿔이 흩어질 때 왜 그토록 하염없는 눈물이 흘렀는지 되돌아본다. 훈련할 때 물을 나눠마시고 동료 대신 벌을 서기도 하고 같이 뒹굴고 흙먼지를 마시면서 짧은 6주간 가족 같은 감정이 생겼다. 어려운 시절을 함께 보낸 정(情)과 유대감이 깊은 전우애를 만들었다.

짧은 6주에도 깊은 유대감이 생겨났는데 8년을 함께 보낸다고 생각하면 나의 공무원은 내가 챙겨야 할 가족 같은 존재인 것이다. 물론 몇백 명의 기초자치단체의 공무원에 대해 일일이 챙길 수는 없지만, 전심을 다해 나를 위하는 인간적인 존재로 여겨야 한다. 가화만사성이다. 집이 화목하면 모든 일이 잘 이루어진다. 나의 공무원 조직이 화목하면 나의 지자체가 발전하는 것은 당연하다. **그래서 지방공무원 조직에서 그리도 외치는 내부 결속은 직원들을 아끼는 상급자의 마인드와 관계가 깊다.**

리더가 되기 위해 핵심적 요소가 지적 능력과 사회성이라고 봤을 때, 현재의 사회는 지적 능력보다 사회성이 더욱 필요해 보인다. 공감 능력이 뛰어날 때 사회성이 길러지는데, 정재승 교수에 의하면 어렸을 때부터 사회성을 키우는 시간이 계속해서 줄고 있다고 했다. 사회성은 학원에서 가르쳐 주지 않는다. 아침에 일어나 학교를 가고 학원을 가고 집으로 오면서 어울려서 지낼 기회가 잘 없었다. 주로 성적을 통한 서열을 매기는 교육 환경과 좋은 대학 입학이라는 목적에 초점이 맞춰져 있다 보니 태어나서 이십 세까지의 성장 과정에서 내가 전인적인 인간으로 성장하기 위한 교육의 기회가 적었다. 특히, 가족 구성원이 점차 적어지면서 형제가 별로 없는 가정 환경에 자라서 더욱 사회성이 길러질 환경이 부족했다. 지적 능력은 돈과 시간을 들여 단기적으로 섭렵할 수 있지만, 사회성은 오랜 시간을 두고 관계를 곱씹으며 입장을 달리 놓고 생각해야 하는 복잡한 두뇌의 반복 작업이다. 우뇌가 가진 완전한 능력(Full Capacity)을 가동하는 연습이 되풀이될 때 사회성이 쌓여간다.

정재승 교수는 어릴 때 배워야 할 사회성은 첫째 관계 맺기, 둘째 갈등 해결, 셋째 공감 능력의 과정을 되풀이함으로써 길러진다고 본다. 사회가 분업화되고 전문화되면서 사람과의 접촉 빈도는 낮아지고 있다. SNS의 일상화는 그런 빈도를 더욱 낮게 만든다. 메타버스는 가상의 공간으로 현실을 대체하고 있다. 인간의 감정을 단순히 희노애락의 주요 감정으로만 봤을 때, 비대면 방식으로 이끄는 기술의 진보가 가장 중요한 인간의 4가지 감정을 생생히 전달하고 표현할 수 있는 창구라고는 볼 수 없다. 웃는 것에도 수십 가지 웃음기가 가미된 표정이 있고 울음에도 다양한 감정이 섞인 울음의 표정이 있다. 나를 대변하는 아바타가 가상의 공간에서 다양한 나의 표정과 감정을 전달할 수는 없다.

기술의 진보가 만들어내는 비대면 방식의 확대는 오히려 고도의 분업화와 전문화를 위해 능률성과 효율성을 중시하는 비즈니스적인 목표에 더욱 어울리는 것 같다. 비대면은 사람과의 관계 맺기에 한계가 있다. 관계 맺기의 기회가 낮아진 환경에서 우리는 사회성 습득에 더욱 취약해져 가고 있다. 두 번째 갈등 해결은 이런 비대면 방식으로 흘러가고 있는 사회 변화에서 더욱 어려운 처지에 놓인다. 정치적 갈등, 경제적 갈등, 사회적 갈등, 세대 간의 갈등 등 너무 많은 갈등이 존재한다. 그 많은 갈등이 여과 없이 드러나고 있는 포털사이트의 토론방과 댓글들은 비대면 방식에서 갈등의 문제가 개선되어가는 것이 아니라 증폭되어가는 모습을 보이고 있다. 언론의 저널리즘은 그런 갈등을 해소한다기보다는 오히려 증폭시키는 매체물을 생산하고 있다.

따라서 세 번째 갈등의 해결을 위한 공감의 여지는 점점 줄어들고 있다. 우리가 인위적으로 만들고 있는 소통의 장이나 소통 콘서트라는 것은 공감의 여지를 만들기 위한 안간힘으로 볼 수 있다. 국가별 갈등 지수에 의하면 우리나라는 OECD 국가 중 갈등 지수가 4위이며 갈등을 관리하는 지수는 30개국 중 27위에 있다. 상황은 좋지 않다. 갈등이 있다고 경제가 나빠지는가? 그렇다. 한국보건사회연구원에 따르면 갈등 관리 지수가 10% 증가하면 GDP는 최대 2.41% 증가한다고 한다. 갈등을 잘 관리하면 조직의 생산성이 높아지는 것이다. 결국, 갈등의 부작용이 조직에 폐해를 가져다준다는 것을 알았다면 리더는 갈등의 해소에 리더의 역량을 집중해야 한다. **공감하는 리더가 절대적으로 필요한 이유다.**

　리더는 어떻게 공감해야 하는가? 경험의 공유에서 그 방법이 나오기도 한다. 난 가정에서 육아하면서 독박 육아를 하는 날이 많았다. 동료 공무원(특히 여성 공무원)과 독박 육아에 대한 화제로 얘기를 나눌 때 난 줄곧 그 어려움과 힘듦에 대해 공감을 많이 받았다. 공감을 해주었기에 나도 공감을 받은 것이다. 대개 우리는 몸과 마음이 힘들었던 경험을 함께 공유하면서 관계 맺기가 심화되는 과정을 겪는다. 공통의 관심사가 내가 뼈저리게 느꼈던 관심사일 경우 대화로 풀어내는 공감력은 마치 폭발하는 화산과도 같다. 평소에는 활동하지 않아 잠자는 것 같은 화산이 공통의 관심사를 마주했을 때는 활화산같이 변하는 것이다. 아줌마들이 한다는 광란의 수다 떨기는 공감을 폭발시키는 활화산과 같은 과정이다. **공감은 힘들었던 경험을 공유할 때 우러나오기도 한다.**

　직업상 수많은 사람과 관계 맺기를 반복하는 공무원은 사회성의 시험장과 같은 직업이다. 민원인과의 관계 맺기도 있지만, 내부적으로 순환보직처럼 바뀌는 부서에서 계속된 관계 맺기가 지속되다가 퇴직하게 된다. 한평생 관계 맺기인 것이다. 관계 맺기 후에는 관계가 심화되는 경우도 있고 가벼운 직장동료 관계로 끝이 나는 경우도 있다. 명예 추구형 공무원이 아니더라도 우리는 공직 내에서 인정을 받고 싶어 한다. 인정에 대한 욕구는 동기부여의 원인이며 맺은 관계에서 갈등 해결을 위한 단초를 제공할 수도 있다. 무슨 말이냐 하면 인정을 받고 싶은 것이 사람의 기본적인 감정 욕구라면 **리더는 누구나 가진 그 감정을**

인정하고 존중하려고 노력할 때 갈등 해결의 실마리를 찾게 될 수도 있다는 말이다.

벌벌 떠는 팀장이 있었다. 이 기획안를 가지고 고위 간부에게 결재를 맡으러 갈 때 어떤 소리를 들을까 봐 지레 겁을 먹고 있었다. 준비가 미흡한 계획서를 들고 들어간 것도 아닌데 거의 모든 간부에게 결재를 맡으러 갈 때는 긴장한 기색이 역력했다. 기획안이 특별히 부족한 것도 아니었는데 그 팀장은 왜 저렇게 윗사람을 무서워할까 했었다. 기획안에 대해 부족한 점을 들으려 결재를 맡으러 간다는 생각이었다면 겁을 먹을 필요가 없었을 것이다. 그 두려움은 내가 일을 못하는 팀장으로 간부에게 낙인찍힐까 두려운 것도 있고 준비해간 기획안이 간부의 맘에 들지 않을까 하는 두려움도 있었을 것이다. 혹은 실수를 꺼리는 간부의 성격에 대해 크게 걱정하는 맘이 앞섰을 수도 있다.

지방자치제를 실시하기 전에는 중앙 정부의 지시에 따라 수동적으로 업무를 하는 DNA가 50년대 60년대생 공무원에게는 각인되어 있다고 본다. 그러다 국민의 투표로 뽑힌 기초자치단체장은 선거 때마다 자신의 성적표를 주민에게 보여야 하며 그로 인해 평가를 받다 보니 성과를 강조하는 흐름으로 변화되었다. 그 변화를 수용하지 못하고 능동적으로 일을 하는 방식에 둔감했었을 수도 있다. 새로운 정책과 창의적인 결과를 지속해서 요구하는 현대 행정에서 완벽한 기획안이라는 것은 존재할 수 없다. 완벽에 가깝다고 평가받는 기획안조차 현실의 집행 과정에서는 결점이 드러나게 마련이다. 완벽한 보고서를 원한다면 업무 협의와 회의라는 것이 존재할 수 없다. 젊은 공무원들이 말하는 지금의 공무원 회의는 회의를 위한 회의라고 탄식하는 이유를 생각해봐야 한다.

우린 처음부터 일을 잘해왔던 공무원이 아니다. 완벽에 가깝다고 자평하며 올린 결재도 나보다 식견이 높은 상급자가 보았을 땐 예상치 못한 보완점이 발견될 수도 있다. 이것을 이해한다면 결재판을 열어보는 상급자도 문서를 집어던질 이유도 없고 결재판을 올리는 사람도 그렇게 벌벌 떨 필요도 없다. 결재판을 올리는 사람이나 받는 사람이나 똑같이 공감하는 사람이 되어야 한다. 완벽한 보고서는 아니지만 완성된 보고서를 들고 들어가는 팀장의 마음에 과중한 스트레스가 있어서는 안 된다. 리더는 팀장과 함께 부족한 점을 찾아 개선하려는 마음으로 결재판을 받아야 한다. 기획안에 대한 부족한 점이 있다면 듣고 고치고 참조하면 된다. 목표는 최고의 정책을 만들어내는 것이다. **공감하는 조직에서 최고의 결과물이 만들어질 수 있다.** 그래서 기초자치단체장은 완벽한 보고서를 원해서는 안 된다. 완성된 보고서에 심혈을 기울였을 팀장의 마음에 공감해야 한다.

리더의 조건은 여러 가지가 있다. 개인적인 능력, 결과에 집중하는 능력, 조직의 변화를 이끄는 능력 등이다. 그 여러 가지 조건 중에서 리더의 성격 또한 아주 중요하다. 구체적으로 사람을 대할 때의 진실성이다. 사람을 진실 있게 대한다는 것은 타인의 감정을 존중하고, 지지하고, 공감하는 것이다. 정서적 능력과도 같은 이것은 사실 리더뿐만이 아니라 사람이라면 모두가 갖추어야 하는 인간의 기본적인 요소이지만 지금의 현대 사회는 이런 기본적인 것조차 갖추어지지 않은 사람이 많다. 그래서 리더는 더욱 공감 능력을 필수적으로 갖추어야 한다고 생각한다. 이것은 조직을 성공적으로 이끌 수 있느냐 없느냐의 중요한 문제이기 때문이다.

▶ 4차 산업 시대와 기초자치단체장

　리더는 디테일에 집중해야 한다. 구성원을 일깨우는 가장 효과적인 방법 중 하나는 해당 업무에 관한 디테일을 알려주는 것이다. 한 업무에서 제대로 내공을 축적하여 직급이 올라가면 더 많은 디테일을 자연스럽게 볼 능력이 생기게 된다. 큰 그림에 대한 이해도가 높아질수록 전혀 중요하지 않아 보이는 사소한 것들이 왜 중요한지 깨닫게 되는 것이다. 직급이 낮을수록 디테일에 더 가까이 있지만, 가까이 있기에 그 중요성을 더 쉽게 간과하는 것은 매우 자연스럽다고 생각한다. 그래서 리더는 구성원이 디테일을 놓치면 다그치고 무조건 야단을 할 게 아니라, 그 사소한 일이 왜 중요한지 알려주는 것이다. 모든 사소한 업무들은 더하기로 엮여 있는 것이 아니라 곱하기로 엮여 있다. 사소한 부분을 바꿨을 뿐인데 완성도의 효과가 배로 증가하거나 감소한다. 그러나 너무 자주 하게 되면 그것은 또 다른 간접적 압박이 될 수도 있다.

　지자체장의 회의 후 나오는 지시 사항을 살펴보면 무슨 무슨 업무 철저, 적극 홍보, 공직 기강 확립, 명절 종합 대책 추진 철저, 효과 제고 노력, 대비 태세 확립 등 추상적인 지시어가 가득하다. 계획을 치밀히 준비하라고 지시하지만 사실 이런 추상적인 지시는 아무 소용이 없다. 모든 부서의 업무는 당연히 철저히 추진해야 하며 사업의 계획은 항상 치밀하게 준비해야 한다. 항상 치밀하게 준비하고 추진하는데 왜 사고가 일상처럼 일어나며, 주민들이 반발하고, 집행 과정에 혼선이 빚어진단 말인가.

　그래서 리더는 디테일에 강해야 한다고 생각한다. 리더가 업무의 허점이나 부족한 점을 발견하여 지시할 안목이 없다면 참모나 막료가 리더의 충실한 조언자가 되어야 한다. 그런 안목이나 경륜을 가진 참모를 조직에 임용해야 하지만, 그런 용인술과 업무의 핵심을 살피는 안목이 모두 없다면 리더로서 자질이 부족하다고 봐야 한다. 아쉽게도 그런 리더를 공무원이 선택할 수 있어야 하지만 우린 그런 리더를 우리가 뽑을 수 없다. 민선의 지자체의 장은 주민이 뽑는다. 물론 공무원도 투표권이 있지만 몇백 명의 표로 공무원들이 스스로 원하는 자치단체장을 뽑는데 기여하진 못한다. 공무원은 리더에 대한 선택권이 없기 때문에 선출된 리더의 지시에 따르는 수밖에 없다. 정치를 외면한 대가는 가장 저질스러운 인간들에게 지배당한다는 민주주의의 대한 플라톤 격언이 있다. 공무원은 정치를 할 수도 없고 선출된 단체장을 거부할 수도 없다. 민주주의까지 얘기하지 않아도 그저 리더가 가지고 있어야 할 기본적인 요소 몇 가지만 있다면 많은 공무원은 충분히 그 리더를 따를 수 있다.

디테일을 4차 산업과 연관하여 이야기하자면 우리가 뽑는 기초자치단체장은 대부분 정치적인 선택에 의해 선출된다. 출신을 보자면 관료 출신, 법조계 출신, 언론인 출신, 대학교 출신, 기존 정당의 정치인 출신, 관할 지역의 관변 단체장 출신 등이다. 이들의 공통점은 이공계 출신이 없다는 것이다. 문과 계통과 관계 있는 장들에 익숙해져 있는 우리에게 이공계 출신의 장은 생소하다. 이공계 출신의 리더는 과거에는 그리 필요가 없었다. 결론부터 말하자면 현재 시대는 리더가 가져야 할 원래의 자질에 4차 산업의 전문적인 지식과 이해를 포함한 이공계적 자질까지 요구하고 있다. 3차 산업에서 우리나라의 주축 산업이었던 석유화학과 건설과 같은 산업은 산업의 방향이 이미 정해져 있었고 국가적인 차원에서 각종 정책의 지원이 있었다. 산업의 발전 방향은 정해져 있었기 때문에 이 정해진 답에 대한 국가적 지원 아래 추진력만 발휘하면 되었다. 지역이 먹고 살아야 하는 미래 산업에 대한 고민은 연구 기관이 하였고 기업이 하였고 정부가 하였다.

그러나 이미 당도해 있는 4차 산업에서는 정부, 민간 기업, 각종 연구 기관조차도 4차 산업 시대에 일어날 일을 예측하기가 어렵다. 변화의 속도가 너무 빠르고 준비와 대응은 이미 늦었던 경우가 많았다. 대응이 늦으면 실패로 이어지기도 한다. 임진왜란 때 조총을 가진 왜구에 맞서 기마를 이용하고 활을 쏘아대던 육지의 조선군(신립 장군의 패배)이 참패했듯이 흐름을 선도하거나 뒤늦게 받아들였을 땐 실패와 연결된다.

지금은 중앙 정부와 지역 정부의 리더들을 시험하고 있는 시대이다. 시험 문제는 4차 산업에 대한 이해와 깊이를 묻고 있다. 방향이 정해진 3차 산업 시대에는 객관식 문제지가 출제되었다면 지금은 수험생으로 임한 리더에게 4차 산업의 이해를 바탕으로 스스로 방향을 정하고 어디에 어떻게 투자할 것인가까지 요구한다. 객관식은 리더들에게 4차 산업의 전공자와 비전공자를 가려내지 못한다. 주관식은 리더에게 4차 산업의 전공자와 비전공자를 가려내기도 하고 비전공자에게는 어느 정도의 이해도를 가지고 있는지 묻고 있다. 경제 혁신을 위해 중앙 정부가 내려주는 국비를 받아 지방은 어디에 어떻게 투자해야 이 전쟁터와 같은 4차 산업 시대에 살아남을 수 있는가를 고민해야 하는 현실을 마주하고 있다. 그런 이유로 지방의 리더들은 4차 산업 문제를 끊임없이 공부해야 하는 것이다.

21년 10월 중국의 산시성은 이상 기후의 영향으로 평소 건조하였던 지역에 5일간 200mm의 폭우가 쏟아져 176만 명의 이재민이 발생하였다. 산시성은 중국의 주요 석탄 생산 지역의 하나였고 이곳에 있는 27개의 석탄 광산이 폐쇄되었다. 중국의 이산화탄소 저감 정책과 호주와의 무역마찰 등의 영향으로 석탄 사용량이 줄었다. 가뜩이나 생산량이 줄어들었는데 광산 폐쇄와 같은 돌발변수로 석탄의 가격은 급등하였고 공급은 중단되었다. 우리가 그린스완[6]이라 부르는 이상 기후가

---

6) 기후 변화가 초래하는 경제 및 금융의 위기

경제에 직접 타격을 준 케이스다.

중국 정부에 방침에 따라 전력 공급이 중단된 현지의 우리 기업들의 공장 가동률이 떨어졌다는 뉴스를 심심찮게 접했다. 아무 연관이 없어 보이던 중국발 석탄 부족은 한 달도 되지 않아 우리나라에 '요소수 대란'이라는 나비효과를 가져다주었다. 요소는 석탄에서 추출되는 암모니아가 주원료였고 우리나라는 이 요소의 대부분을 중국 수입에 의존하였다. 요소수는 디젤엔진에서 발생하는 유해한 질소산화물을 분해하는 역할을 하고 있다.

우리가 사는 시대는 수많은 산업이 사슬처럼 엮인 벨류 체인으로 움직이고 있다. 하나의 제품은 지구촌 곳곳의 경제적 이해관계와 수요, 공급의 원리에 따라 생산되어 우리 앞에 나타난다. 전기 자동차의 리튬 배터리는 희토류와 관계가 있고 반도체 생산에는 네온가스와 같은 각종 원자재가 관여된다.

리더는 이런 흐름에 대한 이해도를 높이려는 노력을 게을리해서는 안 된다. 한편으론 국제적 흐름을 예측할 수 있는 뛰어난 식견을 가졌다고 할지라도 요소수가 어디에 쓰이는지와 같은 구체적 산업 구조에 대한 이해가 부족할 수 있다. 조직에 경제적 흐름(환율, 유가, 경제적 이슈 등)을 짚을 수 있고 산업의 흐름(4차 산업, 반도체 등)을 읽을 수 있는 이공계 출신의 융합적 관료가 필요하다. 그런 흐름에서 예측 가능한 사건을 대비하고 전략을 짤 수 있고 풍부한 데이터를 보유하여 연구할 수 있는 작은 부서 조직도 필요하다. 그 관료나 부서는 같은 산업군에 대한 풍부한 데이터를 보유하고 흐름에 대한 판단 능력까지 있어야 한다.

삼성 같은 대기업이 민간에게 제공하는 데이터가 있고 수많은 연구 기관이 내놓는 자료가 무수히 많다. 이러한 자료를 긁어보아 조직의 발전을 위해 전략을 짜야 한다. 이공계 출신의 관료나 리더가 필요한 이유는 이를 게을리했을 경우 결정된 정책적 실패에 따라 낭비되는 예산과 노력이 너무 크기 때문이다. 앞으로 정책적 실패가 더욱 크게 나타날 수 있는 분야가 4차 산업이다. **4차 산업을 기본적으로 이해하고 있는 리더가 절실하다.**

반도체의 기본 원리를 대학교 1학년 교양 과목에서나마 들었던 사람과 들어본 적이 없는 사람은 분명 안목이 다르다. 전국의 수많은 행정 공무원이 지자체의 전략적 사업을 추진할 때 연구 기관의 설명을 들어도 이해가 부족하고 사업을 추진하는 외부업체의 개괄적 설명에 의존하여 사업을 집행할 때마다 뭔가 답답함을 느끼는 것도 배경 소양이 부족하기 때문이다. 조직은 구성원을 위해 이런 배경 소양을 늘려줄 기회를 제공해야 하고 개인은 그런 업무를 하는 공무원이나 리더라면 축적된 배경 소양이 나의 업무에 도움이 된다는 것을 기억해야 한다. 때에 따라 4차 산업의 한 분야에 대한 식견을 넓이기 위해서 가전 쇼나 박람회를 견학하고(미국의 'CES 가전 박람회'라도) 참가해야 한다.

요소수가 무엇이고 이런 원료가 석탄에서 나온다는 사실에 대해 이공계 출신이 아니어도 이해할 수 있으나 화학에 대한 기본적인 이해를 가진 리더가 더욱 변화에 민감할 가능성이 크다. 최근 우리는 기후 변화와 코로나가 몰고 온 재앙이 4차 산업이라고 것과 어떻게 접목되어 우리의 실생활에 영향을 주고 있는지 목격하고 있다. 음식점에 출입하게 될 때 찍어대는 QR코드가 나를 검증해주었고, 다른 나라가 하지 못한 잔여 백신을 조회하여 우선 예약하는 시스템을 보았으며, 자가격리자의 스마트폰에 설치된 앱을 통해 매칭 공무원이 그의 상태를 조회하였다. 비대면은 노트북과 같은 휴대용 PC 수요를 촉발했고, 자동차를 구매하여도 부족한 반도체로 인해 생산량이 따라가지 못해 반년을 기다려야 차량을 인도받을 수 있는 시대에 살고 있다(반도체 대기업조차 자동차 반도체의 수요 예측에 실패함). 자동차 1대에는 몇 개의 반도체가 들어가는지 알 필요는 없으나 적어도 자동차에는 반도체가 다량으로 들어간다는 것은 알아야 한다. 편의 사양이 늘어나고 자율 주행 기술이 진화되면서 메모리, 비메모리 반도체가 점차 늘어나고 같은 종류의 자동차라도 다른 회사의 자동차에 들어가는 칩의 개수가 왜 다른지 공부해야 하는 것이다.

문재인 대통령은 2019년 삼성의 반도체 공장 현장을 찾은 적이 있다. 현장에서 반도체 전반의 얘기를 주고받는 과정에서 대통령이 반도체에 대한 이해도가 상당히 높아 이재용 삼성전자 부회장이 놀랐다고 하였다. 인권 변호사 출신의 대통령이 반도체에 대한 이해도가 높을 리 없으나, 메모리 반도체와 시스템 반도체의 차이점에 대한 기본적인 이해를 하고 반도체 산업을 시찰하였을 것이 분명하다.

잠깐 반도체 이야기를 하자면, 반도체는 메모리와 비메모리로 구분되고 여러 가지 비메모리 반도체를 통틀어 시스템 반도체라고 한다. 삼성전자는 메모리 반도체 분야에서 세계 1위이지만 시스템 반도체에서는 세계 2위에 머물러 있다. 지금까지의 산업에서는 메모리 반도체 강자가 살아남았을지라도 앞으로 우리 생활 속에 더욱 깊이 침투하게 될 4차 산업의 기반은 시스템 반도체가 기본 곡식과 같은 역할을 한다. 삼성전자도 당연히 그 부분을 알고 있기 때문에 시스템 반도체에 대한 대대적인 투자를 하고 있다. 그런데도 현재 세계 1위인 대만의 TSMC라는 반도체 회사와의 격차는 계속 벌어지고 있다.

반도체 산업은 규모의 경제 원리가 가장 크게 작동하는 산업군이다. 지금까지 삼성전자가 세계 1위 자리를 공고히 하기 위해 추진해온 초격차 전략을 오히려 대만의 TSMC 반도체 회사가 벤치마킹하고 있다. 이런 배경으로 참여 정부는 반도체 산업을 육성하는, 그중에서도 시스템 반도체에 대대적인 투자를 진행하는 삼성전자를 응원하고 있는 것이다.

테슬라의 CEO인 일론 머스크는 괴짜로 알려져 있다. 전기 자동차를 만들다가 갑자기 화성 이주를 위해 스페이스X라는 회사를 만들어 재활용 로켓을 쏘기도 하고 자신이 만든 전기 자동차를 우주 공간에서 태양계 밖으로 돌진시키기도 한다. 가상화폐를 이용해 테슬라의 자동차를 구매하게 만들기도 하고 그 화폐의 사용 중지를 선언해 코인 가격을 폭락시키게도 만들었다. 이 괴짜의 전공은 경제학, 물리학, 재료공학이다. 우리는 이 괴짜라는 공학도가 그려나가고 있는 미래의 모습에 많은 영향을 받고 있는 것이 현실이다.

그리고 미국의 자동차 메이저 회사들은 모두 이 괴짜가 만든 테슬라 자동차에서 미래를 벤치마킹하고 있다. 전기 자동차 판매를 잠식해 들어가고 있는 현실에서 자사 자동차 판매가 감소했던 것을 보았고 계기판이 사라지고 통합 칩을 이용하여 대시보드에 자동차 제어 스크린을 도입해 심플한 내부 디자인을 선보인 것도 테슬라였다. 같은 리튬이온 배터리를 썼지만, 주행 거리에서 현격한 차이를 냈던 것도 테슬라의 기술이었다. 일론 머스크는 처음 스마트폰을 선보인 스티브 잡스와 같이 전기 자동차의 대중화를 앞당긴 인물로 평가받는다. 또한, 미래의 자동차는 운전자의 개입을 최소화하여 자유로워진 시간을 활용해 운송 수단에서 주거의 개념을 집어넣고 있다. 내연기관의 복잡한 동력 구조가 전기 모터로 대체되고 자율 주행이 필요함에 따라 주행을 보조하는 카메라는 늘어나고 있다. 대표적인 하나의 4차 산업군에 관해 얘기하였지만 4차 산업군은 군과 군끼리 융합하는 유비쿼터스 시대이기도 하다. 미래 자동차는 그 산업군이 합쳐진 마치 콤비네이션 피자와 같이 변하고 있다.

미래의 자동차 산업이 변해가는 흐름을 알았다면 우린 여기서 다시 우리가 투자해야 하고 준비해야 하는 부분이 무엇인지 이해할 수 있게 된다. 급격하게 전환되어가는 전기 동력은 내연기관에 의존하는 일자리의 변화를 예측할 수 있게 한다. 아직도 우리나라는 전기 자동차에 대한 정비인력이 절대적으로 부족하다. 왜냐면 준비 기간에 비해 산업이 너무 빠르게 변하고 있기 때문이다. 기존에 자동차 학과는 변화에 준비되어 있지 않고 그마저도 학생들을 가르칠 교수 인력조차 부족하다. 배터리는 벌써 원료 전쟁을 치루고 있다. 니켈 가격은 지난 2년간 이미 두 배로 뛰었다(이 글을 쓰고 있는 사이 4배로 상승). 또한, 앞으로 이미 일부 지방자치단체에서 투자하고 있는 폐배터리 산업은 계속해서 커질 것이다.

충전 문제는 어떤가. 초창기 전력을 이용한 낮은 충전비는 이제 볼 수 없게 될 것이다. 인플레이션으로 상승 압력이 커져가는 전력 요금을 공공요금 안정화라는 목표 속에 꾹꾹 눌러대고 있지만, 전기 자동차의 전력 요금 현실화는 가장 가까운 미래다(이것 또한 이 글을 쓰고 있을 때 이미 올랐었다). 그에 따라 충전비를 보완해줄 수 있는 '차지 포인트'가 활성화될 것이다. 청정 도시, 공해 없는 깨끗한 지방자치단체라고 얘기한다면 폭발적으로 증가하는 전기차에 대비해 충전소는 준비가 되어 있는지 살펴봐야 한다. 이와 함께 법과 제도는 변화해가는 산업의 속도를 따라가기에 힘써야 한다.

지자체마다 그 지방의 고유 특산물이 있고 고유의 관광 자원이 있다고 말한다. 그런 것을 활용하여 지방 고유의 특색 있는 발전 방향으로 나아간다고 한다. 기초자치단체장과 같은 리더가 왜 이런 것까지 알아야 하냐고 되물을지 모르겠지만, 선거에 나서는 후보들이 실제 당선이 되어 임기를 시작하거나 마칠 때면 전략 사업이라며 홍보하는 모든 사업에는 우리가 부르는 4차 산업이라는 것이 꼭 하나쯤은 들어가 있는 것을 볼 수 있다. 지방자치단체도 거대한 4차 산업의 흐름에서 절대 자유로울 수 없다. 오히려 패스트 팔로워가 되지 못하면 영원히 도태되는 시대에 당면하고 있는 것이다.

매년 정부는 지방을 대상으로 국가 공모 사업을 한다. 대한민국의 핵심 4차 산업을 발전시키고 지방의 균형 있는 발전을 위해 기초자치단체들을 대상으로 공모사업을 하는 것이다. 대부분의 지방자치단체는 그 공모사업에 선정되어 얼마큼의 예산을 확보했느냐에 혈안이 되어 있다. 또한 우리는 억 단위의 천문학적인 돈을 확보했다면 그것이 마냥 좋은 것으로만 생각하고 있다. 그러나 모든 사업이 그러하겠지만 실패한 사업에는 이미 커다란 비용이 낭비된 후이다. 확보된 예산으로 사업을 진행했지만, 몇 년 후 나타난 결과는 지방의 고용률이 나아지지 않았으며 경제적 효과의 결실은 적었다.

지방에 사람이 없고 인재가 없다고 한다. 그에 따라 인구가 줄고 있다고 한다. 산업 기반이 없기 때문이다. 더욱이 돈이 되고 사람이 모이는 미래의 4차 산업이 없기 때문이기도 하다. 지방에 투자하려는 기업은 없고 부족한 돈이지만 지원을 약속하니 투자를 하라는 관(官)만 있다. 앞으로 4차 산업은 더욱더 일반인의 생활 속까지 사사건건 관여되고 등장하게 될 것이다. 나라와 자치단체가 쇠퇴하고 발전하고는 4차 산업에 대한 이해도가 높은 장들이 어떻게 미래를 대처해 나가느냐에 따라서 판가름 나게 될 것이다.

(02) 기초자치단체

▶ 존경하는 의원님

풀뿌리 민주주의를 대표하는 것은 지방자치제도라고 한다. 그리고 지방 의회는 지방자치제가 꽃피울 수 있도록 주민이 뽑은 지방 의원들로 구성되고 지방의 자치법규와 예산, 행정 사무, 기금의 운용 등 주민의 생활과 직결된 사항을 의결한다. 특히 지방 의회는 대한민국 국회가 만든 법률을 토대로 법률에 범위 안에서 지방에 필요한 조례와 규칙을 제정한다. 또한, 행정부 격인 지방자치단체장의 거침없는 독주를 막고 견제와 균형을 잡아가며 지방의 민주주의를 발전시키는 역할을 하고 있다. 지방자치제도에서 지방 의회는 중요한 역할을 하고 있는 것이다. 이러한 중요한 역할을 하는 지방 의회가 있기 때문에 지방자치제도가 발전하고 기초자치단체가 유지되는 것이다.

그러나 요즘 시대에는 이러한 긍정적인 역할은 부각되지 않고 지방 의회의 부작용과 지방 의회를 구성하는 기초 의원들의 비리와 일탈 등이 하루가 멀다 하고 뉴스에 오르내리고 있다. 그러한 좋지 않은 뉴스를 자주 접하다 보니 많은 국민이 지방 의회 무용론을 주장하기도 하고 기초 의원의 무보수를 외치기도 한다. 기초자치단체의 지방 의회 의원은 우리가 가, 나, 다라고 부르는 작은 선거구에서 비교적 적은 인구에 의해 선출된다. 이런 이유로 크지 않은 표수로 당선의 희비가 엇갈리기도 한다. 지역의 몇몇 단체가 집단력을 발휘하여 지지를 결집하면 당선되기도 하며 후보자의 정보에 취약한 유권자가 선거 전 투표 안내문과 함께 받는 선거 공보지[7]만 보고 인물을 결정하는 일도 많다.

---

7) 후보자의 정보를 담고 있는 인쇄물

예컨대 공보지의 첫 장에 출마 번호, 인물 사진과 함께 내건 "일 잘하는 누구"라는 제목을 본다면 우리는 실제 그 후보가 일을 잘하는지 못하는지 알 수 없다. 그 후보와 관계없는 일반 주민이라면 만나 본 적이 없고 겪어본 적이 없기 때문이다. 나날이 전문성이 요구되는 시대로 흘러가고 있는 데 반해 우리가 뽑는 기초 의원이 전문적인 식견을 가진 사람인지 아닌지를 판단할 자료와 정보가 적고 그로 인해 지방 선거에 가뜩이나 없던 관심은 더욱더 멀어진다. 기초자치단체장이 전문성보다는 인지도에 의해 당선되는 경우가 많다고 하였는데, 기초 의원들도 전문성이 뛰어난 사람이 아닌 인지도에 따라 당선이 좌우되는 경우가 많다. **혈연과 학연, 지연과도 같은 속성을 기반으로 선거에 당선되면 전문성과는 거리가 멀어지게 된다.**

구청에서 근무할 때 있었던 일이다. 국회의원이 대한민국의 예산을 승인하는 것과 같이 기초 의원도 기초자치단체가 만든 예산을 조정하고 승인한다. 그때 내가 일한 구청의 한 기초 의원은 예산 부서에 근무하는 공무원에게 한 해 예산의 절차와 흐름 등에 관해 전반적인 강의와 설명을 요구한 적이 있다. 물론 질의를 하는 것은 당연하지만 그것이 구청의 정책 관련이나 부서의 추진 업무에 대해 질의가 아닌, 마치 기본서나 교과서의 내용을 물은 것이나 마찬가지였다. 기초자치단체의 한 해 예산의 절차와 흐름에 대해 자신의 이해가 부족하다는 이유로 담당 직무에 바쁜 공무원을 불러다 예산에 대해 강의 형식을 부탁하는 것을 보았을 때 기초 의원들의 전문성이 부족함을 볼 수 있었다.

그러나 그런 의원들도 역시 우리가 투표로 뽑은 사람이다. 선거 때마다 걸리는 포스터에 약력의 화려함을 보고 뽑고, 내가 지지하는 정당을 보고 찍어주며 나와 학연이 같기 때문에 밀어준 사람이지, 그 의원이 전문성이 있는지 없는지를 판단해서 투표하지 않는 것이 현실이다. 그렇게 뽑힌 의원은 내가 사는 동네의 자치법규를 만드는 사람이고 내가 사는 마을에 예산을 승인하는 사람이다.

　신도시 주변의 도시개발공사의 공사 현장이었다. 주민들을 초청해 동네가 어떻게 달라질지 설명하는 자리에 구청의 기초 의원이 참석하였다. 그 의원은 참석 주민에게 "당신은 현재까지 의원 재임 기간 내에 몇 건의 조례와 규칙을 발의하였습니까?"라는 질문을 받았다. 그렇지만 그 의원은 3년 동안 한 건의 자치법규를 발의한 적이 없는 의원이었다. 아마 당시 그 의원은 적지 않게 당황했었을 것이다. 기초 의원은 행정부가 보지 못하는 법규상의 허점과 미비한 사항을 보완하기 위해서 많은 연구를 하고, 그에 상응하는 의정 활동을 해야 하는 사람이다. 한마디로 공부를 하고 정책을 연구해야 한다.

　자동차세와 재산세 같은 주요한 지방세를 주민들에게 거둬 행정부가 추진하는 사업에 쓴다면 그 사업에 대해 제대로 알아야 예산을 알차게 쓰고 법규를 만들 수 있을 것이다. 그 사업을 제대로 연구하고 공부해서 알고 있다면 기초 의원은 행정부가 발의하기 전에 사업을 추진하는 데 필요한 자치법규를 스스로 발의할 수도 있다. 예산의 삭감을 주로 했던 모습에서 벗어나 정말 필요한 사업이라고 판단된다면 증액을 권장할 수도 있다. 감염병 예방을 위해서 감염자 관리를 위한 전문적인 프로그램을 구입한다고 가정한다면 예산을 증액해서라도 더 좋은 프로그램, 더 편리한 프로그램을 구입해서 사용해야 하는 것이다.

　어린이 교통사고가 발생하였다면 교통영향평가 자료를 뒤져보거나 주변에 차량이 증가한 이유를 연구하여 어린이 보호 구역과 관련된 자치법규를 변경하거나 개편 방안을 건의할 수도 있다. 민간단체가 국가보조금을 받아 활동하였다면, 그 활동을 통해 주민들의 삶이 실제로 얼마나 나아졌는지 분석해야 한다. 도대체 해결되지 않는 주택가의 쓰레기 문제가 당면하였다면, 주민들과 만남을 통해서 생활 쓰레기 해결 방안에 대해 면담하고, IT와 접목된 기술적인 방법으로 쓰레기 문제를 해결할 여지가 있는지도 연구해야 한다.

아쉽게도 난 재직 기간 동안 전문성이 깊은 기초 의원을 본 적이 없다. 주로 행정부가 추진하는 사업에 질의와 예산 의결이라는 기본적인 역할에 그친 모습만 보았다. 그런 기본적인 지방 의회 의원의 역할만 충실해도 충분하다고 느꼈다. 그러나 때로는 기초 의원은 기본적 역할을 넘어 의원이라는 권위가 가진 위력을 행사하는 경우도 보았다.

주변에 생활 쓰레기 문제가 있었다. 그 생활 쓰레기 문제는 공공의 이득과는 상관없는, 내 집 주변의 청결함과 관련된 지극히 개인적인 사안이었다. 민원인은 해당 부서에 몇 차례 요구를 위해 찾아온 사람이었다. 그 민원인은 담당 공무원에게 요구한 사항이 관철되지 않자 구의회 의원에게 달려갔다. 그리고 구의원은 다시 담당 공무원에게 해결되지 않는 이유를 물었다. 담당 공무원은 제도상 허용되지 않는 요구라서 '불수용'으로 처리할 수밖에 없다고 하였으나 끈질긴 요구 끝에 결국 민원인의 요구대로 민원이 비공식적으로 처리된 경우가 있었다. 외압의 형식으로 민원인의 요구를 들어주게 된 것이었다. 담당 공무원은 ○○ 의원에게 전화가 왔다는 사실 자체만으로 담당 업무 추진에 부담을 느낀다. 접수된 민원을 처리하는 데 도대체 의원이 전화할 일이 왜 있는가?

한번은 농민들에게 농업 자재를 보조해주는 사업을 실시한 적이 있었다. 신청한 농민들의 경작 면적, 최근 지원받은 내역, 여성과 노약자에 대한 가산점, 농업 재해 보험에 가입 여부 등등을 따져 0점부터 100점까지 점수를 내고 순위를 매긴 다음, 그 순위에 따라 지원금을 보조해주는 방식이다. 이런 절차에 특정 의원의 전화가 개입된다든지 상급자를 만나 보조 사업의 신청자가 누구인지에 대해 얘기할 필요는 없다. 실상 청탁과 같은 행위로 담당자에게 압박감을 주고 공정해야 할 공무

집행에 장애가 될 뿐이다. 실제 그 당시 내가 겪은 일이었다. 외부 의원의 요청을 받은 팀장은 나에게 대놓고 누구의 점수를 올리라는 얘기를 하였다. 허위로 올린 점수 때문에 순위가 밀린 이름 모를 농민이 피해를 본 것 당연했다. 기초 의원이 주는 부정적인 면을 여실히 보여줬었다.

'존경하는 의원님'으로 시작되는 지역의 행사와 축제에는 기초 의원이 참석하는 일이 많다. 일반인은 잘 모르겠지만 그 행사에는 내빈 소개라는 식전 절차가 있다. 그리고 내빈 소개에는 순서가 있다. 이 소개의 순서가 곧 인지도와 권위의 순서라고 생각되기 때문에 내빈들은 민감하게 받아들인다. 한때 직원들과 격의 없이 편하게 지냈던 한 기초 의원이 나에게 말한 적이 있다. "도대체 내 차례는 언제야?" 그 정도로 내빈이 많았던 행사였다.

"의원님도 저런 내빈 소개 순서가 신경 쓰이시나요?"

"초선이라서 그런지 처음에는 저런 절차가 뭐하러 필요한가 생각했는데, 나도 정치인이라 그런지 신경이 점점 가네."

우리가 민주주의를 얘기할 때 직접 민주주의의 여건이 되지 않아 대의 민주주의를 채택한다고 한다. 그렇게 실시한 대의 민주주의 따라 사람들은 내 지역구 의원들은 대부분 내 지역구의 이익을 위해 일한다고 생각한다. 지방에 공무원으로 일하다 보니 정말 기초 의원이 오로지 지역의 이익을 위해 일하는 사람인가 하고 물었을 때 그렇지 않다는 것을 알게 됐다. 기초 의원도 생업이 있고 자신의 관심과 삶이 있는데 나를 위한 일보다 어떻게 지역 주민들이라는 타인의 삶의 개선에만 신경을 쓰겠는가. 무보수의 의원직이 아니며 주민들의 삶의 개선을 위해 일한다는 것은 공무원과 똑같지만, 기초 의원은 엄연한 정치인이다. 일말의 야욕도 없는 정치인이라면 믿을 수 있는 사람이 있을 리 없다. 자신의 이름을 알려 인지도를 키워가는 것이 정치인의 생명과도 같은 것이라고 볼 때, 어쩌면 본질적으로 주민을 위한 봉사 같은 직업이라는 순수함은 존재할 수 없다. 자본주의가 나를 위한 이기심을 작동시켜 출발한 것과 같이 의원의 고유한 의무와 숭고한 민주주의 의원의 역할을 위해서가 아니라 유의미한 보수와 정치적 보상, 유무형의 베네핏이 있기 때문에 기초 의원이라는 정치인 되는 것이다.

이런 사실을 이해한다면 난 더 나은 지역과 지방의 발전은 국민의 몫이라고 생각한다. 어차피 정치인이 가진 이기적인 속성을 인정하고 시작한다면 그 속성 위에 나의 의견을 다양하고 정확하게 대변해줄 수 있는 사람을 선택해야 하는 것이다. 대부분의 기초 의원의 이미지라면 50대의 나이에, 흰 머리가 있고 이미 지역에 인지도를 쌓아놓고 있는 사람, 내가 알지 못했던 민간단체장을 하고, 배경은 알 수 없으나 그 사람이 좋다더라는 이미지, 지역 농협의 조합장이었던 사람, 각종 후원회와 봉사단체에 약력을 가지고 행사와 축제에 자주 등장하는 사람, 인정과 의리로 인간관계에 발을 넓혀온 사람 등이 연상된다. 몇몇 자치단체 의회는 다양한 연령과 배경, 출신을 가진 의원들이 선택되어 주민을 위해 일하고 있다. 다양함은 역동성을 내포한다. 대표되는 사람의 전공 분야가 다양하게 되면 의사 결정의 깊이는 더해간다. 특정 분야에서 전문적인 배경이 있는 사람이 선택된다면 지역은 그 분야에 대한 발전을 기대할 수 있는 것이다.

예를 들어 복지 관련 전공을 바탕으로 그 지역의 노인과 유아에 대한 일로 일선에서 오랫동안 일했던 사람이 의원이 된다면 지역의 복지 분야의 발전을 기대할 수 있을 것이다. 그 의원이 정치적인 욕심이 얼마나 되는지 우리는 알 수 없다. 현재로선 인지도 순서가 아니라 우리 지역의 삶을 발전시킬 가능성이 가장 큰 사람을 당선시켜 공무원과 함께 일하게 하는 것이다. 우리가 정말로 '존경하는 의원님'이라고 부를 수 있는

사람은 "내 차례는 언제입니까?"라고 투덜거리는 의원이 아니라 내가
사는 지역을 위해서 진심을 다해서 열심히 일하는 사람인 것이다.

▶ 창의성에 목마른 지자체

"직원들이 창조력을 발휘하느냐 못하느냐를 결정하는 가장 중요한 변수는 자신에게 업무의 재량권이 얼마나 주어졌다고 생각하는지에 달렸다."

-스탠퍼드대학교 데이비드 힐스 교수

사실 지방에 기초자치단체에서 큰 규모의 창의성을 요구하는 업무는 많지 않다. 국가적 정책은 정치권과 청와대, 세종시의 중앙 공무원 집단에서 만들어지고 큰 규모의 예산은 중앙에서 내려오기 때문에 뼈대가 커서 골격을 잡아가야 하는 창의적 정책을 지방에서 만들 일도 없다. 정형화된 업무가 기초자치단체 업무의 대부분을 차지하는 와중에도 현재의 기초자치단체는 몇 가지 부분에서만 큰 창의성을 요구한다. 그 몇 가지 부분이라는 것은 관광 산업, 인구 정책, 4차 산업 그리고 기존의 기초자치단체가 공들여 추진하는 사업의 활성화에 관한 부분이다.

그리고 이 분야는 대개가 전략적인 성격이 짙어서 기획과 관련된 부서에서 하는 경우가 많다. 기획재정부서, 전략기획실, 기획조정실, 미래전략실, 전략사업추진부서 등등 주로 전략과 기획이라는 말이 하나쯤 들어가 있는 부서에서 담당한다. 기초자치단체장이 일을 잘했다고 평가받거나 그 지역이 미래에 먹고살 거리를 찾는 일이라 소위 일 좀 한다는 직원을 모아놓고 민선의 역점 추진 사업에 4년간 매진하는 것이다.

'일을 잘한다'와 **'창의적이다'**는 다른 말이다. 창의적인 직원이 일을 잘할 수도 있지만 창의성만 뛰어날 뿐이지 신속성, 정확성, 성실성, 업무의 배경지식 등이 뛰어나지 않을 수도 있기 때문이다. 내가 속한 지자체에서 시정에 도움이 되는 정책 대회를 개최한 적이 있다. 주민의 일상에 도움이 되는 정책을 발굴하기 위해 5개의 목표를 설정하고 그 목표에 맞는 주제를 정해 논문 형식으로 제출하는 일종의 공모였다. 공무원과 일반인들을 상대로 공모를 하고 꽤 큰 상금을 걸었다. 뜻하지 않게 나의 짧은 식견이 담긴 논문이 선정되어 당시 거금(?) 백만 원을 받았다.

그리고 내가 제출한 논문의 권리는 나의 지자체에 귀속되었다. 논문 이라고 하기에는 민망할 정도의 양과 수준이었지만 다른 사람이 생각 하지 못한 부분에서 자료를 모으고 독창적인 결론을 담아 사업이나 정 책으로 만들자는 건의였다. 솔직히 난 성실한 공무원은 아니다. 약간의 창의성이 담긴 논문으로 평가받았지만 다른 능력은 주변의 동료 공무 원보다 뛰어나지 않다.

"창의성을 가장 경직시키는 일은 아무런 자율성도 재량권도 없다고 느끼고 만드는 것이다."

"직원들이 기분 좋은 날은 그렇지 않은 날에 비해 창의적인 아이디 어가 50% 이상 높아지는 경향이 있다."
-창의성에 대해 20년 동안 연구한 하버드대 테레사 에이머빌 교수

"경영자가 밖으로 표출하는 언어가 중요하다. 직원의 상상력을 촉 발시키느냐, 상상력을 말살하느냐를 좌우한다. 특히 상상력을 현실에 구현하는 데 엄청난 장애물이 있는데, 말을 통해 어떻게 지원하고 격려 하고 인정해주느냐에 따라 많은 변화를 가져온다."
-《변화는 종이물고기도 헤엄치게 한다》의 저자 한양대 유영만 교수

하버드대학 테레사 에이머빌 교수는 자율성과 재량권을 주지 않으 면 창의성은 사라진다고 했다. 상사가 자주 간섭하면서 수시로 확인하면 창의성이 사라지고, 주도적으로 참여하고 스스로 결정하게 될 때 창의성이 살아난다고 주장한다. 내가 그 일의 주인이라고 느낄 때 자연스럽게 창의성도 따라서 커진다는 말이었다. 공모전에서 내가 제출했던 자료가 선정되어 상금을 받았지만, 만약 공무원 조직 내부에서 필요에 의해 지시가 있었고 지시에 따라 담당 팀장의 검토와 부서장의 결재를 거쳤다면 저런 논문이 나올 수 있었을까 생각해보았다. 분명히 검토 과정에서 이건 되고 저건 안 되고 보수적인 관점으로 바라본 지시가 있을 수 있고, 자료를 작성하는 과정에서 맞춤법, 띄어쓰기 등과 더불어 일반적인 계획서 형식이 아니라는 말까지 나올 것이 확실했다. 그 과정에서 독창성은 점점 사라질 것이고 무난함 혹은 준수함이라는 기준에 부합되기 위해 첨삭을 당하기도 할 것이며 자료를 검토하는 사람들의 생각에 따라 이리 고쳐지고 저리 고쳐질 게 뻔하였다.

지금도 지방과 중앙을 통틀어 많은 관공서에 창의성을 요구하는 공모전을 개최하고 있다. 우리나라에서 일 년간 개최하는 공모전에 모두 참여하겠다고 한다면 226개의 기초자치단체가 개최하는 모든 공모전에 참여할 수 있다. 대개 일 년 중 한 번의 공모전을 개최한다고 가정하였지만 '규제 개혁' 관련 공모전, '주민 아이디어' 공모전 등 하나의 지자체는 여러 공모전을 개최한다. 여기에 간헐적으로 개최되는 광역자치단체와 특별 자치시, 16개의 중앙 부처와 공사, 공기업, 공단 등의 공모전까지 포함한다면 가히 아이디어에 목말라 있는 대한민국이라는 생각까지 든다.

내가 있었던 기초지자체도 직원들에게 많은 아이디어를 요청했었다. 때로는 담당자가 아무리 생각해도 별다른 방법이 없는 행정 업무에 그 일과는 전혀 다른 부서의 담당자에게는 새로운 아이디어가 떠오를 수도 있기 때문에, 전 직원을 상대로 아이디어를 주문하는 내부적 공문이 심심찮게 내려왔다. 창의성이라는 것은 '새로운 생각'을 말하는 것이라고 볼 때, 내가 발을 담그고 있는 환경과 상황에서는 새로운 생각이 떠오르기 쉽지 않다. '구글'이 직원들에게 업무 시간 중 다른 활동을 장려하는 이유는 (요즘도 그런지는 잘 모르겠지만) '새로운 생각'이란 새로운 환경을 접했을 때 떠오른다는 걸 알고 있기 때문이다. 자신의 업무에 파묻혀 있다 보면 일상에 찌들어 '유레카'를 외칠 수 있는 번뜩이는 아이디어가 떠오르지 않는다. 새로운 환경에서 새로운 것을 보고 듣게 될 때 비로소 전혀 다른 생각이 태동하는 것이다.

그 전혀 다른 생각이란 것은 순간으로 스쳐 지나간다. 빛의 속도와 같이 찰나의 순간으로 머릿속을 지나가는 생각은 하루에 9시간 동안 업무를 보는 탁자에서는 쉽게 나오지 않기 때문에 우린 여행을 가고, 견학을 가고, 책을 읽는다. 담당자의 반복적인 업무는 창의성과는 거리가 멀다. 반복적인 업무 중간에 '이걸 이렇게 바꾸어 보면 어떨까?'라는 생각이 들지만, 이걸 실행으로 옮기자니 일단 보고서를 써야 하고 업무 프로세서를 변화시켜야 하는데 담당자들이 지금처럼 일해 온 것을 쉽게 바꾸려 들지 않으려니와, 예산은 있는지 없는지 둘째 치더라도 돈 들어갈 생각부터 하니 막막하게 느껴진다. 그리고 포기하게 만드는 주요한 이유는 '이걸 해본들 나에게 뭔 이득이라고.'라는 생각이 곧바로 들게 된다. 아이디어를 낸 직원에게 그에 따른 보상이 있다고 하는데, 연말에 기관장이 주는 상장 종이 한 장과 '온누리 상품권' 10만 원권이라니 있던 의욕조차 없게 만든다. 마치 힘든 묘기를 선보인 돌고래에게 정어리 조각 하나 던져주는 것과 같다.

경제학자 조셉 슘페터는 기업가를 '새로운 아이디어나 발명을 성공적인 혁신으로 전환할 의지와 능력이 있는 사람'이라고 설명한다. 그리고 그 의지와 능력을 발판 삼아 '창조적인 파괴'가 일어난다고 한다. 오랫동안 조직을 위해 헌신한 선배 공무원의 입장에서는 얼토당토않은 아이디어였지만 기존의 것을 부수고 새로운 것을 만드는 창조적 파괴는 사회화가 덜 된 젊은 공무원의 머릿속에서 태동할 가능성이 크다. 공무원 조직은 담당의 반복적인 일(정형적 업무)이 일상화되어 있어 환경적으로 '새로운 생각'이 태동할 수 있는 공직 문화로 보기는 어렵다. 그 공직 문화에 유입되는 사람들은 또 재사회화가 되어버린다. **공무원 조직은 늘 '새로운 생각'을 주장하지만 조직이 그물망처럼 엮어놓은 제도, 규칙, 문화, 행태의 기준 등은 창조성을 감퇴시키는 역할을 하고 있다.** 창조적 파괴를 위한 시스템의 전환이 불가능한 상황이다.

난 다른 공무원에 비해 비교적 제안과 아이디어에 적극적으로 호응하는 편이었다. 보상이 적고 남들이 알아주지 않더라도 나의 인사 기록 카드에 상장이라고 표기되는 것에 보람도 느꼈다. 그동안 많았던 조직의 아이디어 요구에 응할 때마다 한결같이 느낀 것은 조직은 '완전한 변화'를 원하는 것이 아니었다. '완전환 변화'를 혁신이라는 두 단어로 표현한다면 내가 제출한 자료는 보완과 수정에 가까웠다. 보완과 수정 정도에 그칠 수밖에 없는 자료를 제출했던 이유는 혁신적인 자료는 대개 반려나 불수용, 불채택에 그치기 때문이다. 경제학자 슘페터가 말하는 '성공적인 혁신으로 전환할 의지와 능력'이 있는 사람이나 조직이 아니란 것을 알고 있었다. 이렇게 말하면 대한민국 지방의 자치단체를 너무도 평가 절하하는 것처럼 들리지만 오랫동안 지방자치단체라는 공무원 조직이 요구한 창의성에 응해본 결과에 대해 느낀 소감이다.

창의성에 목말라하는 지자체이지만 창의성을 감퇴시키는 시스템을 유지한 채 오늘도 혁신을 위한 아이디어를 주문하고 있다. 고학력과 고스펙을 갖춘 혁신적인 인재들이 대거 공무원 조직에 유입되고 있지만, 고급 인력을 활용하고 역량을 가져다 쓰는 것은 조직과 조직의 수장이 어떻게 하는지에 달려있다고 생각한다. 직원들의 능력 함양을 위해 마련한 '상시 학습'이라는 것은 단지 승진을 위한 시간 채우기로 전락해

버린 것 같고, 요구하는 창의성과 비교해 제공하는 보상과 투자는 만족
스럽지 못하다. 그렇기에 많은 지방공무원은 조직이 원하는 만큼 공모
전이나 아이디어에 참가하지 않는다. 안타깝지만 현실이다. 목마른 당
사자는 조직이지 조직의 구성원이 아닌 것이다. 조직의 구성원 스스로
가 창의성에 목마른 시간이 찾아오길 바란다.

▶ 관광 산업 집착증

관광은 소비를 증진하는 효과가 있다. 나라에 외자가 유치되어 경제가 발전하듯이 관광은 수요를 유발하여 외부 자본의 유입으로 지역에 경제적 효과를 가져오게 된다. 이런 이유로 많은 지자체장은 관광 산업 활성화에 시간과 노력을 아끼지 않고 있다. 그러다 보니 모든 지자체는 관광이라는 단어가 들어간 부서의 이름이 조직도에 빠진 적이 없다.

지자체에 추진하는 관광의 특징을 보자면 몇 가지 공통적인 현상이 보인다. 첫째로, 지역 축제에 혈안이 되어 있다. 둘째로, 억 단위 혹은 그 이상의 막대한 돈을 쏟아부어 스케일로 승부를 보려고 한다. 셋째로, 민간 주도가 아닌 대부분 관 주도의 형식이기 때문에 지방의 고유한 특색을 살리려 노력하지만, 시간이 지나면서 점차 획일화되어 간다.

몇 달 전 경상남도 남해에 관광을 간 적이 있었다. 날씨가 쾌나 더울 때라 실내에 들어갈 관광지가 없을까 하고 검색을 하다가 "보물섬 마늘나라"라는 곳을 찾았다. 입구에 들어서니 역시나 지자체들의 스케일에 대한 공통적 욕심의 결과물로 마늘 조형물이 자리 잡고 있었다. 높이가 대략 10m는 되어 보였는데, 멀리서 봐도 나 여기 마늘 관광지요 하는 것 같았다. 조형물에 대한 미적, 건축적, 상징적 식견이 없는 내가 보아도 이건 너무 과하다는 생각을 들게 했다. 직업은 못 속인다고 했던가. 난 조형물을 보자마자 여기에 들어갔을 혈세와 공무원의 노력이 상상되었다. 많은 지역에 어마어마한 크기의 상징적 조형물이 어련히 자리 잡고 있었기 때문에 대수롭지 않게 생각하고 실내로 들어갔다.

3층 정도의 규모에 강당처럼 큰 공간에는 우리 가족밖에 없었다. 주말 관광 철에 관광객이 하나도 없다는 것이 의아스러웠다. 관광색은 하나도 없었지만 실내는 시원했다. 처음 주차장에 들어올 때부터 오늘은 여기가 휴무일인가라는 의심이 들 정도로 주차된 차량이 한 대도 없었던 것이다. 기간제 근로자 정도로 보이는 젊은 남자 직원은 드물게 입장하는 관광객 때문인지 나에게 무척이나 친절했다. 우리는 지역에 특산물인 마늘에 관심이 없었다. 더위를 피할 수 있고 답답함이 들지 않는 넓은 실내 공간을 찾아 헤맸기 때문이다. 그래도 명색이 지역이 홍보하는 관광지니까 한번 둘러보자고 전시관을 들어갔다. 실내에 진열된 지역 특산물과 상품, 볼거리는 눈에 들어오지 않았다. 흥미를 유발하는 것은 없고 전국 어디를 가나 볼 수 있는 같은 유형의 볼거리밖에 없었다. 왜 방문객이 없는지 쉽게 알 수 있었다. 체험이나 몸으로 느끼는 것을 좋아하는 아이는 전시된 마늘 관련 그림, 기구, 조형물은 거들떠보지도 않았다. 난 그저 시원함을 제공해주는 실내가 고마울 뿐이었다. 그리고 시원한 에어컨 바람을 맞고 있으니 이내 건물에 쓰이게 될 건물 유지비, 공과금, 인건비, 관리비 등등 많은 돈 들이 걱정되었다. 내 것이 아닌데도 말이다. 전국의 수많은 지역 홍보 관련 건물이나 박물관을 방문할 때마다 똑같이 느꼈다. 그저 돈이 아까울 뿐이었다.

수년 전 포항의 '세계 불꽃 축제'에 간 적이 있었다. 한번 가고 다시는 가지 않았던 이유는 교통 혼잡 때문이었다. 축제를 기획하고 시행한 지 얼마 되지 않아서인지 많은 인파가 모여들어 포항까지 1시간 남짓 거리였으나 축제에 도착해보니 4시간이 걸렸다. 출발해서 고속도로에서 1시간 정도를 보냈고 나머지 시간의 대부분은 포항 도심의 정체된 도로에서 보냈다. 도심으로 들어오니 주차 공간은 찾아볼 수 없었다. 돈을 주고서라도 주차를 하려 했으나 모든 주차 시설은 만원이었다. 이중 주차에 차들은 인도를 점령하고 주민 생활 구역까지 차들이 점령하였다.

그런 교통 난관을 뚫고 우여곡절 끝에 주차를 하고 불꽃 축제가 한창인 해변에 도착했으나 축제의 주요 볼거리였던 불꽃은 볼품이 하나도 없었다. 상공에서 터진 불꽃이 만들어낸 연기는 정체된 대기 흐름 탓에 터진 자리에 그대로 맴돌고 있었다. 그로 인해 다른 나라 참가 팀이 터트린 불꽃은 이전 참가자가 남겨놓은 연기로 인해 아름다운 불꽃을 제대로 볼 수 없었던 것이다. 실망스러운 결과였다. 기진맥진한 몸을 이끌고 갔던 축제에 불꽃마저도 별 볼이 없자 금세 배가 고파왔고 식당을 찾았으나 식당은 자리가 없었다. 주류를 파는 곳으로 자리를 옮겼으나 역시 테이블 비용과 음식의 비용은 터무니없이 비쌌다. '포항 사건' 이후로 난 지역 축제를 찾아가지 않는다. 특히 대대적 홍보를 펼쳐대는 지역 축제는 더더욱 가지 않는다. 그만큼 사람이 모일 가능성이 크고 그로 인해 불편함이 크기 때문이다.

'세계 국수 축제'라는 이름마저 생소한 축제도 가본 적이 있었다. 축제명을 보는 순간 국수라는 음식이 세계적인 음식이었다니 놀라웠다. 세계 여러 나라가 만들어내는 다양한 국수를 경험해볼 수 있을 것 같다는 생각에 기대에 한껏 부풀었다. 그러나 막상 축제에 도착하니 몽골 텐트 10개 정도에 중국, 일본 국수를 파는 정도에 그쳤고 그마저도 8개의 부스는 한국 국수였고 중국, 일본 국수는 1개씩이 전부였다. 대대적인 홍보에 비해 민망함을 느낄 정도의 수준이어서 주최자가 누군지 보게 되었다. 해당 기초자치단체였다. 같은 지방의 행정공무원이기 때문에 이 축제를 기획했을 담당자와 팀장 담당 부서장 등의 모습이 선연히 상상되었다. 몽골 텐트 뒤로 차려진 천막에는 지역민이 앉아 낮술 탓에 얼굴이 붉게 물들어진 채 흥에 겨워했고 의전을 대동한 지역의 시장이 지역민을 만나는 자리 정도에 불과했다.

그런 축제를 다녀온 주말을 보낸 뒤 사람들은 나에게 "그런 축제도 있었어?", "그런 데 있으면 나도 좀 데려가."라고 했었다. 난 모두에게 "그런 데는 가는 게 아니야."라고 답하였다. 축제에서 실망만 안고 집으로 돌아가려는 시간에 축제장 앞을 지나갈 때 새로운 광경을 목격했다. 일렬로 늘어선 푸드 트럭이 있었고 트럭마다 축제장 안보다 더 많은 사람이 장사진을 이루고 있었다. 해당 기초자치단체가 축제 기간에 푸드 트럭을 운영할 수 있도록 해준 모양이었다. 젊은 사람들은 푸드 트럭에서 파는 신메뉴를 사기 위해 줄을 선 것이었다.

어떤 음식이길래 이렇게 인기가 많은지 궁금해서 나도 줄을 섰다. 받아든 음식은 숯불에 구운 새우에 비스킷을 넣고 특제 소스를 뿌려 만든 음식이었다. 너무 맛있었다. 정성과 맛이 없었던 국수에 실망했던 난 미슐랭에 별 다섯 개짜리 메뉴를 만난 것처럼 먹어댔다. 추가로 푸드 트럭 몇 군데를 더 들러서 이것 저거 주문해서 먹어보았다. 입맛을 돋우는 음식들이 즐비했다. 축제장 안과 달리 앉아서 먹을 데는 별로 없었지만 사람들은 저마다 서서 먹고, 나무 그늘 아래 바위에 앉아서 먹고, 강둑 잔디밭에서 먹고 있었다. 조금은 불편했지만 새롭고 맛있는 음식을 찾아 젊은 사람들이 장사진을 이룬 푸드 트럭 거리와 나이 많은 사람들이 축제용 의자에 편하게 앉아 막걸리에 파전을 먹고 있는 축제장 안과 묘하게 대조를 이루었다.

제주 올레길이 유행한 적이 있다. 누구나 제주도 올레길을 한 번쯤 걷고 싶어 할 정도로 인기를 모은 때가 있었고 지금도 제주 올레길은 많은 관광객이 다녀가는 코스다. 2011년 즈음으로 기억한다. 내가 다니던 구청이 갑자기 '둘레길'을 만든다고 혈안이 된 적이 있었다. 많은 예산이 투입된 의욕적인 정책이었지만 처음 몇 년 동안은 결실을 피우는가 싶더니 몇 년 후 '둘레길'을 이용하는 사람은 거의 없어졌고 가끔 그곳을 지나다가 빛바랜 '둘레길' 코스가 그려진 지도 현판만 덩그러니 여기저기 기울어져 꽂혀 있을 뿐이었다. 그리고 전국에는 수많은 '길'이 만들어졌었다. 애초에 수려한 경관을 가진 제주도와는 근본적인 성격이 다른 관광 개발 요소임에도 그저 유행에 치우쳐 우리도 한번 해보자 식으로 관광 정책을 추진하다가 빚은 실패작이었다. 역시 쏟아부었을 돈이 아까울 따름이다.

여러 가지 예가 생각이 나서 글로 적게 된 것이지만 지나고 보면 관광 산업을 위해 지역이 얼마나 많은 투자와 노력을 해왔던가. 스토리텔링을 해야 한다고 얼마나 많은 담당 부서 공무원의 머리를 쥐어짰겠는가. 관광 산업을 키우기 위해 시작 단계에서 용역을 맡기기 위해 연구비는 또 얼마나 들어갔겠는가. 축제 때마다 성공적인 축제였다는 평가를 위해 얼마나 많은 공무원이 진행과 관리에 투입되었겠는가. 그 축제의 진행과 처리를 위해 교통과의 직원들은 축제장 주변에서 온종일 방문객의 차량을 통제했을 것이고, 환경과는 축제가 끝나면 넘쳐나는 쓰레기를 처리해야 했을 것이고, 축제를 기획하기 위해 수많은 계획서와 공문을 적어댔을 것이며, 관심을 유발하기 위해 광고와 홍보비로 또 얼마나 투입되었겠는가. 의원과 각 기관의 장, 유지들을 모아놓고 테이프 커팅식을 화려하게 하고 개관했지만 몇 년 후 관리가 되지 않고 줄어드는 방문객으로 유지가 어려운 지역의 명소 아닌 명소가 얼마나 많겠는가.

관광 산업에 관한 판단 오류가 많았던 걸 인정해야 한다. 수많은 공무원의 노력이 헛된 일이 되었고, 셀 수 없이 많은 돈이 들어갔고, 예산의 낭비로 이어졌다는 것을 반성해야 한다. 몇몇 성공적인 축제나 관광이 발전된 사례가 있지만, 그것은 다른 지역과 비교해 다른 특색이 있었고, 굳이 관에서 주도하지 않아도 자생적인 힘이 있었고, 지형적이면서도 계절적인 요소도 있었기 때문이었다고 생각한다.

난 생각한다. 관광 산업이 경제적 유발 효과가 정말 컸던 것일까. 타당성에 관한 연구 결과대로 되었던 것일까. 역사성이 깊지 않은 지역에 굳이 역사적인 스토리를 끌어다 뭔가를 만들어야 했는가. 축제는 외지인이 찾아와야 축제가 되는가. 오히려 지역민만을 위한 축제가 전통성을 가지고 오랫동안 지속된다면 그때는 정보에 밝은 외지인들이 알

아서 찾아오지 않겠는가. 관광 산업에 쏟아부었던 예산이 실제 지속적
경제효과를 가져다주어 지역에 도움이 되었는가? 그것이 실패하든 성
공하든 데이터로 남겨 실패를 되풀이하지 않기 위한 또는 성공을 이어
가기 위한 데이터를 만들고 축적하였는가? 기업이 신사업에 진입할 때
는 회사의 사활을 걸고 시장조사를 하고 회사의 역량을 심층적으로 분
석하는 데 비해 지자체는 연구 용역에 맡긴 채 결과만을 보고 관광 산
업을 섣불리 추진하는 것은 아닌가? 매번 바뀌대는 관광 부서의 담당
자가 조직의 관광 산업을 기획하고 추진할 업무 역량이 갖춰지겠는가?
관광객이 시대에 따라 보고 듣는 것에서 벗어나 맛, 체험과 느낌을 중
요하게 생각하고 단체가 아니라 개인적으로 바뀌는 경향을 이해하고
있는가?

　꼭 해야 하는 관광 산업이라면 국민에게 거둬들인 세금으로 리스크
가 큰 사업에 돈을 쓰는 것이기 때문에 그만큼 더욱 치밀한 연구와 계
획으로 준비해야 하는 것이다.

▶ 기자와 지자체

저널리즘에는 여러 가지 뜻이 있다. 신문이나 잡지 같은 출판물을 통해 시사적인 정보와 의견을 대중에게 전달하는 것이다. 또 추가되는 의미는 보도되는 정보에 대한 논평을 전달하는 것이다. 내가 지방공무원으로 일해보니 지자체는 이 논평에 대해 굉장히 민감하였다. 기자가 쓴 기사가 철저한 팩트만을 전달한다고는 보기 어렵다. 어느 정도 의도나 관점이 있다. 행간을 읽고 전체 기사를 여러 번 읽어보면 기사를 쓴 사람의 의도가 파악되기도 하고 비판적 주장을 바탕에 깔아 넣은 경우가 많다. 지금은 정보의 개방성이 확대되는 시대이다. 누구나 원하는 정보는 매스미디어로 쉽게 접할 수 있다. 필요한 정보는 공개를 청구하기도 한다. 수시로 행정청에 드나드는 기자들에게 정보가 공개되어 기사로 작성되고 이 보도는 시민들에게 공개되는 것이다. 시민들에게 시군구의 행정 관련 뉴스는 항상 개방되어 있기 때문에 시민의 선택으로 당선된 지방자치단체장이 지역의 언론이 쏟아내는 기사나 논평에 민감한 건 당연한 사실이다.

그리고 지방자치단체장과 함께 일하는 지방공무원도 자신의 업무와 관련된 일이 보도되는 것에 민감한 것도 당연하다. 민주주의가 견제와 균형(Check and Balance)의 원리로 작동되듯이 저널리즘을 업으로 삼는 지역 언론이 자신의 역할을 통해 지방 정부를 감시하는 것은 건전한 기능이다. 의회가 행정부를 감시하여 독주를 견제하듯 지역의 언론이 지역 정부를 감시하여 지방 정부의 투명성을 명확하게 하는 것은 분명 긍정적 역할이다.

난 고등학교 때 기자가 꿈이었던 적이 있었다. 특히 종군기자의 활약으로 우리가 알 수 없었던 세상을 대중에게 보여주는 모습에서 직업적으로 큰 보람을 얻을 수 있겠다는 생각도 하였다. 그 외에도 위에서 말한 저널리즘을 실천하고 사회를 건전하게 만드는 모습 등에서 보람된 직업이라고 느꼈다. 그런 고귀한 느낌은 점점 나이가 들어가면서 희미해져 가더니 지방공무원으로 들어오게 된 후 거의 없어졌다. 긍정적 기능보다는 대개 부정적 모습을 너무 많이 봐왔기 때문이다.

단군 이래 지금처럼 뉴스가 많아진 세상이 있었던가. 인터넷으로 정보를 접하는 시대이지만 지방자치단체는 아직도 종이 신문을 구독하고 있다. 인터넷으로 기사를 읽는 것이 일상화되었지만 대부분의 지자체는 메이저 언론사의 신문과 지역 언론사의 신문을 계속해서 구독하는 것이다. 하나의 행정청에 하나의 신문을 구독하는 것은 아니다. 하나의 행정청 안에 수십 개의 부서가 종이 신문을 구독한다. 그리고 그 수십 개의 부서는 하나의 신문을 구독하는 것이 아니라 여러 가지 언론의 신문을 모두 받아본다. 여러 가지 언론의 신문사가 인쇄하는 조간과 석간을 모두 받아본다. 이것도 모자라 지자체는 발간된 신문을 스크랩하여 모든 직원이 볼 수 있도록 새올행정시스템을 통해 전자적으로 게시한다. 새벽같이 출근하는 직원이 있다. 1층 로비에서 배달된 신문을 자신의 상체보다 더 높이 쌓아 부서로 들고 올라간다.

내가 처음 공무원이 되었을 때 인터넷을 켜면 누구든 볼 수 있는 뉴스를 왜 이렇게 신문을 통해서 얻으려 하는 것일까 생각했다. 또한, 구독하는 신문을 읽으면 되겠지만 읽지 않고 버리는 일이 많았다. 낮 근무가 끝나고 저녁 초과근무 때 시킨 중국집의 짜장면 받침대 역할밖에 되지 않는 이 신문들을 나의 지자체는 한 번도 거르지 않고 구독했다. 지금도 그렇다. 초짜 공무원인 나의 눈에 이런 행위가 얼마나 괴상했던지 예산의 절감이라는 것은 이런 부분에서 이루어져야 한다고 생각할 정도였다.

동사무소 한 군데에서 구독료로 나가는 돈이 얼마 안 된다고 생각할지 모르지만, 위의 설명처럼 하나의 행정청에 수십 개 부서에 수 가지 언론의 신문을 조간, 석간으로 받아보는 행태가 대한민국 전체의 관공서에서 일어나고 있으니 신문 구독료만 아껴도 지역에 아이들 놀이터 하나쯤은 더 지어주고도 돈이 남을 것이란 생각이 들었다. 지역 여론을 파악하고 행정을 펼치는 데 필요한 일이라면 구독해야 한다. 그러나 굳이 대량으로 받아보는 것도 문제가 있다. 읽히지도 않고 동일한 기사와 뉴스를 다른 여러 매체에서 접할 수 있음에도 중국집 짜장면 그릇 받침대로 쓰는 종이 신문을 관례라는 이유로 계속 받아본다면 예산의 낭비는 앞으로도 계속될 것이다.

지역 언론과 지자체의 관계를 말해주는 지나간 경험담이 있다. 초짜 공무원으로 내가 교통과에서 근무할 때였다. 그 당시 불법 주정차에 단속된 차량이 법에서 예외적으로 정한 사유가 있을 때 과태료를 면제해주는 업무였다. 모두가 꺼리는 힘든 업무였다. 그 업무를 일 년 동안 했던 적이 있다. 지금 생각하면 대한민국 사람의 비인간적인 국민성을 그때 모두 겪은 것 같았다. 불법 주정차 단속을 당한 차의 주인은 지역의 메이저급 신문사 기자였다. 언론사의 업무 차량이 아닌 자신의 자동차가 단속되어 고지서를 받게 되었고 나에게 기자 신분이니 면제를 요청하는 전화를 걸어왔다. 특별한 사유가 없어 면제가 어렵다는 답변을 보냈다.

그랬더니 얼마 후 그 기자는 곧장 구청 비서실로 연락했고 구청 비서실은 교통 과장과 담당자에게 4만 원짜리 과태료를 무마할 것을 얘기하였다. 당시 느낀 점은 금액이 낮은 데서 오는 어처구니없는 행태보다는 명백한 적법 단속을 명백한 위법적 방식으로 외압을 당연하게 행사하는 모습에서 놀라웠다. 또한, 본인이 이번 기사에서 구청에 관해 좋은 기사를 작성하려 했는데 이런 고지서를 받게 되어 기분이 나쁘다는 식으로 얘기를 하는 부분에서 정의에 불타는 누군가가 함께 나의 불쾌함을 느껴주었으면 좋겠다고 할 정도로 분노를 느꼈지만, 당시 하위직 공무원이 뭘 할 수 있겠냐는 좌절감에 어떤 저항도 할 수 없었다.

비서실장(6급이나 5급 공무원)조차 기자의 요구를 받아줄 정도인데 내가 5급 이상의 고위직 공무원이었다 해도 저 거대한 지역 언론과 행정청의 갑을 관계에 대해 아무 힘을 쓰지 못했을 것이었다. 그러니 행정청은 감히 "신문 끊어!"라고 외칠 수 있는 입장은 아닌 것이다.

시청이나 구청에는 자주 드나드는 기자들이 있다. 출입기자라고 불리는 기자는 행정청이 공식적으로 부서에 공문으로 알려 출입기자의 명단을 내려준다. 그 명단은 몇 명에서 수십 명에 이르기도 한다(어떤 지자체는 몇백 명이 되기도 한다). 행정청에 출입이 허용된 기자에게 행정청의 소식이나 정보, 홍보 사항을 알려 지역 언론과 잘 협조하라는 것이다. 때로는 기자가 행정청에 관련된 기사를 쉽게 접할 수 있도록 보도 자료를 담당 공무원이 직접 올리기도 한다. 이렇게 기자는 행정청과 협조하여 뉴스를 만들고 기사를 쓴다. 그러나 경우에 따라서는 이런 우호적이고 유기적인 협조 관계가 아닐 때도 있다. 행정청의 정책에 대해 비판적인 기사를 쏟아내고 고발성 뉴스를 심심찮게 내보내기도 한다. 지역 언론이 잘못된 정책에 대해 비판적 기사를 쓰는 것은 당연하지만 정책의 집행에서 발생하는 사소한 오류나 과오를 확대해서 뉴스를 생산하는 경우도 많이 보았다. 죽을죄를 지은 것이 아닌 사안에 대해 죽을죄를 지은 것처럼 기사를 쓰는 것은 분명 잘못된 행태이다.

정보 공개를 엄청나게 하는 기자도 있다. 정보 공개 청구에 관한 법률이 제정되어 누구나 정보 공개를 청구할 수 있다. 그러나 반복적인 정보 공개 요청, 동일한 내용의 정보 공개, 법에서 금지하는 사안(주로 안보, 안전, 개인 정보, 내부 결정전 단계 등)에 대해서는 기자라 할지라도 정보 공개를 제한하거나 비공개로 한다. 과거 난 한 명의 기자에게 과도한 양의 정보 공개를 요청받아 업무가 마비된 적이 있었다. 몇 개의 정보가 아닌 많은 양의 정보를 신청받아 별도의 엑셀 파일에 요청 목록을 작성해야 할 정도였다. 당황스러웠다. 보름간 꼬박 기자의 요청 정보를 준비했었다. 과거의 문서를 꺼내고 일일이 개인 정보를 모두 가리고 이것을 PDF 파일로 변환하고 지원 부서의 협조를 받고 부서장의 결재까지 맡아 정보 공개 시스템에 올렸다. 그 과정을 해내는 동안 다른 업무는 하지 못했다. 모든 걸 끝내놓고 알게 된 것은 그 기자는 이미 우리 조직에서 다른 부서에도 그와 같은 일을 벌인 적이 있어 직원들 사이에서 유명한 기자로 통하는 사람이었다.

난 어떤 이유로 이런 과도한 정보를 요구하는지는 알지 못한다. 그것이 정치적인 이유인지 금전적인 이유인지 정말 다른 목적이 있는지 나 같은 하위직 공무원은 자세히 알지 못한다. 분명한 것은 논문의 자료를 방불케 하는 대량의 정보를 한 기관에서 집요하게 요청하는 것은 행정 기관의 사정을 전혀 고려하지 않는 것이다. 그 정도로 사안이 중대한 것이었다면 이미 다른 제보와 기사 자료가 있었을 것이다. 백과사전처럼 방대한 자료를 요청할 것이 아니라 요점과 핵심을 짚어 필요한 정보를 요청하는 것이 바람직하다.

언론은 저널리즘을 실천하는 기관이며 국민의 눈과 귀를 대신해준다. 고귀한 언론의 역할이 특권으로 변질되어서도 안 되고 여론을 조장하는 수단이 되어서도 안 된다. 칼보다 펜이 더욱 무서운 법이다. 펜을 들고 있는 기자가 언론의 고귀한 사명감과 직업적 소명의식을 가지고 지방자치단체와 더불어 지역 발전을 위해 노력하는 지역 언론의 긍정적 기능을 더욱 확대해주길 바란다.

▶ 기로에 선 지자체

　기로에 서 있는 건 인구 감소로 대표되는 지방의 쇠퇴이다. 지방의 기초지자체의 인구 문제는 심각하다. 지난 뉴스에는 경북 군위가 인구 감소의 위기와 여러 가지 이유로 대구광역시에 편입을 추진한다는 내용이 등장했다. 경북의 한 지자체는 인구 10만이라는 선이 붕괴하자 전 공무원에게 상복을 입고 출근하게 한 일이 뉴스를 타기도 했다. 전국의 수많은 지자체는 지금 인구 감소로 심각한 존망의 기로에 서 있다.

　통계청은 우리나라 인구가 2021년부터 매년 6만 명이 줄어 2041년에는 5천만 아래로 추락한다는 통계 자료를 발표했다. 2020년부터는 사망자가 출생자보다 많아지는 자연 감소가 시작되었다고 한다. 인구 증가율이 2020년까지는 플러스였다가 출생아 수의 급격한 감소로 2021년부터는 -0.1%로 하락 전환했다.

　대한민국의 인구 감소를 지방자치단체가 막을 수는 없다고 생각한다. 지방 쇠퇴 이야기는 벌써 오래전부터 나왔던 이야기다. 쇠퇴가 가속화되면 소멸에 이르게 된다. 농촌부터 시작되고 점차 중소도시로 확산되고 결국 지금처럼 광역시마저 인구가 줄어들게 된다. 대한민국의 모든 중심이 서울과 경기도 위주로 돌아가기 때문이다. 옛날 노무현 정부 때 균형 발전 정책을 추진해왔지만, 지방 곳곳에 세워진 혁신 도시는 정주 여건이 열악하여 인구 증가 효과를 보지 못하고 있다.

　예전에 공무원 아이디어 정책으로 〈출생축하기념등본〉을 만든 적이 있다. 태어난 아기가 주민등록등본에 처음으로 이름이 새겨진 순간을 기념하여 법적 효력이 없는 일반 종이에 등본과 똑같은 내용을 인쇄하여 담당 공무원의 이름과 날짜를 넣고 기념 액자에 넣어드렸다. 아이디어로 올렸지만, 주관 부서의 담당자는 불필요하기도 하고, 자칫 위법의 소지가 있으니 실행하기에는 부적절하다는 의견을 표했다. 당시 나의 면장은 출산 정책에 좋은 아이디어니 부서 간 사소한 마찰에 개의치 말고 적극적으로 해보라고 하였다. 결국, 시장의 칭찬까지 듣게 되었고 연말에는 부서의 시상금까지 받게 되었다. 우여곡절을 겪은 작은 정책은 의외로 반응이 좋았다. 다이소의 싸구려 액자에 들어간 생애 첫 기념 등본을 받은 산모와 아빠는 함박웃음을 짓기도 했다. 난 그런 소소한 보람도 괜찮았다. 그러나 난 이런 작은 정책적 배려가 돋보이는 행정도 필요하다고 느꼈지만, 더욱 필요한 건 이런 게 아니라는 생각을 항상 해왔다.

머릿속에 맴도는 근본적인 의문이 있었는데, '출산 장려 정책이 정말 피부로 느껴질 정도로 출산 장려에 도움이 될까?'였다. 정부는 2006년부터 2020년까지 저출산 극복을 위해서 225조 원을 쏟아부었다. 상황은 나아지지 않았다. 오히려 저출산 문제는 연금 문제와 연관되어 내가 출산한 아이가 성인이 되면 총부양비[8]가 2020년에 38.7명이었다가 2056년에는 100명을 넘어선다. 100명이 벌어 100명을 부양한다는 이야기다. 여성가족부가 생겨난 이후로 출산율이 늘어난 적이 있던가? 정부 부처에서 추진하는 인구 증가와 관련된 정책이 빛을 발휘했던 적이 있던가? 지금도 전국 대부분의 자치단체에서 시행하는 오만가지 출산정책이 출생아 수를 늘렸는가? 이 지역의 인구가 저 지역으로 이사한다고 하여 지역에 인구가 잠시 늘어난 것 같은 인구 정책이 실효를 거두겠는가? 우려스럽다.

솔직히 자세한 통계를 찾아보지 않았다. 그러나 아니라고 단언할 수 있는 건 내 주변의 모든 사람이 아이를 낳는 게 쉽지 않은 세상이라고 말하기 때문이다. 태어날 아이에게 미안하다고 한다. 결혼하지 않은 젊은 공무원도 널러 있다. 또, 아예 결혼하지 않으려는 공무원도 많다. 비

---

8) 생산 연령 인구 100명당 부양할 인구수

교적 안정적인 직장이라고 말하는 공무원 조직이 이렇다면 공무원 밖의 세상은 더욱 심하다는 이야기다. 사람이 살아가는 데 필요한 의식주가 해결된다고 해서 아이를 낳지 않는다. 입어도 좋은 옷을 입고, 먹어도 안전하고 맛있는 음식이 좋고, 집값이 높다 한들 살아도 윤택한 생활 환경을 누릴 수 있는 곳이 좋다. 여기에 교육과 병원이라는 인프라가 추가되고 '더 배러 라이프'(The Better Life)를 위해 교육, 문화와 편의 시설까지 요구한다.

이 모든 걸 충족하기 위해서는 돈이 있어야 한다. 내가 살고 가족이 살아야 하기 위해서는 소득이 뒷받침되어야 한다. 만족스러운 소득은 직업에서 나온다. 고용은 유발되기도 하지만 파생되기도 한다. 수도권으로 인구가 빨려 들어가는 이유는 유발이든 파생이든 먹고 살아갈 직업이 있고 그 직업은 최근 4차 산업이라는 산업 구조가 촘촘히 그물망처럼 형성되어 더 많은 고용 기회를 만들어내고 있다. MZ 세대는 졸업 후 지역에서의 고용 기회보다 가처분 소득이 줄고 엥겔계수가 높아도 수도권을 택한다. PIR(소득 대비 주택 가격)이 30년이라고 해도 지역의 산업 구조에서는 미래가 없기 때문에 수도권으로 가는 것이다.

정부는 지금껏 집중적인 수도권 인프라 투자로 그러한 거대한 수요를 흡수해왔다. 외곽 순환 도로, 편리한 지하철, GTX같이 더욱 개선된 교통체계, 한층 진화된 안전 인프라 등은 불편함을 지속해서 개선해왔다. 서울이 복잡하다고 지방으로 가지 않고 편리한 교통 체계가 마련된 경기도의 위성도시에 가는 이유는 다시 서울로 출퇴근하기 위해서다. 그토록 얘기하는 수도권 집중화다. 그리고 집중화는 집적화가 이루어져 더욱 많은 시너지 효과를 발휘하여 무너질 수 없는 난공불락처럼 되었다. 그 성안에서는 정치, 경제, 문화, 교육, 건강이 모두 편리하게 해결되는 것이다. 다주택자에 대한 불편한 국민적 정서를 반영해 집을 처분한다던 사회 상류층은 지방의 집을 팔고 서울에 집을 남겨두었다.

패러다임의 변화가 필요하다는 것이 나의 생각이다. 인구 천만이라는 메가시티가 버티고 있는 한 지방의 쇠퇴는 막을 길이 없고 교육을 중요시하면서 그중에서도 일류 대학 진학을 교육의 일차적 목표로 하는 국민성이 있는 한 수도권의 집중화는 더욱 막을 수 없다. 중심의 이동은 중심축이 이동해야 가능하다. 4차 산업을 선도하는 큰 기업이 있고 그 주변의 산업생태계를 형성할 수 있는 연관기업이 함께 있어 소득이 뒷받침된 후 교육과 문화가 어우러지고 인프라 투자가 함께 이루어져야 한다. 지방 균형 발전을 위해 조성된 혁신도시의 단점은 정주 여건이었다. 공공 기관이 지방에 왔지만 직장에서 벌어들인 소득은 모두 수도권에서 소비된다. 교육과 문화가 그곳에 있고 정주의 이유가 그곳이기 때문이다. 금요일 저녁 혁신도시에서 서울로 출발하는 지방의 관광버스가 그러함을 말해주고 세종시의 BRT[9]가 그것을 말해준다.

구구절절 적었지만, 현재의 패러다임으로는 지방 쇠퇴를 막을 길이 없다. 인구 감소로 대표되는 지방의 쇠퇴는 기초자치단체의 노력으로는 해결할 수 없다. 우리나라는 지난 60년간 고도 성장을 이룩하며 부의 양극화를 막지 못했다. 언젠가 소득 수준이 높은 가구의 출산율이 소득 수준이 낮은 가구의 출산율보다 높다는 통계를 접한 적이 있다. 소득이 풍부한 집은 자식을 낳아도 부양할 힘이 있고 소득이 빈약한 집에는 자식을 낳아도 제대로 부양할 힘이 없다. 중산층이 쪼그라든 세상에서 아이를 낳지 않겠다는 것은 자연스러운 현상이다. 사회 전반의 계층 문제와도 연관된 출생 문제를 기초지자체가 변화시킬 수는 없다.

기초지자체는 **인구 감소를 막기 위해 인구 정책 부서가 필요한 것이 아니다.** 인구 정책 부서는 인구 감소라는 단편적인 결과에 대처하기 만들어낸 부서일 뿐이다. 내가 지방자치단체의 장이라면 현재의 패러다임에 대처하기 위해 가장 현실적이고 필요한 4차 산업의 생태계

---

9) 정부 청사와 오송역을 오가는 급행 버스

조성에 온 힘을 쏟겠다. 온 힘을 쏟아도 인구 감소를 막을 길이 없지만, 가능성이라도 있는 부분에서 온 힘을 쏟아야 한다. 4차 산업군에서 가장 많은 고용의 기회가 창출될 수 있기 때문이다. 4차 산업의 여러 분야 중 지역이 처음부터 가진 강점을 발휘할 수 있는 분야를 선정하여 선택과 집중으로 나아가야 한다. 지방의 IT 인재는 수도권에 포진한 거대한 IT 기업이 블랙홀처럼 빨아들이고 있다.

광주의 지역 상생형 일자리는 광주글로벌모터스가 생산하고 현대가 판매한다. 미래형 자동차를 위한 지속적인 투자가 이루어지고 있는 가운데 자율 주행과 전기차나 배터리와 같은 첨단산업의 격전장과는 좀 거리가 있어 보이지만 생산 라인에 들어선 젊은 인구에서 밝은 미래가 보인다. 파이를 키워나가고 공을 들여가겠지만 시대의 흐름에 한층 다가서기 위한 방향성에 더욱 힘을 쏟아야 한다고 생각한다. 2040년 인구 50만을 목표로 하는 양산시는 '인재유인력 빅데이터 분석 사업'을 구상했다. 좋은 일자리는 사람을 부른다는 공리적인 인식으로 높은 기술을 요구하는 성장 산업 구조를 만들겠다고 방향을 잡은 것이다. 당연히 문화와 교통, 복지 인프라를 병행하는 것이다.

인구 감소의 본질적인 이유에 대해 어쭙잖은 하위직 공무원의 의견이라고 생각할지 모르지만 큰 틀은 틀리지 않았다고 본다. 인구 감소가 일어난다고 하여 관광에 투자하고 전입을 장려하고 농촌 활성화 정책을 추진하고 귀농을 장려한다고 해결되지 않는다. 나와 가족이 그곳에서 살아간다는 것은 그곳에 살기 위한 이유가 있기 때문이다. 지방 정부로부터 출생아에 대한 인센티브를 받기 위해 그곳에 가지 않는다. 그곳에 살기 위해서는 안정적인 소득의 기반 위에 인간의 기본적인 욕구 충족과 더불어 윤택한 삶이 가능한 곳이어야 한다. 의성군이 청년 인구의 유입을 위해 '이웃사촌 시범 마을'이라는 사업을 하였고 효과를 누렸다. 청년 인구가 그곳에서 살아간다는 것은 분명히 희망적인 이야기다.

그러나 청년의 미래에 가족이라는 인구 증가 요인을 더하기 위해 다시 고민해봐야 한다. 우리는 인구 정책을 위해 많은 세금을 쓰는 조직이지만 사람의 고차원적인 욕구 충족을 위한 쓰임에 대해 더 깊은 고찰은 하지 않은 것 같다. 정권이 바뀔 때마다 혹은 정책이 바뀔 때마다 예산의 확보에 힘을 쏟았지만, 이 예산의 지출로 얼마만큼의 효과를 낼 것인가에 대한 전사적인 숙고를 거치지 않은 것 같다. 올해 쓴 예산은 내년엔 필요 없는 사용처가 될 수 있다. 작년에는 성장할 것처럼 보였으나 내년에는 성장성이 옅어져버렸기 때문이다. 인구 감소 문제에서 벗어나 전체를 바라보는 공무원과 시민, 전문가의 패러다임 전환을 기대하고 싶다.

▶ 성장이 멈춘 집단

성장을 위한 조건을 두 가지로 나눠 보자. 하나는 물적 조건이고 둘째는 인적 조건이다. 물적 조건에 대해 나라를 예로 든다면 천연 자원이 풍부한 나라, 관광 자원이 풍부한 나라, 광물 자원이 풍부한 나라, 석유가 풍부한 나라라고 할 수도 있고, 인적 조건이라면 그 나라 국민의 의식을 포함한 교육 수준이다. 중국이 반도체 굴기를 표방하며 우리나라의 반도체 기술 격차를 따라잡기 위해 한국의 반도체 기술 인력을 필사적으로 빼가기 위한 노력을 생각한다면 인적 조건은 물적 조건이 빈약한 나라에 없어서는 안 될 조건이다. 범위를 좁혀 조직을 생각한다면 조직을 이끄는 리더가 중요하고 조직을 구성하는 구성원의 능력이 높을 때 조직은 발전한다.

나주시에 자리한 한국전력 본사에서 근무하는 친구가 있었다. 본사로 처음 출근하던 날 충격을 받았다고 한다. 지방에서 근무할 때는 정시에 출퇴근으로 시간에 쫓기듯 일을 하지 않아도 됐었는데 본사에 오니 전쟁터를 방불케 하는 근무 여건에 적지 않은 충격을 받았다는 것이다. 프로젝트 추진을 위한 보고서 하나를 만들어내는데 3시간 안에 끝내는 모습을 보고 혀를 내둘렀단다. 엑셀을 이용한 데이터 관련 보고서를 하나 쓰더라도 함수를 기본적으로 알고 자유자재로 써야 하고 데이터를 수집할 시간조차 부족한데 그 수집된 데이터를 보고서의 개요에 맞게 다시 조합하고 기승전결에 맞게 결론을 도출하는 과정까지 짧은 시간에 끝내는 모습을 보면서 내가 여기 적응할 수 있겠는가 하고 스스로 되물었단다.

친구와 얘기하면서 난 내가 있는 지방공무원 조직은 그렇게까지 오줌을 찔끔거릴 정도로 엑셀이나 한글 등을 작성해야 할 일은 없고 대부분 여유를 가지고 일을 하며 프로젝트를 주로 다루는 기획 부서 같은 곳은 따로 있으나 그런 곳에서도 촌각을 다투는 계획서나 보고서를 작성하는 일은 드물다고 하였다. 모든 조직이 그렇겠지만 업무를 추진하는 데 기본적인 능력이 부족한 경우가 많다. 내가 일하는 조직에는 그런 기본적인 업무 능력이 현저히 떨어지는 계장이 많다. 컴퓨터를 다룰 줄 모르고 문서 작성 능력이 떨어지고 소극적 행정으로 본인에게 다가오는 민원 건을 피하려 하고 추가되는 업무를 처리할 능력은 부족하다.

계장만이 아니라 직급의 고하를 막론하고 그런 직원은 많다. 그런 계장이나 직원을 탓하는 게 아니다. 기본적인 능력이 부족한 많은 계장이 있는 것은 지방공무원 조직이 그렇게 만들었기 때문이다. 열심히 일하든 열심히 일하지 않든 표시가 나지 않고 열심히 일하는 직원은 열심히 일하지 않는 직원에 비해 보상은 적다. 바쁜 부서는 항상 바쁘게 돌아가고 널널한 부서는 사시사철 여유롭다. 놀고먹고 싶은 것이 인간의 본성인데 환경이 놀고먹기 좋게 만들어져 있다면 굳이 그 환경을 변화시키려 하는 사람이 누가 있겠는가.

그럼 조직은 어떻게 그런 환경을 만들어왔는가? 형식과 격식에 과도하게 치우쳐 있다. 계획서를 위한 계획서를 양산하는 경우가 있다. 검토를 올린 계획서에 중요한 것은 그 안에 담긴 핵심 내용이다. 그러나 내가 십 년 넘도록 계획서를 올려본 바로는 내용의 중요성보다는 보고서를 보게 될 상급자의 경직된 검토 행태를 의식하는 경우가 더욱 컸다. 근거, 요지, 개요, 추진 계획, 세부 추진 계획, 진행 상황, 추진 경과, 향후 계획 등의 소제목을 나열 후에 적혀진 내용이 윗사람들이 보기에 쉽고 간단하고 명료해야 한다. 간단하고 명료한 보고서나 계획서는 중요하다. 그러나 이런 간결함에 과도한 에너지를 소비한 나머지 내용의 중요성에 쏟아야 할 에너지는 부족하다. 심층적인 분석이나 데이터가 내부에서 양산되지 않고 외부에서 차용되거나 인용되는 것이 대부분인 이유다. 더 많은 시간을 쏟아야 할 연구보다는 격식에 더 많은 에너지를 소모한다.

대부분 이 틀에서 벗어나지 않는다. 사실 행정과 관련된 많은 자료와 데이터는 행정 기관 내부에서 생산된다. 연구 기관은 지자체가 양산하는 많은 자료를 가져다 연구하는 것일 뿐이다. 지방공무원 조직은 자신이 생산한 데이터와 새롭게 발견한 데이터를 아무렇지 않게도 그냥 흘려보내버렸다. 최일선에서 국민을 위해 추진된 갖가지 정책에서 얻어진 데이터는 사실 지자체가 다음에 추진해야 할 정책을 위한 중요한 자료였는데도 말이다. 정리되지 않은 과거의 자료는 캐비닛을 가득 메우고 있을 것이며 전산화되지 않은 자료는 보존 기한의 끝을 기다리고 있을 것이다.

담당자는 연구 자료가 될 수도 있는 것을 굳이 정리할 필요는 없다. 다음 인사로 떠나게 될 텐데 힘들게 일할 필요가 없다. 계획서가 꼭 종이나 한글 프로그램으로 만들어진 계획서가 되어야 할 리는 없다. 조직의 성격이 바뀌지 않기 때문에 이런 시도가 없다. 동영상으로도 계획서를 표현할 수도 있다. 민간 기업에서는 동영상이 더욱 명료하고 전달력이 뛰어나다는 장점을 이용해 적극적으로 활용하고 있다. 무슨 무슨 공사 현장이라고 적고 사업 부지의 면적을 적고 조감도를 끌어다 붙이고 단위 기호로 조합된 현장 규모를 적는 방식에서 벗어날 수도 있는 것이다. 드론을 활용하여 상공의 영상을 찍고 담당자가 현장을 조사 후 그곳에서 조사 결과를 영상으로 남겨놓을 수도 있다. 4차 산업을 장려한다고 조직 스스로가 외치지만 드론의 쓰임새에 대해 생각을 바꿔보지 않은 것이다. 보고와 계획의 다양한 전달 방식을 시도하려는 노력은 없다고 본다. 형식과 격식에 치우친 업무 방식이 그런 환경이다.

이러한 행태는 형식과 격식에 치우친 모습이 주민참여 예산제에서도 나타난다. 서울시와 몇몇 지자체에서 모범적 주민참여 예산제를 실시하고 효과를 발휘한 후 주민참여예산제도는 유행처럼 전국적으로 실시되었으나 제도 취지가 그렇듯 참여가 뒷받침되지 않으면 유명무실한 제도이다. 주민참여예산제도는 참여 의식이 있는 성숙한 주민이 사회적 문제 의식을 바탕으로 적극적으로 참여했을 때 가능한 제도이다. 예산의 기획부터 집행에 주민의 의견을 반영하여 수요자 측의 입장에서 예산을 유용하게 써보고자 하는 것이다.

행정학에서 말하는 거버넌스와 같은 개념으로 '직접 해주는 것'이 아니라 '할 수 있도록 해주는 것'을 위해 주민참여 예산제를 도입하였으나 내가 겪어본 현실은 달랐다. 매년 기획예산 부서에서는 어김없이 주민참여 예산을 신청받으라고 각 부서와 일선 주민센터에 공문을 내려보내 홍보에 열을 올린다. 그러나 먹고 살기 바쁜 국민이 이런 제도에 참여가 쉽지 않음은 물론 제도 자체가 있는지도 모르고 있다. 예산의 집행 절차가 연 단위로 이루어지다 보니 이런 신청서는 제출 기한이 명확히 정해져 있고 그 기한 안에 신청된 건이 없으면 실적을 중시하는 공직 분위기상 억지로 공무원이 머리를 짜내 주민이 신청한 것처럼 제출하는 것이 다반사였다. 작성된 신청서의 내용은 공무원으로부터 나오고 신청한 사람은 그 마을의 통장님 이름으로 제출되는 이상한 행태가 연출되었다.

난 2016년 주민자치센터에 근무하면서 주민이 의견을 낸 것처럼 5건의 주민참여 예산 안건을 낸 적이 있다. 5건을 모두 주민이 생각해낸 것처럼 보이기 위해 일부러 주민의 눈높이 맞게 마을의 소규모 포장 공사 같은 소소한 안건을 골라잡아 제출하면서 건의 내용도 다소 투박한 표현을 일부러 섞어가며 건의서를 조작 아닌 조작을 했었다. 역시 실적을 중요시하는 행정 관행이 만들어낸 형식과 격식에 따른 결과였다.

소극적 공무원과 적극적 공무원이 있다. 소극적 공무원으로 일해도 무난한 공직생활을 할 수 있으니 굳이 적극적 공무원이 될 필요는 없다. 적극적 공무원이 될 경우 '나섬'을 꺼리는 공직 분위기에 두드러진 특이점이 될 수 있어 업무가 많아질 염려도 있다. '맡겨놓으면 일을 잘한다.'라는 평판을 꺼린다. 농부가 잘 드는 낫을 들어 잡초를 베듯 무딘 낫은 농부의 창고에 방치된다. 언젠가부터 자신이 무딘 낫으로 되는 것이 이득이라는 생각이 자리 잡았다.

'적극적 행정 면책'이라는 것이 있다. 업무를 하다가 법률과 제도에 위반된 결과가 나타나 담당 공무원이 징계를 받는 경우가 생긴다. 열심히 하려다 의도치 않게 신분상의 피해를 받게 되는 경우를 막기 위해 정부가 적극적 행정에 대한 구제를 마련한 것이다. 정부는 2019년 지방공무원을 대상으로 적극 행정에 대한 설문 조사를 실시한 결과 적극 행정이 확산되어야 한다는 응답은 88.3%였으나 소극적 행태가 줄고 있다고 답한 비율은 41%에 그쳤다. 적극 행정 활성화를 위한 방법에도 '적극 행정을 장려하는 조직 문화 확산'이 17%로 가장 높았고 그 뒤를 이어 '적극 행정공무원에 대한 파격적 보상'이 14.8%로 나타났다. 이외에 '적극 행정 면책 활성화'와 '적극 행정에 대한 의사 결정 지원 제도' 등 조직의 변화를 바라는 의견이 다수였다. 결론을 말하자면, 구성원에게는 변화가 절실한데 조직이 변하지 않고 있다는 것이다.

조직은 구성원의 마음을 받아들일 준비가 됐는가? 하고 묻는다면 '불만이 봉쇄된 조직'이라고 표현하고 싶다. 민간 기업에는 있는 흔한 블라인드나 익명의 게시판조차도 없는 곳이 많다. 토론 문화는 어떤가? 업무회의는 지시를 받기 위한 회의가 대부분이었다. 간부 회의의 내용을 받아 적느라 여념이 없다. 학교와 행정학에서 배운 브레인스토밍이라는 토론 기법을 사용한 적은 나의 공직생활 전체를 통틀어 한 번도 없었다. 난상 토론이라는 것은 두말할 필요도 없다. 최근 들어온 MZ 공무원이 공무원 조직을 SSKK(시키면 시키는 대로 까라면 까라는 대로) 조직이라고 싸잡아 비판하는 것이 허투루 하는 말은 아닌 것이다.

의사는 자신의 생각이다. 소통은 교류를 뜻한다. 의사소통은 의사 전달을 통해 서로의 생각을 이해하는 것을 뜻한다. 지시적인 의사 전달을 의사소통이라고 볼 수 없다. 조직은 간혹 의사 전달을 하고서는 의사소통을 했다고 표현하기도 한다. 직원 간의 소통, 상급자와 하급자의 소통이라고 말하고 의사를 전달하는 것이다. 대개 기초지자체의 평균 직원 수는 800명에서 1,200명 즈음이다. 적게 잡아 800명이 쏟아내는 800개의 의견이 있을 것이지만 불만이 봉쇄된 조직 문화 탓에 오늘도 영혼을 가라앉히고 소극적인 모습으로 출근한다. 그런 조직 문화 위에 간부는 '적극적인 자세로 업무에 임해달라'고 주문한다. 한편 조직의 변화를 적극적으로 외치는 경우도 있다. 공무원 노조다. 노조의 역할과 한계까지 짚어낼 수는 없지만 공무원 노조가 오래도록 있어왔는데도 변화가 더딘 것으로 봤을 때 근본적인 조직의 변화를 끌어낼 수 있는 데는 분명 한계가 있다.

현대적 행정이 전통적 관료제에서 벗어나려는 노력은 하고 있으나 제도 안에 있는 사람들의 생각은 관료제에서 벗어나지 못하고 있다. 사회의 다양한 의견이 활발하게 표출되는 것이 민주화라면, 시대는 민주화되어가고 있지만 지방공무원 조직의 민주화는 더딘 것 같다. 다양한 의견이 활발한 조직이 성장한다는 것은 의심의 여지가 없다. 때론 관료제의 집권적인 조직행태가 신속성과 효율성이라는 장점을 발휘할 수 있으나 그 장점이 조직의 궁극적인 성장에 큰 도움이 되지 않고 있다는 것을 우리는 보고 듣고 겪고 있다. 성장이 멈춘 집단은 스스로 성장을 위한 노력을 멈추었기 때문이다.

03 인사

▶ 어, 여기 담당자 또 바뀌었네

우리가 민원인을 통해 자주 듣는 말이 있다. "어! 여기 담당자 또 바뀌었네." 그렇다. 공무원이 아닌 일반인이 보기에도 공무원 조직의 담당자는 너무 자주 바뀐다. 길게는 3년, 짧게는 6개월에도 담당자가 바뀐다. 9급, 8급, 7급, 6급 모두 그렇다. 때론 인사에 정치적 성격이 있는 5급 이상의 간부직도 해당한다. 그렇다면 왜 이렇게 자주 바뀌는 것일까?

내가 십수 년간 겪어본 이유는 승진이었다. 승진과 업무 담당자가 자주 바뀌는 것이 무슨 상관인가? 승진은 명예를 위해 필수적으로 이루어져야 할 평생 공직자의 사활이 걸린 일이다. 승진하기 위해서는 맡은 바 임무를 충실히 그리고 성실히 잘 수행해야 한다. **'맡은 바 임무를 충실하게, 성실하게 수행이라는 것'**이 중심이지 **'맡은 바 임무를 오랫동안 충실하게, 성실하게 수행'**은 아니라는 것이다. 공직 사회에서 한 부분에 능통한 전문가보다는 여러 부분에 걸쳐 조금씩 알고 있는 제너럴리스트의 양성이 승진에 초점이 맞춰진 인사 형태에 적합하기 때문이다. 현장에서 시설직 공무원이 자신의 승진 속도가 행정직 공무원의 승진 속도보다 많이 느리다고 하소연하는 것만 봐도 확연하다. 지금 내가 하는 일은 승진을 하기 위해 잠시 거쳐 가는 정도로밖엔 볼 수 없다. 행정직 공무원이 내가 이 분야에서 누구보다 뛰어난 지식과 업무의 깊이를 가지겠다는 목표를 가지고 공직생활을 하는 사람은 거의 없을 것이다. 대신에 난 이 자리에서 조금 더 근무한 다음에 승진이 가능한 요직 부서로 자리를 옮겨 열심히 일해보겠다고 생각하는 사람이 더욱 많을 것이다.

이것이 정상적인 행태인가의 여부는 솔직히 내가 논의하기는 너무 광범위하고 과중한 일이다. 그러나 확실한 것은 제너럴리스트 양성과 같은 순환보직제도에서는 '대한민국의 미래는 어둡다.'라고 말하고 싶다. 오로지 승진에 모든 인사의 포커스가 맞춰져 있고 이런 인사 행태로 인해 업무의 깊이와는 상관없는 일이 벌어지는 것이다. 기초자치단체에 공무원이 되면 내가 원해서 다른 기초자치단체의 공무원과 인사교류를 하지 않는다면 처음에 들어온 기초자치단체에서 평생을 근무하게 된다. 정년은 정해져 있으니 20세에 공무원 조직에 들어오면 40년간 같은 조직에서 근무하게 되는 것이다. 같은 조직 안에서 부서를 바꿔가며 지방공무원의 길을 걷게 된다.

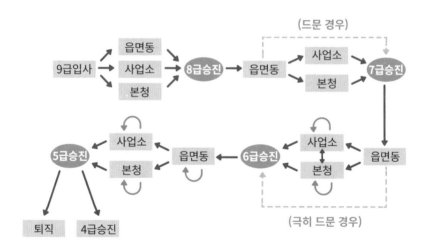

지방공무원 일반행정직의 생애 보직 경로와도 같은 위 그림은 대부분의 기초지자체에서 일어나고 있는 모습이다. 그 과정마다 이벤트처럼 발생하는 승진에 따라 승진하기 전 과정을 되풀이하는 것이다. 루틴과도 같은 정형화된 보직 경로를 따라가다 보면 어느덧 탁월한 행정가

혹은 전천후 엔터테인먼트가 되어 있는 자신을 발견할 수 있다. 그리고 그 과정에서 두루 섭렵한 행정 경험이 자신의 피와 살이 되는 것이다. 훗날 5급으로 승진했을 때 지난날을 돌아보며 정말 험난하고 다양한 공직생활 속에 지금의 준수한 행정가가 되었다고 스스로 자평할 수 있다. 그러나 다른 관점에서 평가하자면 지금의 난 전문가는 아닌 것이다. 수없이 바뀌어 왔던 담당 업무가 승진이라는 열매를 주었지 전문성을 가져다주지 않았기 때문이다. 퇴직 예정자가 받는 공로 연수에서 재취업을 위한 프로그램이 마련되었다는 것은 난 이제 새로운 전문성을 위해 다시 매진해야 한다는 뜻이다.

▶ 수박 겉핥기 공무원

서울대 김태유 명예교수의 《한국의 시간》에는 대한민국의 발전을 더디게 하는 것은 규제이고 규제 개혁의 첫 단추는 공직 사회의 개혁으로 보고 있다. 시민들로 규제 개혁 대상을 찾아달라고 공모전을 열고 아이디어를 얻고 있지만 정작 공직 사회가 규제 개혁의 대상이라는 것이다. 시대는 점차 규제를 풀거나 완화하는 흐름으로 나아가지만 공직 사회는 아직도 과거의 규제와 그 방식에 얽매여 있다고 지적하는 것이다. 그리고 그 규제가 자꾸만 늘어가는 이유는 공무원의 전문성 부족이라고 꼬집어 말한다.

내가 면사무소에서 업무를 볼 때였다. 수박 겉을 핥은 지가 이제 갓 1년이 되었는데 인사팀은 나에게 다른 부서로 발령을 냈었다. 마을의 이장이 나에게 한 말이 기억이 난다. '김 주임! 이제 일 년 됐으니 다른 데 가겠네'. 그리고 이듬해 1월 1일 실제로 난 다른 팀으로 옮겼다. 새로운 부서에서 첫 근무라서 어떻게 해야 할지 몰라 난감하였고 업무에 대해 누구에게 물어볼 환경도 되지 않았던 터라 지난 1년간 우여곡절을 겪어가며 혼자서 익혀온 업무였는데 나의 조직은 다시 인사를 내고 자리를 옮기게 했다. 한두 번 겪은 일도 아니라 난 당황하지도 않고 다시 새로운 팀으로 자리를 옮겨 일하게 되었다. 수도 없이 되풀이되는 인사 방식인데 나만 그렇게 느끼겠는가! 이번 농사에 수박에 줄무늬가 몇 개쯤 그어졌는지 알 때쯤에는 나의 논밭은 바뀌어 있다. 다시 감자밭에서 일하다가 감자 농사가 끝나기도 전에 다음에는 다시 참외밭으로 가라 한다. 공무원들은 이렇게 말한다. "가라면 가고 오라면 와야지."

그 당시 난 1년간 어렵게 익혀 온 업무에 대해 조금 놓치기가 아쉬웠다. 처음엔 전체적인 업무를 몰라 나무를 보는 데 급급했었지만, 시간이 지나면서 전체적인 숲을 볼 줄 알게 되었고 한 걸음 더 나아가 기존 업무 방식을 바꾸는 단계에까지 이르게 됐다. 1년이란 짧은 기간에 기존 방식에 변화를 줄 만큼의 노하우를 쌓기란 쉽지 않지만 일을 시작하고 반년쯤 지나니 약간의 재미가 붙어가던 터라 의외로 업무 습득은 더욱 빨랐다. 내가 업무가 바뀌어 자리를 떠날 적에 젊은 이장은 "여기 거쳐 간 사람 중에 김 주사가 제일 잘했어."라는 립서비스 같은 말을 하였다.

그리고 인사가 난 후 내가 있던 자리에는 소위 '맹탕'이라고 부르는 초보자가 나의 업무를 이어받았다. 그리고 그 새로운 후임은 다시 우여곡절을 겪어가며 업무를 보게 됐었다. 다행히 부서가 바뀐 게 아니라 같은 사무실에서 업무 인계를 수월히 할 수 있었다. 그리고 6개월가량이 지났을 때 그 자리는 또 담당자가 바뀌었다. 그다음 담당자도 나에게 와서 업무에 대해 이것저것 물어보았다. 난 기꺼이 알고 있는 것을 가르치고 알려주었지만, 시간이 지날수록 내가 만지던 PC 안에 무슨 파일에 뭐가 들어있고 내가 무슨 일을 한 건지 까마득해져갔다.

전문성을 쌓는 것은 논외로 하더라도 결과적으로 새로운 담당자로부터 안내를 받아야 하는 주민은 간접적 피해를 볼 수밖에 없었다. 우리가 관공서에 민원을 제기하면 자주 듣는 얘기가 있다. "진행 중입니다.", "검토 중입니다.", "적극 고려하겠습니다." 이 중에는 정말 검토하는 중인 것도 있고 어떤 것은 "사실은 잘 모르겠습니다."를 저렇게 점잖게 표현하며 회신하는 경우가 많다.

"담당자인 나를 포함한 부서 전체가 당신이 제기한 문제나 제시한 해결책에 대해 뚜렷한 방향이나 특별한 의견이 없기도 하고 (저는 아직 새로운 부서로 발령받은 지 얼마 되지 않아 그런 업무까지 다룰 수 있는 능력이 되지도 않고) 여태 그런 심도 있고 전문적인 의견에 대해 자체적으로 연구한 사실이 없습니다.

그래서 당신의 제시한 것에 대해 (사실 다른 업무나 민원을 처리하기도 너무 바쁘니까) 차후 검토해보겠습니다."

이렇게 올릴 수는 없기 때문에 간단하게 "(적극) 검토해보겠습니다."로 답변하는 경우도 많다. 내가 환경 관련 부서에서 근무했을 때 민원인은 공무원이 하는 그저 그런 식상한 회신 내용을 예상하였던지 제반 법률 사항과 시행했을 경우 발생할 문제점의 해결까지 고려한 방안을 마련해와서 실행해달라고 요청한 적이 있었다. 때와 사안에 따라 일반 행정공무원보다 더 뛰어난 전문적 식견과 지식을 갖춘 국민은 넘쳐난다. 한마디로 국민의 수준은 높아만 가고 있고 그 수준을 공무원 조직이 따라가지 못하는 경우도 많은 게 사실이다. 사실 일개 지방 행정직 공무원이 학자나 연구원 같은 깊은 조예가 필요한 업무를 하는 경우는 없고 필요한 경우도 드물다. 특히 내가 겪은 면사무소의 업무는 과도한 전문성까지는 아닌 것이 대부분이다. 다만 수시로 바뀌는 담당 업무로 인해 주민은 전문성이 부족한 공무원을 마주해야 하고 그로 인해 부족한 안내를 받아야 하며 공무원은 인사철마다 되풀이되는 과도한 업무 습득에 괴로워하며 그 속에서 업무에 대한 자신감을 얻기까지 많은 시간이 소요된다는 것이다.

해마다 명절이 되면 지자체는 '명절 맞이 종합 대책'이라는 계획서를 쏟아낸다. 종합이라는 말에 걸맞게 계획서에는 명절 기간에 행정청이 해야 할 일과 대처해야 할 일, 점검해야 할 일, 부서마다 대응해야 할 일등 모든 행정 기관의 역할이 짧게 혹은 길게 적혀 있다. 모든 부서의 업무를 종합적으로 만들다보니 이런 계획서는 대개 기획 부서에서 만들고 있다. 한번은 이 계획서에 넣기 위한 자료를 만들다가 지난 연도의 계획서를 보게 되었다. 내용은 똑같았다. 또 2년 전의 계획서에 비해서도 크게 달라진 내용이 없었다. 사실 기획 부서에서 이 계획서를 만드는 직원이 몇십 개의 부서에서 하는 업무를 제대로 알 리가 없다.

일해본 적도 없고 겪어본 적도 없는데 어떻게 계획서를 구체적으로 기술할 수 있겠는가. 그저 각 부서에서 제출받은 자료를 종합하고 그해에 조금씩 달라진 점만 반영하면 올해의 '명절 맞이 종합 대책'이 만들어지는 것이다.

많은 공무원이 공감하겠지만 많은 계획서나 보고서가 지난 것을 참조해서 만들어진다. 때에 따라 전혀 새로운 것을 만들어야 하는 상황도 있지만 해가 바뀌었다고 매년 해오던 사업이나 정책이 없어지거나 크게 달라지지 않기 때문에 지난 담당자들이 작성했던 것을 참조한다. 기초자치단체장이 바뀌어 새로운 시책이나 정책을 추진해야 하는 몇몇 부서를 제외하고는 대개 지난 것을 참조하는 것이 되풀이된다. 그래서 수박 겉핥기는 아무리 길어도 일 년을 넘지 않는다.

담당 업무를 맡은 지 2년째에 접어들게 되면 작년의 업무 절차를 따라가면 쉽게 해결되는 경우가 많다. 업무가 자리를 잡아가게 된다는 느낌을 받을 수 있다. 난 이때가 업무의 새로운 것을 발견할 수 있는 시점이라고 생각한다. 처음에는 몰랐던 업무를 익히는 단계를 지나면 다음에는 담당 업무의 전체를 볼 수 있는 안목이 생기고 자신의 업무를 더욱 효율적으로 하기 위해 본능적으로 더 좋은 방법을 생각하게 되는 것이다. 이 단계에서는 새로운 업무 지시가 내려와도 능히 해낼 수 있는 단계이기도 하다.

또한, 일부 공무원은 이 단계를 새로운 것을 만들어내는 단계로 보지 않고 자신의 편리를 위해 기존의 것을 답습만 하고 소극적 근무 행태의 기회로 착각할 수도 있는 단계이기도 하다. 서당 개는 온종일 서당 앞에서 잠만 자도 하늘 천, 땅 지쯤은 쉽게 읊을 수 있다는 우스갯소리는 틀린 게 아니다. 서당 개처럼 나태하게 공무원 생활을 하여도 같은 부서에서 몇 년 동안 일하고 있다면 담당 업무의 흐름을 꿰고 있다고 보아야 한다. 수박 겉핥기는 이미 끝이 났고 이제 수박의 안을 들여다보아야 하나 공직 사회의 순환보직은 전문성과 거리가 멀기 때문에 다음 부서로 발령이 난다. 그리고 다음 부서에서도 이 절차는 되풀이된다. 만일 다음 부서가 이전 부서와는 전혀 다른 업무를 하는 부서라면 이 과정에서 업무 성격의 단절성도 일어난다.

내가 하는 업무의 성격이 높은 전문성을 요구한다면 혹은 전문성이 깊을수록 공익에 도움이 되는 성격이라면 이런 인사 행태는 득보다는 실이 많다고 볼 수 있다. 나에게 손실이지만 조직에도 손실이다. 범위를 넓혀 생각해보자면 이것이 대한민국의 모든 지방의 자치단체에서 매번 되풀이된다고 볼 때 인적 자원을 제대로 활용하지 못한 국가적 손실이다.

▶ 고통과 교통과

21년 봄에 서울의 한 기초지자체에서 벌어진 일이다. 교통과에 근무하는 공무원이 강물에 투신하여 자살한 사건이다. 자살의 원인은 과도한 업무량이었다. 하루 평균 25건, 1년에 6,000건 민원을 처리하는 살인적인 업무량을 이겨내지 못하고 벌어진 비극적 사건이었다. 난 이 기사를 보았을 때 이것은 폐쇄적인 조직의 인사 행태를 보여준 것이라는 생각이 들었다. 과도한 업무량도 원인이었지만 근본적인 원인은 조직의 인사가 문제의 핵심이었다. 공무원으로 임용된 지 1년이 채 되지 않은 공무원에게 가장 많은 민원이 있는 부서로 보직을 주고 근무하게 한 것은 정상적인 인사 조치로는 볼 수 없는 일이었다. 모두가 가기 싫어하고 기피하는 근무 부서에 가장 힘없고 경륜 없는 직원을 배치하여 업무를 맡긴 것은 암묵적 가해 행위로밖에 볼 수 없었다.

교통과는 교통 행정, 교통 시설, 화물차와 영업용 차량 관리, 택시, 도로 교통에 관한 과태료 업무, 불법 주정차 등을 맡아보는 부서이다. 그중에서도 불법 주정차 단속 업무는 민원인과 잦은 마찰이 빚어지는 곳이라서 웬만한 경륜의 직원도 감당해내기 어려운 부서로 통한다. 전국에서 일어나는 천태만상 민원과의 마찰을 다 읊으라면 책 한 권이 부족할 정도로 상상 이상의 고통을 감내해야 하는 곳이다. 그래서 지자체는 이런 고통의 교통과에 근무하는 직원에게 인사상의 인센티브를 제공하는 곳이 많다. 그러나 현실에서는 이런 인센티브도 사실상 승진에 큰 플러스 요인이 되지는 못한다. 극도의 감정 노동을 요구하는 부서에서 근무하더라도 일정 기간을 요건으로 하는 소위 최저 근무 기간이 경과되어야 하고, 인사상의 점수를 받더라도 그 점수 또한 소수점 이하의 몇몇 숫자에 불과한 짜디짠 인사 가점이다.

지금도 전국의 수많은 교통과에서 불법 주정차와 관계된 업무 혹은 이와 같은 극도의 감정적 고통이 뒤따르는 업무를 맡고 있을 많은 공무원을 생각하면 안타까운 마음뿐이다. 그리고 이 안타까움을 현실적으로 개선해나가지 못하는 실상에서 더욱 좌절감을 느낀다. 그렇지만 한편으로는 명백한 문제점이 올올이 드러나 있기 때문에 개선의 방안을 찾기 위한 출발점을 어디서 찾아야 하는지 알 수 있는 것이다.

직군 안에 관계된 부서에서 근무하는 것도 하나의 방법이다. 예를 들면 교통과 안에서 불법 주정차를 맡았다면 일 년 후에는 교통과에서 부과했던 과태료의 체납이 어떻게 징수되고 처리되는지 징수 관련 업무를 맡아보고 또는 교통 행정을 맡아 교통과의 전체적인 업무를 섭렵하게 해야 한다. 교통과에 대한 체계적인 업무 흐름이 파악된다면 교통영향평가를 이해할 정도로 전문성을 길러줄 교육 기회를 제공할 받을 수도 있고, 차량등록사업 부서에서 관련 일을 경험할 수도 있고, 자동차 과태료 관련 부서로 이동하여 기초지자체의 세외 수입[10] 이 어떻게 처리되는지 알 수도 있을 것이고, 교통 시설 분야에서 세출 예산을 맡아보는 담당자가 되어 기존에 내가 보던 업무와 연관된 업무에서 점진적으로 경륜을 넓혀가는 것도 방법이 될 수 있다.

이런 연관된 성질의 업무를 맡다 보면 전체적인 흐름을 알게 되고 업무 방식의 문제점을 발견하기도 쉬워지고 창의적인 개선 방안이 도출될 가능성도 커진다. 행정학에서 말하는 기계적인 업무 분장 방식은 조직의 동태화를 막고 융통성이 떨어지는 조직이 된다고 하였다. 직군 안에 동질성을 확보하여 행정가를 길러내는 방법은 승진과 순환보직에 맞춰진 현재의 인사 방식과는 다른 것이다. 대학교에 입학하면 학부 생활을 거치고 수박 겉을 핥고 난 다음 자신이 앞으로 전공으로 삼을 분야를 정하듯이 전체적인 업무의 성격을 이해하였다면 다음 단계로 세부적인 스케치를 할 곳을 정하는 것과 같은 이치이다.

---

10) 의무적으로 내야 하는 세금이 아닌 과태료 같은 수입 부분

사람이 직업을 가지고 살면서 한결같이 편안한 일을 하면서 살면 얼마나 좋겠는가. 그러나 그런 편안한 업무는 대체로 안목을 좁히고 식견을 편협하게 만들어 자신의 커리어에 부정적 결과로 돌아오기 마련이다. 때로는 어려운 업무를 겪게 되더라고 그것이 나중에 정책 결정자가 되기 위한 밑거름이고, 무형적 자산이 될 수 있다는 사실을 이해하게 된다면 현재의 격무는 하나의 과정으로 받아들일 수도 있다. 그러나 한때 겪게 되는 격무가 그런 과정으로 이해되지 않고 누구나 편한 보직을 받고 승진을 위한 방편으로 인식될 때 공무원의 인사제도는 발전할 수 없다. 그런 인사 행태는 결국 공무원 자신에게는 이익이 될 수 있으나 자신이 속한 지자체의 발전이 저하되고 크게는 지방공무원 조직과 지역의 성장 시계는 멈추게 된다. 최종적으로는 국민과 나라에 득이 되지 않는다.

한평생 공무원으로 일했으면서 퇴직 후의 삶을 위해 다시 교육을 받아야 하는 것이 현주소다. 관련 부서와 연관 부서에서 오랫동안 일을 하였다면 연구 기관의 연구원 못지않을 식견을 갖추게 될 수도 있었지만 우리는 그런 지방직 공무원을 만들지 않았다. 현실적으로 수십 년간 유지되어온 대한민국 공무원의 인사 방식이 한순간에 바뀌리라고는 생각하지도 않는다. 또한, 그런 인사 방식의 변화를 뒷받침해줄 법과 제도가 지금 마련될 일도 없다. 작은 바람은 인사에 있어 공무원을 적재적소에 효과적이고 효율적으로 배치할 수 있는 많은 연구와 데이터를 현장에 접목하려는 노력을 인사 부서에 게을리하지 말았으면 좋겠다. 최선의 인사는 급급한 불을 끄고 조직을 유지하게 해주지만 최고의 인사는 조직의 발전과 더불어 주민들에게 직접적이고도 긍정적인 영향까지 준다고 확신한다.

▶ 경쟁과 욕심 그리고 갈등

'인사는 만사다'라는 말이 있듯이 사실 이 책에서 적고 있는 대한민국 지방공무원의 모든 이야기는 불합리한 인사에서 비롯되었다고 말하고 싶다. 불합리한 인사는 현재 공직 사회가 떠안고 있는 오래된 규제의 한 부분이라 볼 수 있고 시대를 따라가지 못하는 공직 문화가 바뀌지 않는 근본적인 이유 중에 하나라고 생각한다.

공무원 수험생들이 오해하는 것이 한 가지가 있다. 행정직으로 시험을 통과해 지방직 공무원이 되었지만, 행정 관련 일만 보지 않는다. 자신이 지원한 행정 직렬과 전혀 관계없는 일을 하는 경우가 많다. 지자체의 인사 정책, 인사 관습, 인사 방침이 각각 다르기 때문이다. 복지직 공무원이 건설 관련 일을 보는 경우, 행정직 공무원이 복지 관련 부서에서 근무하기도 하고, 운전직으로 채용된 공무원이 환경 관련 일을 보기도 한다. 4차 산업혁명의 시대 흐름에서 바이오(Bio)와 관련된 부서명도 생겨나지만 바이오라는 직렬은 없기 때문에 조금이라도 연관성을 찾아 끌어오다 보니 보건 직렬이 4차 산업 관련 부서에서 일하기도 한다.

이처럼 지방공무원은 여러 직렬이 있고 갈등이란 이 직렬 사이에서 생겨나기도 한다. 행정직 공무원이 기술 직렬이 하는 업무를 맡게 되었을 때 전문성이 부족하여 기술 직렬의 직원들에게 냉대받는 일이 자주 일어난다. 또는 반대로 기술 직렬은 인사 시즌마다 행정직보다 승진이 늦어지거나 원치 않는 보직으로 발령 나게 된 것에 대해 불만을 품고 있는 경우도 다반사다. 이런 직렬 구분에서 오는 갈등은 결국 원활한 인력 운용의 실패이며 조직의 갈등 해결 능력 부족이라고 볼 수 있다.

명예추구형 공무원이 있다고 하였다. 승진 욕심이 지나칠 경우 비상식적인 행동이 표출되기도 한다. 상급자의 업무 스타일이 가시적인 실적을 중시한다고 하여 없던 업무를 새롭게 만들기도 하고(이렇게 경우에 없던 업무가 생겨 업무 배증 현상이 일어난다) 승진 전 과도한 충성심을 발휘하여 과한 의전으로 표출되기도 한다. 승진 시즌이 도래하여 열심히 일하다가 승진이 결정된 후 미련 없이 휴직에 들어가버리는 경우도 있고(이런 경우 대개 남아 있는 직원이 모두 업무를 떠안게 된다) 자신이 이번 승진 대상자에 오를 가능성이 큰 경우 말년의 병장처럼 조심하던 차에 동료의 사소한 잘못으로 인해 자신에게 인사상 피해가 일어날까 봐 같은 사무실 동료에게 불같이 화를 내는 경우도 있다. 승진은 중요하다. 그러나 승진보다 더 중요한 것은 사람과의 관계이다.

에고이즘 공무원은 자신의 이익만을 추구하는 공무원이다. 과도한 승진 욕구는 결국 경쟁과 갈등을 불러오게 된다. 이 와중에 비공식적 인사청탁 같은 방법으로 예정에 없었던 승진 명부를 뒤흔드는 일이 생겨 자신이 승진 순위에서 더욱 뒤로 밀리게 되면 공무원 생활에 회의감마저 들기도 한다. 공무원이 되어 걸어온 자신의 길을 뒤돌아보며 한숨을 쉬기도 하고 더욱 승진 욕구에 불타기도 한다.

기능직에서 전환된 직원이 있다. 기능직이란, 기능직 공무원을 뜻하는 말로 2013년까지 유지되다가 일반직 공무원에 통합되었다. 이렇게 공무원법의 개정으로 기능직으로 일하던 공무원이 일반직으로 전환됨에 따라 공무원 조직에는 수많은 갈등의 불씨를 안은 채 유지되고 있다. 물론 효율적인 공무원의 관리를 위해 개정된 공무원법에 따른 일이지만 처음 선발부터 사무 보조[11] 를 하던 기능직 공무원이 일반직 공무원으로 전환된 후 곧바로 담당자라고 불리며 부서의 주요 업무를 맡아 하기란 쉽지 않다. 더욱이 수습 과정도 없이 주요 업무를 처리하기란 더욱 어렵다. 엑셀과 한글의 워드조차 낯선 사람에게 보고서의 작성이란 마치 술 한잔 못 하는 사람에게 소주 1병을 먹으라고 쥐여주는 것과 같다.

---
11) 기능직 공무원의 한 직렬

현직에서 기능직 출신 공무원과의 갈등이 장마철에 쏟아지는 빗줄기처럼 요란한 이유는 그들의 업무 기피에서 많이 비롯한다. 한가지 떠오르는 기억은 과거 9년 전 근무 당시 기능직 출신의 6급 직원은 근무 중에 공용차를 몰고 골목가의 어스름한 공인중개업소를 수시로 방문하여 평소 자신의 관심 분야였던 부동산 재테크에 열심이던 모습이 떠오른다. 기간제 근로자를 관리하고 일선에서 교통 관련 행정 지도가 주요 업무였으나 출근부터 퇴근까지 허술한 근무 태도로 일관했다. 양손을 바지 주머니에 찔러넣은 채 걸음걸이마저 어슬렁거리며 사무실과 복도를 하릴없이 이리저리 기웃거리고 서성대는 모습이 떠오른다. 조직은 유기체와 같아 한 곳에서 미통이 생기면 다른 곳에서 진통이 발생하기도 한다. 그 당시 내가 속한 부서는 일이 잘 풀리지 않았고, 민원은 자주 발생하였고, 사무실 분위기는 한껏 경직되어 있었다. 당시에 기간제 근로자들은 나에게 아침에 출근하는 것이 참으로 고역스럽다고 표현하기도 하였다.

기능직전환공무원 중에는 젊은 사람이 거의 없다. 연장자를 대우하는 조직 분위기를 이용해 처음부터 격무를 회피하거나 업무를 떠넘기는 현상이 비일비재하다. 똑같은 직급인데도 똑같은 업무량을 맡을 수 없다면 누구든지 불만을 가지기 마련이다. 모든 기능직전환공무원이 그렇지는 않다. 그러나 난 내가 거쳐 간 많은 부서에서 기능직전환공무원을 만나봤고, 같이 일해왔지만 젊은 사람은 단 한 명도 없었고, 나이 많은 그분들은 정말 거짓말처럼 모두 일을 하기 싫어했고, 하기 싫은 일을 회피하거나 떠넘기기에 급급했다. 직급이 낮은 사람에게 쉽게 말을 놓고 책상은 서류 하나 없이 깨끗하며 업무 협조는 요원했다. 여기서 많은 갈등과 다툼이 발생하는 현상은 나뿐만 아니라 많은 부서의 일반직 공무원, 특히 젊고 힘없는 공무원은 수도 없이 겪었으리라 본다. 사람의 출신을 가지고 전체를 비하하는 일반화는 분명 잘못된 것이지만 몇몇 경우를 제외하고 대부분의 성향이 그러하다면 자연스레 출신에 대한 선입견으로 굳어져버린다.

몇 년 전 한국도로공사의 비정규직 직원의 정규직 전환에 대해 사회적으로 이슈가 되었던 적이 있다. 문재인 정부의 인천공항공사의 방문 후 공사의 비정규직의 전환에 대한 뉴스가 계속해서 흘러나오던 때 청년들의 분노가 있었다는 기사를 자주 접했었다. 청년들이 분노한 것은 입사조건이 정규직과 비정규직이 근본부터 다른데 어떻게 비정규직을 정부 정책이라는 이유로 갑자기 정규직으로 전환되냐는 것이었다. 양질의 좋은 일자리를 구하기 위해 수도 없이 자기소개서를 고쳐 쓰고, 학점을 쌓고, 외국어 점수를 올리기 위해 외국도 다녀오고, 자격증을 땄으나 엄청난 경쟁률에 번번이 고배를 마셨던 청년들은 더욱 분노했을 것이다.

내가 감히 공정에 대해 올바른 정의를 내릴 수 없겠지만 공정은 결과의 공정을 말하는 것은 아닐 것이다. 괜찮은 일자리라고 여겨지는 공단과 공사에 입사하기 위해 학점을 맞추고 해외 어학연수를 다녀오고 자격증 취득 준비를 수도 없이 해왔으며 토익과 토플, 텝스 등 입사 기준에 부합하기 위해 각종 영어 공부를 하면서 취업 준비 기간을 보내고 어려운 경제 사정에 학비를 벌어가며 고생스럽게 공부하여 좋은 직장에 입사하려고 했던 사람들이, 어느 날 갑자기 공사의 비정규직 직원이 정규직으로 전환된다고 한다면 허탈감을 넘어 분노로 이어지는 것은 당연한 것이 아닐까?

기능직 공무원이 어느 날 갑자기 공무원법의 개정으로 일반행정직 공무원과 동등한 위치에서 근무하게 되었고 더욱이 그들이 자신들처럼 열심히 일하는 행태를 보여주지 못하며 오히려 다른 공무원에 피해를 주었었을 때 분노를 유발하는 것이다. 기능직에서 전환된 공무원과 공개 경쟁으로 시험에 합격하여 공무원이 된 그들 사이의 갈등은 지금도 진행 중이라고 본다. 알다시피 우리 사회는 평등이라는 단어에 민감하다. 기회가 균등하지 못해 생겨난 불만은 사회적 갈등으로 확대된다. 마라톤을 뛰듯이 모두가 같은 거리를 뛴다면 그 누구도 불만이 없겠지만 출신, 성별, 잘못된 정책, 특혜, 돈의 힘 등으로 출발선을 달리하게 되었을 때 갈등이 생겨난다. 지금 시대에 많은 청년이 좌절하고 분노하는 것도 같은 현상이다.

공무원도 성과금을 받는다. 1년에 한 번 직전 연도의 성과를 평가받아 최고 S등급부터 A~C등급까지 받는다. 당연히 일을 잘하고 열심히 한 직원은 S등급을 받는다. S등은 비율이 적기 때문에 웬만큼 일하고서는 받을 수 없다. 나 역시도 십수 년 동안 S등급을 2번만 받아보았다.

성과 상여금과 관련된 실제 같은 가상의 얘기가 있다. A와 B라는 두 공무원이 있다. A 직원은 하루 근무 중 일하지 않고 빈둥거리는 시간이 많다. 일보다는 최고 관심사는 그날 먹을 점심 메뉴이며 주요 관심사는 상급자의 눈치를 보는 일이다. 최고의 관심사와 주요한 관심사에 에너지의 대부분을 소모한다. 직렬이 운전직인 이 A 직원은 늦게 7급에 승진하여 이제 10년의 공직생활을 남겨놓고 있다. 지방 의회 의장을 일가친척으로 둔 백(?)으로 인해 비교적 업무 강도가 낮은 부서에 발령을 받아 일주일에 3번 정도 각종 문서의 이송을 주요 담당으로 한다.

이 공무원은 전자 문서를 다루는 데 서툴다. 그래서 문서를 작성해 기안을 올리는 일은 좀처럼 없다. 그의 책상 위 25인치 LCD 모니터에는 US 오픈 테니스 대회의 경기가 켜져 있다. 국제 경기를 좋아하고 야구, 축구 등 스포츠 관련은 빼놓지 않고 본다. 모니터 각도는 민원인의 시야가 닿지 않게 비틀고 필름을 붙여 직원들도 쉽사리 볼 수 없다. 모니터를 볼 수 없으면 핸드폰으로 유튜브를 시청한다. 올해는 A 직원에게 좋은 일도 일어났다. 1년에 몇 명에게만 주는 도지사의 모범 공무원

표창을 받게 되었다. 이 공무원의 공직생활 목표는 매달 월급과 퇴직 후 받게 되는 연금 수령액이다. 연금 수령액을 조금이라도 높이기 위해 거르지 않고 꼬박꼬박 야간 근무나 주말 근무도 하고 있다.

A 직원보다 젊은, 같은 부서 7급 B 직원은 2010년에 공무원 시험에 합격하여 지금껏 일해오고 있는 평범한 직원이다. B 직원은 아침 출근 길에 어제 안전 총괄 부서에서 내려온 공문을 어떻게 처리할지 생각하며 출근하는 길이었다. 출근하자마자 공문은 처리하지 못한 채 민원이 발생하여 예정에 없던 출장을 가게 되었다. 오전 내내 현장에서 민원을 처리하고 점심시간 12시를 넘겨 사무실에 복귀하는 바람에 직원들과 함께 점심을 하지 못해 사무실 주변 분식집에서 점심을 해결하였다.

점심 식사 후 사무실에 돌아왔으나 모니터에 붙여진 메모지에 적인 민원인의 부재중 전화 문의에 회신하느라 정신이 없었다. 출장 후 복명확인서를 올리고 오전 다녀온 현장 민원의 전산 작업을 끝냈다. 잠시 한숨을 돌리려고 하니 오늘 하려고 했던 안전 총괄 부서의 공문이 다시 생각났다. 그러던 차에 안전 총괄 부서의 주무관에게 전화가 걸려왔다.

"박 주임, 오늘까지 공문 회신 되겠어요?"

"네, 퇴근까지 가능합니다."

그러나 오늘까지 아동 학대 예방 인터넷 교육을 이수하라는 서무 직원의 말에 다시 안전 총괄과의 공문은 또 미뤄야 할 처지가 되었다. 어쩔 수 없이 야간 근무 때 해야 했다. 야간 근무는 될 수 있으면 피하려 했기 때문에 인터넷 교육 동영상을 틀어놓고 다시 근무에 돌입하였다. 동영상의 프레임마다 클릭만 하면 되니까. 점점 퇴근 시간이 다가오자 잠시 부서장의 50분 타임 회의를 한다고 한다. 팀에서 차석인 B 직원은 오늘 부재중인 팀장을 대신에 서둘러 부서장실로 올라갔다. 회의가 끝나니 6시 20분이었다. 결국, 저녁을 시키고 야근을 하기로 했다. B 직원은 요즘 시청의 여러 부서에서 사업 공문이 계속 내려와서 오늘같이 눈코 뜰 새 없이 바쁜 나날을 보내고 있다. 다음 해 A 직원은 성과 상여금 평가에서 기관장으로부터 좋은 평가를 받아 A등급을 받았다. B 직원은 작년에는 A등급을 받았으나 이번 해는 아쉽게도 B등급을 받았다.

가상의 인물로 이야기를 적어보았지만 실제로 이와 비슷하게 일어나고 있다. 자기가 열심히 일하는 편이라고 자부하는 B 직원은 상실감이 컸을 것이다. 더욱이 자신과 너무 비교되는 직원이 A등급을 받았다는 사실을 알면(제도상 비공개) 더욱 화가 났을 것이다. 부서장의 주관적 평가에 의존하고 있는 성과 등급 평가는 이처럼 갈등이 생길 수 있는 소지가 많다. 자신의 등급에 이의 신청을 제기할 수 있도록 제도화되어 있지만, 실제 자신의 성과 평가 등급을 제기하는 일은 많지 않다. 부서장의 평가에 항의하는 모양새로 비출 수 있기 때문이다. 공무원 노조는 말한다. 공무원이 하는 일을 어떻게 일일이 수치화하고 데이터화할 수 있는가? 그런 데이터가 있다면 합당한 성과 평가가 가능하겠지만 기준과 데이터가 없기 때문에 성과 평가를 합리적으로 하기가 힘들다고 한다.

사실 난 이 주장에 동감하지 않는다. 그런 세밀한 기준을 만들려는 노력과 시도를 하지 않았다고 보는 쪽이 맞다고 본다. 일 년에 두 번 작성하는 근무 평정서는 내가 공무원을 처음 시작했을 때나 지금이나 양식조차 바뀌지 않았다. 그 근무 평정서의 실적 평점도 자신이 매겨서 제출하는 경우가 대부분이다. 인사 부서에 제출하는 성과 계획서는 작년 계획서를 '붙여 넣기'해서 제출한다. 심지어 난 계장의 성과 계획서를 내가 대신 작성해서 제출한 적도 있다. 요식 행위에 불과한 것이다. 공기업은 만족도 평가를 외부 기관이 실시하는 경우도 있지만, 공무원에 대한 만족도 평가는 조직 스스로가 한다. 공무원 조직은 객관적 외부 기관이 평가나 등급을 매기는 일에 개입하지 않고 있다. 알고 보면 성과금이나 승진과 같이 지방공무원에게 있어 민감한 사안에 대해 합리적인 해결을 위한 기술적인 노력을 게을리한 것이 사실이며 그렇기 때문에 변화가 가능한 줄도 모른 채 지내고 있는 것이다. 그로 인해 기존의 방식인 상급자의 주관적 평가에만 의존하게 되는 것이다. 그런 방식은 국민의 봉사자라는 주장과 달리 상급자의 맹목적 충성을 더욱 부추기는 현상만 일어나는 것이다.

과거에 친절도가 뛰어난 직원에게 기관장의 상을 주는 일이 있었다. 나 역시 친절 공무원으로 선정되어 상을 받은 적이 있지만 사실 그 기준은 어처구니없었다. 당시 구청장은 공무원의 친절도를 끌어올리기 위해 외부 강사를 초빙하여 교육을 듣게 하고, 전 공무원 중 '그달의 친절 공무원'을 선발하는 정책까지 만들었다. 그 친절도 평가 기준의 하나인 전화 만족도 평가의 기준은 이랬다.

첫째, 맞이 인사가 제대로 되었는가?

둘째, 전화 민원의 요점을 파악하고 정확한 답변하였는가?

셋째, '솔' 음을 유지한 채 응대하였는가?

넷째, '좋은 하루 되십시오.'를 정확하게 하고 통화가 끝났는가?

이 기준을 확인하기 위해 민원인을 가장한 외부 기관의 모니터 요원이 공무원을 상대로 무작위로 전화를 돌린 적이 있었다. 목소리가 상대적으로 저음인 남성은 어쩌란 말인가. '좋은 하루 되십시오.'가 아닌 '감사합니다.'로 끊으면 감점인가? 흔히들 나이 있는 공무원들이 쓰는

'어르신, 들어가십시오.'라고 말하고 전화를 끊으면 감점이었다. 이 기준을 보는 순간 난 지방공무원을 로봇으로 보는 것인가라는 생각이 들었다. 당시에 알고 보면 평소 직원들에게도 불친절했던 공무원이 저 기준에 정확하게 모니터링된 후 구청장 표창장을 받은 일이 있었다. 사실 민원인은 저런 텔레마케팅하는 듯한 응대를 원하는 것이 아니었다. 가려운 곳을 정확하게 긁어주거나 관공서가 해줄 수 없는 사안에 대해서는 담당자의 인간적인 공감만으로도 친절하다고 느낄 수 있다. 그리고 그런 해줄 수 없는 일에 대해 해결을 위해 시도까지 했던 공무원이었다면 민원인은 감동했을 것이다. 이런 어처구니없는 친절상은 공무원 조직이 평가에 대한 기준을 어떻게 만들어야 하는가에 대한 노력과 생각, 연구가 없었기 때문에 생겨난 일이다.

우리나라 사람들이 토를 달지 않는 것이 있다. '열심히 사는 것'이다. 공부도 열심히 해서 좋은 대학을 들어가고 취업 준비도 열심히 해서 좋은 직장을 들어간 것에 대해서는 누구도 불만을 품지 않는다. 내가 열심히 했다면 S등급을 받고 승진도 할 것이다. 열심히 했는데도 결과가 좋지 않았을 때 자신이 열심히 하지 못해서 좋지 않은 결과가 나왔다고 자책할 뿐이다(사실 이것도 결과에 대한 책임을 개인에게만 돌려대는 한국 사회의 현상일 뿐이다). 그러나 사실 자신은 자신이 가진 모든 역량을 쏟아부으며 열심히 했는데 그 정도가 남들과 비교해서 얼마였는지에 대한 기준은 모호하다. 그 정도를 합리적이고 구체적으로 만들어가는 것은 조직이 하고 사회가 하는 것이다. 우리나라와 같이 결과의 책임을 개인에게 돌리는 사회는 합리적이고 구체적인 기준이 허술할 때 갈등이 쉽게 일어난다. 경쟁이 치열한 만큼 갈등은 더욱 증폭된다. 갈등을 품고 살아가거나 아예 체념하기도 한다. 때로는 자책감에 벗어나기 위해 긍정적 주문과 같은 말을 자신에게 반복한다.

"그래 이번에 잘 안됐지만, 다음엔 잘할 수 있을 거야. 힘내자."

결과를 자신의 책임으로 돌렸지만 저런 긍정적 힘을 쥐어짜야만 다음을 위해 힘을 낼 수 있는 것이다. 난 사회나 조직이 그것을 개인의 탓으로 느끼게 만드는 제도를 멈추라고 말하는 게 아니다. 경쟁이 심한 환경을 가진 우리나라와 같은 현실에서는 불가능하다는 것을 알기 때문이다. 다만 그 기준을 더욱 정당하고 합리적으로 만들어야 한다고 말하고 싶을 뿐이다.

주관적인 평가가 정당하고 합리적이라고 볼 수 없다. 주관은 또 다른 주관과 부딪칠 수 있다. 협의가 없으면 갈등이 해결되지 않고 주관의 충돌은 골을 깊게 만들 뿐이다. 지금은 4차 산업 시대이다. 쏟아지는 데이터를 목적에 맞게 축적하고 그것을 취합하여도 객관성을 불어넣을 수 있는 기준은 충분히 만들 수 있다고 생각한다. 4차 산업도 그것을 활용했을 때 4차 산업 혁명이라고 부를 수 있다. 플랫폼을 활용한 인사 관련 데이터를 수집하고 활용할 수 있는 역량은 있다. 개인의 능력 요소를 세분화하고 실적을 구체적으로 표출시키기 위해 알고리즘을 개발할 수도 있다. 내가 했던 일의 흔적은 곳곳에 전자화되어 있고 문서화되어 있다. 이런 기술적인 노력 위에 주관적 평가를 섞는 방향으로 나아간다면 분명 합리적인 방안이 마련되리라 생각한다. 왜냐하면, 우리나라는 IT에 출중한 4차 산업 선도 국가니까.

▶ 수평적인 조직

2005년 행정자치부는 60년 가까이 유지되어온 정부 조직의 틀을 계급 중심의 다계층 조직에서 성과와 책임 위주의 수평 조직으로 바꾸었다. 그러나 이름은 민주적인 느낌의 수평적인 조직이지만 현실은 탑다운 방식의 수직적 조직 구조를 그대로 유지하고 있다. 60년간 유지되어온 조직의 의사 결정구조가 어느 날 한시에 바뀐다는 것은 불가능하다. 나는 행정자치부(지금은 행정안전부)의 이러한 움직임은 그저 하나의 이상향을 제시한 것에 지나지 않는다고 생각한다. 그리고 벌써 2005년으로부터 17년이 지났지만, 아직도 현장은 수직적인 조직에서 벗어나지 못하고 있다. 수직적인 조직 구조가 산업 시대의 전 분야 걸쳐 효과를 낸 방식이라면 현재 시대가 요구하는 방식은 수평적인 조직 구조다.

기초지자체에서의 회의 방식은 마치 받아쓰기 실습장 같은 분위기다. 확대간부회의라고 불리는 5급 이상의 간부 회의는 지자체장의 일방적인 연설이나 의견을 듣는 분위기가 대부분일 것이다. 브레인스토밍을 통해 자유로운 분위기 속에서 창의적인 아이디어가 나온다고 하지만 지자체의 의사 결정의 최정점에 있는 간부 회의에서부터 수평적인 토론식 회의는 찾아보기 어렵다.

그렇게 일방적인 회의 후 부서로 돌아온 부서장의 회의 역시 마찬가지로 전달 수준을 크게 넘어서지 못한다. 그 내용을 팀장과 주무관들이 받아적기 바쁜 것이다. 그러나 역설적이게도 항상 모든 지자체는 자유로운 토론을 원하거나 소통이 원활한 조직 문화를 위해 많은 에너지를 소모하고 있다. 그 이유는 격의 없는 자유로운 소통 문화가 창의적인 정책을 만들 수 있다는 사실을 알고 있기 때문이다. 그런데도 실제 업무 속에서 그리고 조직 안에서는 실현되지 못하고 있다. 예전 미래창조과학부는 미래를 준비하는 새로운 부서로 거듭나야 한다며 조직문화혁신 회의체를 만든 적이 있다. 회의에 참여하는 구성원을 바꿔가며 자유로운 회의 분위기 속에서 조직의 혁신방안에 대해 논의를 하였지만 몇 년이 지난 후에도 조직의 회의 방식은 크게 변하지 않았다.

제니퍼소프트라는 회사가 있다. 우리나라 회사임에도 아는 사람만 알고 있는 강소 소프트웨어 회사다. 이 회사는 근무 시간에도 수영을 할 수 있다고도 알려져 한국의 구글이라고도 불린 곳이다. 2017년도에는 1명의 직원을 뽑는다는 공고를 보고 지원한 사람이 2,400명이었다고 한다. 이 회사의 인기는 대기업을 능가하는 복지에 있다. 회사의 과감한 복지 덕에 하루 7시간의 근무 중에 수영을 할 수 있고, 취미생활도 가능하며 육아에 관련된 복지는 대기업이 벤치마킹을 올 정도였다. 과감한 복지를 추진하는 회사 대표의 머릿속에는 과감한 복지가 반드시 회사 성과로 되돌아온다는 믿음이 있기에 가능한 결단이었다.

실제로 이 회사는 평균 30명의 직원으로 APM(어플리케이션 성능개선) 시장에서 점유율 65%를 달성하고, 2019년도에는 매출액 215억을 넘겼다. 각종 언론에 수도 없이 소개되고 있어 두 번 언급은 식상한 얘기로 들릴 정도다. 회사의 인기 덕에 몇 명 되지 않는 직원 모집 공고를 낼 때마다 수천 명의 지원자가 몰리고 회사 대표는 그 지원자들에게 일일이 불합격의 응답을 해준다. 회사 대표는 선발 과정에서 지원자에게 '어떻게 살 것인가.'라는 에세이를 요청한다. 회사에 지원하기 위해 지원자의 자기소개서를 쓰는 것이 아니라 자기 인생에 궁극적인 물음을 던지고 그에 대한 지원자 본인만의 이야기를 듣고자 하는 것이다.

'어떻게 살 것인가.'라는 고민을 한 번도 해본 적 없었는데, 그러한 질문을 지원한 회사의 CEO에게서 듣게 된다면 나 역시 놀라게 될 것 같다. 이런 회사에 지원하는 것 자체가 나를 돌아보게 만드는 기회의 시간이 되기도 한다. 여태 우리가 보아왔던 회사의 선발 방식과는 확연히 다르다는 것을 보여준다.

공무원 선발을 제니퍼소프트 회사처럼 하자는 얘기가 아니고 뜬금없이 들리겠지만 난 '어떻게 살 것인가.'라는 물음 속에 수평적인 조직의 답이 있다고 본다. 다시 매슬로우의 동기 이론을 끄집어내자면 인간의 가장 상위 욕구인 자아실현의 욕구를 채워주려는 노력을 할수록 성과는 반드시 돌아온다. 지난 반세기 동안 고성장의 대한민국을 건설하기 위해서는 개인의 욕구는 최대한 억누르면서 조직의 성과를 최대한으로 끌어올리기 위해 우리 사회가 요구한 것은 개인의 기계화였다(난 이것을 산업 시대 공무원과 디지털 시대 공무원이라고 함축적으로 표현하고 있다). 조직의 성과를 위해 개인이 소모품처럼 되어 있기 때문에 조직은 내가 살아 있음을 느끼게 해준 적이 별로 없었다고 보면 된다. 간혹 내가 유한한 존재라는 깨달음으로 인생을 깊게 살 수 있는 시도(이직, 장기 휴가, 직업 외 활동 등)를 한다면 곧바로 제도권에서 이탈되기도 한다.

제니퍼소프트와 같이 사람을 중심으로 하는 경영 철학을 가진 회사는 당신이 지금 무엇을 하고 있는지를 묻지 않는다. 왜냐면 지금 당신이 하는 일은 당신 자신을 위한 일이며 그것이 제일 중요하기 때문이다. 업무 도중 가족의 전화가 오면 끊지 말고 가족의 전화를 먼저 한 뒤 회사의 업무를 본다. 왜냐면 내가 있고, 가족이 있고, 마지막으로 회사가 있기 때문이다. 회사는 나를 소모품으로 보지 않고 가치 있는 인간의 모습으로 대해주고 있다는 것이다. 가장 기본적인 진리를 존중하고 거기에 충실한다. 과감한 복지는 그런 존중의 표현이다. 내가 대우받고 있고 존중받고 있는 하나의 인격체로 살아가게 만들어준다. 이것은 마치 무한한 사랑을 주고 있는 나의 아기에게서 놀라운 성장을 보고 감격하는 부모의 마음과 같은 것이라고 본다.

이제 뜬금없는 결론은 확실해졌다. 조직과 조직의 수장은 수평적인 조직 분위기라는 결론에 매달릴 것이 아니라 구성원(회사원) 하나하나에 대해 소중한 존재로 대해주는 것이다. 내가 소중하듯이 타인도 소중한 존재라는 기본적인 생각으로부터 수평적 조직에 대한 논의가 출발해야 한다. 인간적인 무형자산에 대한 과감한 투자는 성과라는 유형의 결과물로 되돌아온다. 그 과감한 투자라는 것은 직원을 인간답게 대우해 주는 것이다. 수평적인 조직은 그 최종적 목표(성과라는 유형의 결과물)를 이루기 위한 하나의 방법이고 효과적인 수단이다.

옛날에 하릴없이 나의 안부를 자주 물어보는 팀장이 있었다. 아침 출근하면서 밥은 먹고 왔냐, 저녁에 늦게 가면 일이 많냐, 요즘 연애 사업은 잘되냐 하며 개인에 대한 일을 시시콜콜 물어대는 팀장이었다. 처음에는 꼰대나 간섭으로 느껴지다가 내가 시무룩하면 기운을 북돋아 주기도 하고 기쁠 때는 함께 기뻐해주며 간식도 먹고 때로는 막걸리도 같이 먹기도 했던 팀장이었다. 마치 나의 일을 자신의 일처럼 생각하는 모습이 일반 사람과 달랐다.

그 팀장과 함께 일하는 동안에는 나의 의견 개진이 자유로웠고 하급자의 의견을 무시하지도 않았다. 행정학에서 말하는 Z 이론[12] 에 부합하는 경우라면 그에 맞는 시절이었다. 그런 관계가 형성된 후 나 역시 팀장의 집안 대소사나 건강까지 걱정해주는 얘기를 마치 가족처럼 하던 때였다. 그래서였던 걸까. 업무의 속도가 무척이나 빨랐다. 처음 보는 공문이 내려오면 팀장은 핵심 요령을 알려주었다. 때로는 팀장은 나에게 권위에 걸맞지 않게(당시 나는 8급이고 팀장은 6급이었다) 업무 방법을 초짜 공무원인 내게 묻기도 했다. 젊은 사람의 머리에서 새로운 생각이 쉽게 나올 수 있다고 그런 것이다. 세월이 지나 그 팀장과의 관

---

12) 1980년대 중반에 등장한 행정학 이론으로 미국의 오우치 교수가 일본 기업이 경쟁에서 우위를 점하는 것을 보고 구성원들이 의사 결정에 참여하고 자신과 회사를 개선하려는 노력을 연구한 행정 이론

계를 돌이켜봤을 때 그것은 수직적 조직이 아니었다. 그럼 수평적 조직이 뭔가 손이 잡히지 않는 대단한 개념일까 하는 생각이 든다.

　현실의 공무원 조직에서 이건 가능한 얘기인가? 조직과 지자체장, 부서장의 노력에 따라서 다르게 나타날 것이다. 실질적으로 지방공무원의 수가 700~800명 혹은 1,000명 이상 되는 기초지자체에서는 불가능하다고 생각한다. 직원 간에 인간적인 관계를 위한 제도적 지원조차 갖추어지지 않았는데 제도 외에 개인이 직접 내가 겪었던 팀장과 같은 모습을 발현할 수도 없고 그런 의지도 있는지 알 수 없다. 현실에 비추어 이상적이라고 말할 수밖에 없는 인본주의 방식의 경영은 나라를 이끌어 나가고 있는 공무원 조직과 시대에 대한 담론이기에 가능, 불가능으로 단정할 수도 없는 문제이다. 지금은 대기업의 CEO가 공자의 논어를 들고 다니며 읽고 이른 아침 인문학 강좌를 들으러 다니는 시대이다. 시대가 변해야 내가 사는 세상이 변하듯 공무원의 패러다임이 변해야 공무원 조직도 변한다. 그러나 시대의 사상과 이념, 젖어 있는 가치관이 쉽게 변하지 않듯이 공무원 조직 또한 그리 쉽게 변하지 않는다.

　비공식적이면서 한시적일지라도 수평적인 공무원 조직이 되고자 한다면 난 몇 가지 현실적으로 생각해봐야 할 조건이 있다고 생각한다.

　첫째 조건은 지금 내가 하는 업무가 수평적인 조직 분위기가 필요한가이다. 때론 공무원 조직은 이윤을 추구하는 사기업의 목표와는 다른 성격이기 때문에 신속, 정확, 적시를 요구하는 경우가 있는데, 이는 일사분란한 조직 분위기가 더욱 큰 효율성을 발휘하는 경우가 있기 때문이다. 둘째는 부서장(리더)의 자질이다. 앞서 리더에 대해 많은 얘기를 했지만, 결재판을 집어던지는 간부에게서는 절대 수평적인 조직을 기대할 수 없다. 왜냐면 그 앞에선 난 이미 인간이 아닐 수도 있기 때문이다. 그런 강압적인 리더가 조직에 있다면 수평적인 조직은 화두로 꺼내지 않는 것이 이롭다. 셋째 조건은 나의 성향(개방성과 보수성)이다. 가장 어려운 얘기이자 내가 이 책에서 말하고자 하는 궁극적인 키워드 중에 하나다. 조직의 특성과 조직 문화에 대한 논의는 결국 조직 구성원의 성향으로 귀결될 수밖에 없다. 우리는 알고 있다. 나라는 인간이 얼마나 말을 안 듣는 존재인지. 개인에게 '안 나섬'의 성향을 굳게 만들어 주었던 조직문화의 탓을 하는 것보다 먼저 나부터 수평적인 조직을 위한 노력을 하는 것이 중요하다.

다시 말하고 싶은 것은 자신의 보수성은 수평적인 조직에 큰 장애가 된다. 우리는 보수적인 업무 방식에 익숙해져 있다. 산업 시대는 노동이 중요했으며 제조업을 기반으로 한 소품종 대량 생산 방식이었다. 이는 깊은 사고나 창조성과는 거리가 멀고 성실성과 오랜 노동 시간의 특징으로 대표된다. 앞서 미래학자 앨빈 토플러가 저서 《제3의 물결》을 쓸 당시에 한국을 방문하여 야밤에 불이 켜진 한국의 관공서를 보고 놀라워했지만, 그 건물 안에서 일하는 내용을 보고 더욱 놀란 것은 노력에 비해 생산해내는 결과물의 의미가 크지 않았기 때문이다.

우리는 완성도 높은 보고서 하나를 만들기 위해 근무 시간을 초과하여 업무를 감당해내기도 하며 상명하복의 방식으로 주어진 프로젝트를 원활히 수행하기 위해 프로젝트가 만들어 낼 근본적 효과에 집중하기보다는 상부에 보고될 프로젝트의 가시적 효과에 치중하기도 한다. 이것은 질보다는 양을 중요시하고 과정보다는 결과를 중요시하는 방식이다. 이와 같은 방식은 오랫동안 변하지 않아 조직 구성원에게 보수적인 업무 방식을 이식해왔다. 현재 지방공무원 조직은 이런 개개인이 조직을 바라보는 프레임(조직 문화, 업무 방식, 조직 성향 등)이 만든 결과물이다.

"당연히 그래야지.", "업무 보고서는 당연히 이런 형식이어야지.", "개요가 빠져서는 안 되지.", "이런 형식은 처음 보는 건데? 다시 고쳐 와.", "민간 기업도 아닌데 심층 회의가 필요한가?", "그 업무는 내 담당이 아니니까(철저한 분업) 전화 돌려드릴게요.", "근거가 없어서 못할 것 같은데." 우리는 아직도 기존의 하드웨어적인 업무 방식, 탑다운식 정책 집행 행태, 중앙 집중적인 의사 결정 구조, 무늬만 그럴듯한 거버넌스 조직, 갈등 해결을 위한 소통 창구의 부재, 건설·토목으로 대표되는 인프라 구축에 의한 단순한 경기 부양 방식, 보여주기 식의 전시 행정, 신속 집행과 같은 실적 중심의 업무 방식 등 많은 부분에서 산업 시대에서나 통하던 방식을 고수하고 있다. 공무원의 DNA는 아직 수평적인 조직을 받아들이기엔 낯설기만 하다. 그래서 난 지금의 공무원을 산업 시대의 공무원에 가깝다고 생각한다. 태산 같던 업무를 불도저처럼 밀어붙이고 업무를 완수한 뒤 거하게 한잔하는 것이 산업 시대의 공무원이다.

감히 행정학자도 아닌 내가 현실에서 본 몇 가지 경험을 가지고 수평적인 조직의 성공 방법을 논하기도 어렵다. 그러나 지금껏 얘기해왔던 것을 토대로 나름의 결론을 말하자면, 수평적인 조직을 만들기 위해 수평적인 조직 자체를 목표로 설정할 필요는 없다. 때로는 목표 자체에 과도하게 집착할 경우 과정이 더욱 어려워질 수도 있기 때문이다. 수평적인 조직은 원래 있던 조직의 성향과 조직을 이루고 있는 구성원의 성향에 따라 조직의 형태가 달라진다. 수평적인 조직 형태는 그런 요소가 어떻게 조합되고 조합된 후 변하는지 따라 달라질 것이다. 그리고 대한민국의 지방자치단체가 그런 수평적인 조직에 대해 더욱 관심을 가져가길 바란다.

나와 나라가
발전하는 공무원

04

▶ 청렴한 아날로그 공무원

산업 시대와 달리 4차 산업 시대는 AI, 빅데이터, 사물인터넷(IoT), 로봇 등으로 대표된다. 4차 산업은 인류가 당면한 문제를 해결하기 위해 필연적으로 마주할 수밖에 없다. 그리고 우리가 해결해야 할 문제를 가장 앞에서 마주하는 것은 공무원이다. 시대는 우리가 쫓아가기 무서울 정도의 속도로 달려가고 있으나 현재 기초지자체는 4차 산업이라는 시대의 흐름에 허겁지겁 쫓아가기도 바쁘다. 빅데이터를 예로 들자면 지금 이 순간에도 우리의 생활방식과 직결되는 데이터가 생산되고 있을 것이다.

지자체에서 교통량 조사를 해야 할 때가 있다. 교통 관련 시설물을 설치하기 전에 실제 교통 데이터를 수집하는 것이다. 아직도 많은 지자체는 단기간으로 사람을 고용하여 타코메타와 같은 단말기 형식의 조사방식으로 특정 시간대의 교통량을 수동으로 조사하고 있다. 예전부터 사용해오던 방식인데도 아직도 그대로이다. 이미 민간은 개발된 각종 센서를 이용하여 무인으로 교통량을 조사할 수 있는 능력(IoT)이 충분하고 실제 사업 목표를 위해 다양한 생활 데이터를 수집하고 있다. 이런 민간의 능력을 최대한 활용하여 행정 분야에 접목한다면 효율적이고 스마트한 정책 수립이 가능하다. 전통시장의 이용객의 시간대별, 일별, 월별, 분기별 데이터가 수집된다면 전통시장 활성화에 관한 정책에 훌륭하게 활용될 수 있는 것이다.

모든 지자체가 빅데이터의 중요성을 외치지만 소소한 일상생활에서 쏟아져 나오는 이런 구체적인 데이터의 중요성은 간과되고 있다. 방대한 데이터 중에 어떤 데이터가 우리에게 필요한 데이터인지 구분시켜줄 기준이 없다. 그 기준은 데이터를 선택할 수 있고 취합할 수 있는 위치에 있는 공무원이 주체가 되어 만드는 것이다. 그런 능력을 갖춘 공무원을 난 '디지털 공무원'이라고 부른다. 디지털 공무원은 내가 창안해낸 아이디어의 목적을 명확히 인지하고 그 목적을 위해 데이터를 수집하고 활용하는 능력을 보유한 공무원이다. 그런 디지털 공무원이 만들어 낸 빅데이터는 가치를 가지게 되고 지자체장의 공약을 성공적으로 추진해 줄 정책의 보완 역할까지 할 수 있다고 본다.

소양은 디지털 공무원인데 인성은 디지털 공무원일 필요는 없다. 세상의 모든 디지털은 0과 1로 이루어진 이진법으로부터 탄생되었지만 사람의 일은 그렇게 흑백으로 나눌 수는 없는 것이다. 동전의 앞면 뒷면과 같은 구분은 왠지 이성만을 중요시하는 것 같지만 사람이 이성만 가지고 살아간다면 주변의 모든 인간관계는 청산되고 말 것이다. 지금껏 이 책에서 적어왔던 이야기는 사람다운 공무원에 대한 이야기가 주를 이루었다. 특히 전체를 관통하는 공감이라는 키워드는 인간적인 공무원에게 꼭 필요한 아날로그와 같은 이야기다. 세월이 가도 변하지 않는 멋스러움이 있다.

모던하다는 말이 트랜드를 표현하는 것이라면 클래식은 변하지 않는 것을 표현한다. 디지털이 트랜드라고는 하지만 아날로그는 보는 사람이 편안함을 느끼게 해준다. 난 지금껏 이야기해왔던 그런 인간적인 공무원을 아날로그 공무원이라고 표현하고 싶다. 하고 싶은 말은 지성은 디지털 공무원이어야 하고 인성은 인간적이고 영혼 있는 아날로그 공무원이 되어야 한다.

나와 나라가 발전하는 공무원에게 한 가지 더 필요한 것이 있다. 청렴함이다. 정약용의 목민심서에는 공직자의 청렴함이 수도 없이 적혀 있다. 청렴함은 상위직 하위직 구분 없이 당연히 모든 공무원에게 필요하다. 비리와 부패가 상위직 공무원에게 많이 일어나는 것은 하위직 공무원보다 비리의 대상이 더욱 가깝기 때문이다. 결재자는 기안자가 볼 수 없는 정보를 더욱 쉽게 접할 수 있다. 상층부로 올라갈수록 돈과 명예라는 정보에 가깝고 그 욕구가 더욱 심해질 수 있다. 더 큰 유혹에 더 가깝게 노출되기 때문에 우리는 노블레스 오블리주가 필요한 것이라고 하는 것이다.

노블레스 오블리주는 14세기 유럽의 백년전쟁[13] 이야기에서 나왔다는 얘기도 있다. 당시 프랑스의 칼레는 영국의 공격을 받다가 결국 항복하게 되었다. 칼레를 점령한 영국 장군은 칼레 시민들에게 영국의 군사력을 소모시켰기 때문에 대가를 치러야 한다고 했다. 그리고 칼레를 살리고 싶었던 칼레 시민에게 영국에 반항했던 대가를 칼레 시민 중 누군가가 책임질 것을 요구했다. 칼레 시민 중 6명이 자원하여 스스로 처형을 받는다면 칼레 시민 전체가 안전할 것이라고 협박했다. 당시 영국 장군은 프랑스가 개인주의가 심한 나라이니 아무도 나서지 않을 것이라고 생각했다.

그때 칼레 시민 중 '외스타슈 드 생 피에르'란 사람이 나서 스스로 처형을 받겠다고 했다. 그리고 본인이 칼레에서 가장 부자이며 자신의 재산을 프랑스군이 영국군과 대항하는 데 쓴 장본인이라고 말했다. 자기에게 책임이 있다며 자기가 처형을 자처했다. 그러자 칼레의 시장은 피에르의 책임이 아니라 시민을 돌보지 못한 자기에게 더 큰 책임이 있다며 역시 처형을 자처했다. 세 번째 나타난 사람은 법률가였다. 상인, 대지주, 귀족들도 자신이 처형을 받겠다며 나섰다. 이런 사실을 알게 된 영국 군주 에드워드 3세는 영국군이 그토록 힘들게 전쟁을 치른 이유가 칼레 시민의 정신에 있다고 보았다. 시민들을 위해 죽음도 두려워하지 않는 지도자들을 본받아야 한다고 했다. 영국 군주는 칼레의 지도자를 모두 살려주고 그들의 행위를 기록해 후대에 알리도록 했다.

---

13) 영국과 프랑스가 1337~1453년까지 벌인 전쟁

높은 신분에 따른 도덕적 의무인 노블레스 오블리주는 현재까지 이어져 왔다. 고위 공직자들이 모든 일에 모범을 보이는 것이 물론이다. 미국 국무 장관 존 캐리는 베트남전에 참전하여 직접 전투를 했고 영국 왕실 해리 윈저 왕자는 아파치 헬기를 직접 조종하며 대(對)테러 임무를 직접 수행했다.

이런 아름다운 이야기와 달리 우리나라는 고위 공직자의 아들이 병역을 기피하고 자신이 업무와 관련된 사안으로 사익을 취하는 경우를 수도 없이 본다. 난 생각한다. 고위 공직자가 청렴하다면 우리나라는 아마도 갈등이 낮고 국가 경쟁력이 이보다 훨씬 앞서 있을 것이라고 말이다. 하위직 공무원도 청렴의 선서를 하고 공무원이 되었지만 주로 돈과 관련된 비리는 끊이지 않는다. 하위직 공무원일지라도 일부 부서와 자리에 따라 금전적 취득이 가능하고 돈이 될 수도 있는 사업을 가까운 곳에서 엿볼 기회는 많다. 얼마 전 기초지자체의 7급 공무원이 백억 대의 돈을 횡령한 사실이 전국을 떠들썩하게 했다. 돈과 관련된 비리는 공무원 조직이 지구상에 없어지지 않는 한 사라지지 않을 것만 같다. 감사실은 공무원의 청렴도를 높이기 위해 갖가지 시책, 정책, 계획을 만들어내고 있지만 개선되지 않는다.

공자가 말한 '인(仁)'이라는 것에 따르면 사람은 자연적으로 선함을 근본으로 한다. 그러나 원래 인간이라는 것이 선함을 근본으로 할지라도 물질 만능이 최고라는 그릇된 가치관이 사회 전반에 퍼져 있고 그것이 실제로 증명되고 있는 환경 속에 수시로 노출되어 살고 있다면 영향을 받지 않을 수 없다. 사회적인 존재이기 때문이다.

이웃집이 아파트 분양권을 팔아 몇억 원의 차익을 남겨 잘살고 있다는 소리를 듣고 심적으로 동요하지 않을 일반인은 없다. 이들에게 감사실이 '청렴의 날'을 정하고 '청렴 교육'을 하고 '청렴의 선서'를 구호처럼 외치라고 한들 눈에 띄는 청렴도 상승 효과를 볼 수 없다. 사람은 본래 인이라는 것이 있어서 이것이 발현하여 남에게 베풀고 보살피는 마음이 생긴다는 공자의 성선설을 받아들이기엔 현재 시대는 물질 만능이 만연해 있고, 보이지 않는 이기주의가 팽배해 있다. 모두가 성선설을 믿고 그와 같은 인을 실천하기 위해 살아간다면 아마도 세상은 지금보다 더욱 좋은 세상이 되었을 것이다. 그러나 지금의 세상은 자발적인 변화를 기다리며 공자의 인이라는 것이 현실에서 발현된다고 보기 어렵다. 그렇지 않은 현실을 우리는 매일 뉴스와 매체를 통해 확인하고 있다.

그렇다면 성악설을 근간으로 한비자의 법가를 생각해보자. 본래 인간이란 물질에 대한 욕망과 탐욕이 많다는 자연의 섭리와도 같은 본성을 인정한 뒤, 이것을 논의의 출발점으로 삼아보자. 공무원이 저지르는 비리가 돈과 관련되어 있다면 위법적인 금전 취득에 대한 징계 수위를 높이고 강화해야 한다. 청렴을 위반한 징계의 수위를 높여 조직이 나아가야 할 방향을 잡는 것이다. 탐욕과 유혹에 취약한 인간 본성이라고 전제하고 그 유혹에서 벗어나 성과를 이룬 것에 보상을 올려야 한다.

조선 시대의 사조는 유교였지만 '태, 장, 도, 유, 사'는 존재하였고 당근과 채찍으로 악함을 선함으로 이끌었다. 우리나라 사람들이 항상 우리나라 법에 대해 하는 이야기가 있다. '법이 무르다.', '제 식구 감싸기를 위한 법', '솜방망이 처벌' 등 채찍의 나약한 상태를 지적한다. 인권을 중요시하는 것도 좋지만, 지금 우리가 사는 세상은 인권의 중요성으로 낮아진 처벌의 수준이 회개와 반성을 끌어낸다기보다는 재발과 재범에 대한 잠재적 기회만 늘려가고 있다. 대개 사람들은 도덕적 기준에 대해 말하자면 자신에 대해서는 관대하고 타인에 대해서는 높게 잡는 경향이 있다. 내로남불은 주관적인 기준이 만들어낸 다른 결과이다.

2021년까지 직업 선호도에서 공무원은 항상 1위였다. 그러나 최근 다시 대기업이 1위가 되었다. 요즘은 공무원이라는 직업에 대한 존경이 땅에 떨어지고 나쁜 이미지가 각인된 시대이다. 이런 시대에 나와 나라가 발전하는 공무원이라는 것은 어떤 모습인지 상상해봤다. 그것은 물질과 명예에 길든 타인의 모습과 자신을 비교하여 덜 가진 것에 대해 스스로 자존감을 떨어뜨리지 않고 내가 가진 인성의 장점을 생각하며 당당하게 앞으로 걸어가는 것이다.

난 남보다 잘하는 것이 분명 한 가지는 있다. 그것을 살리면 살릴수록 다른 사람은 나의 장점을 따라오기가 쉽지 않다. 또한, 나의 지성은 디지털 공무원이고 감성은 아날로그 공무원이다. 나의 지성은 공무원 조직이 쉽게 생각하지 못하는 사고를 할 수 있고 나의 감성은 타인의 안녕을 물어볼 수 있는 인간다움을 지녔다. 공무원이라는 직업을 가진 내가 하는 일은 나를 위한 일이기도 하지만 국민을 위한 일이기도 하다. 그렇기에 더욱 정성을 쏟는 것이다. 나를 발전시키는 것은 곧 나라를 발전시키는 것이다.

▶ 죽어 있는 시간과 살아 있는 시간

어느 날 친구가 나에게 말했다. 사람에게는 죽어 있는 시간과 살아 있는 시간이 있는데, 죽어 있는 시간은 내가 행복하지 않은 시간이고 살아 있는 시간은 내가 행복한 시간이라고 말했다. 그리고 한 번 사는 인생에서 살아 있는 시간을 많이 가지기 위해 노력해야 하는데 내가 직장에서 보내는 시간이 살아 있는 시간인지 아닌지 생각해봐야 한다고 했다. 의미 있는 이야기였다.

난 나의 직장에서 보내는 시간을 계산해보기로 했다. 한국인의 평균 수명을 83세라고 했을 때 하루 24시간에 365일을 곱하고 여기에 다시 83년을 곱했더니 대략 73만 시간이 나왔다. 그중에 출생 후 보냈던 유아기의 3만 시간을 제외하고 70만이라는 시간이 있다고 했을 때 28세에 공직에 들어와 60세에 퇴직을 한다고 하면 지방공무원으로 직장에서 보내는 시간은 대략 7만 시간이었다. 전체 인생의 10분의 1에 해당하는 어마어마한 시간을 직장에서만 보내고 있는데, 과연 난 직장에서 살아 있는 시간을 가져왔고 앞으로도 가져갈 것인가 생각에 잠겼다.

직장인들은 월요일을 싫어한다. 특히 비 오는 월요일 아침은 최악이다. 이불 속에서 잠깐 생각한다. '오늘 반차라도 낼까.', '아니야, 지금이라도 이불을 박차고 일어나자.', '오늘 일주일 중에 제일 바쁜 날이고 오전에 미팅과 회의가 있어.', '요새 부장도 늦게 오는데 나도 조금만 더 자고 일어나자.' 이런저런 생각 속에 침대와 나는 N극과 S극이 되어 부비적거린다. 또다시 시간이 흐른다. '이번 한 주만 더 버티자. 돈은 누가 버나. 내가 번다. 그만두면 뭐 해서 벌어 먹고살겠냐.' 철학적인 생각까지 흐르고서야 몸을 일으킨다. 하필 출근하는 길은 또 왜 그렇게 막히는가. 한 번에 통과하는 신호가 없다. 저번 주 금요일 쌓여 있던 업무를 무시하고 퇴근했더니 월요일 출근 후 오전 내내 눈코 뜰 새 없다.

그렇게 난 나의 몸을 진한 아메리카노와 함께 녹여 다시 한 주간의 강행군에 돌입한다.

50대를 맞이한 회사의 중견 간부는 가정에서 존재감이 떨어졌다. 지방공무원으로 치면 계장 말년이나 과장쯤 된다. 자신의 퇴근 시간만 되면 기분이 곤두박질친다는 아내를 보기 겁날 때도 있다. 저녁 밥상 차려주는 것도 귀찮을 정도라는 말을 엿들은 후 아침은 거르고 점심은 회사에서 거하게 먹는 편이다. 그래서 주말은 무조건 집을 벗어난다. 이 나이에 대접받을 수 있는 직장이 제일 편하다. 주말에도 초과근무를 하러 사무실에 나오면 돈도 벌고, 점심도 해결되고, 집에서 눈치 보지 않아도 된다. 이 나이에 이 정도 월급 받기란 정말 쉽지 않다. 하고 싶은 일이 있어도 명예퇴직은 아직은 무서울 뿐이다. 나 덕분인지, 때문인지 직원들은 내가 나오는 주말 시간대를 피해서 사무실에 나오는 것 같다. 집에서 눈치라도 덜 보려면 월급이라도 많이 갖다 줘야 한다. 과장 승진이 얼마 안 남았는데 승진 후에는 좀 더 편한 공직생활을 이어 나갈 수 있을 것 같다.

이 책의 첫 장에 〈그러데이션 공무원〉이라는 제목에 묘사되었던 면사무소의 풍경은 죽어 있는 시간과 다를 바 없다. 월요일 도저히 침대에서 일어나질 수 없었던 직장인도 회사에서의 시간은 죽은 시간에 가깝다. 내가 하고 싶은 일을 할 수 있는 직장이었다면 침대와 난 같은 N극이나 같은 S극이고 비가 오든 눈이 오든 차가 막히든 짜증 없이 즐거운 마음으로 회사에 간다. 50대의 중견 간부는 가정에서 죽어 있는 시간을 보내고 직장에서 살아 있는 시간을 가지며 살아간다. 행복에 대한 관념이 고착화되어 일상 속에서 살아 있는 시간을 만들어가기보다는 죽어 있는 시간을 피해가기 바쁘다.

노벨경제학상을 받은 다니엘 카네만 교수는 행복은 하루 중 기분 좋은 시간이 얼마나 되는가에 의해 결정된다고 한다. 기분 좋은 시간이 길수록 행복하다는 것이다. 그러기 위해서는 일상의 작은 일에서 행복을 찾는 훈련이 필요하다. 그러나 카네만 교수의 말대로 나의 기분을 바꾸려 노력하고 훈련해도 타인의 기분까지는 바뀌지 않는다. 내가 행복 바이러스 감염자나 숙주 정도 되어야 하는 그 경지까지는 이르지 못했다. 또 난 타인의 사고에 영향력을 미칠 수 있는 아우라를 뿜어낼 수 있는 대단한 사람도 아니다. 직장에서 죽어 있는 시간을 살아 있는 시간으로 바꾸려는 노력은 나 외에 타인의 변화와 함께 이루어져야 하는데 그런 행복한 시간과 공간을 만들기란 무척 어려운 일이다.

다니엘 카네만 교수는 심리학을 경제학에 접목한 행동경제학자이자 인지심리학자이다. 그는 행복과 만족을 구분하고 있다. 행복은 순간에 가깝고 만족은 기억에 가깝다고 한다. 그래서 행복은 스쳐 지나가는 사진의 순간과 같고 만족은 오래 지속되고 보존되는 내적 충만함이다. 이 교수의 주장에 난 한동안 멍하니 앉아 있었던 적이 있다. 이유는 내가 행복을 위해 살아가고 있는가 아니면 만족을 위해 살아가고 있는가 되묻게 되었기 때문이다.

고백하자면, 어느 날 난 내가 승진의 목마르지 않다는 것을 알았다. 내가 다니고 있는 공직 사회가 (공무원이라는 직업 자체가 아닌) 나에게 주는 가치가 크지 않다는 사실을 알게 된 후로 매진하지 않았다. 더 구체적으로 승진이란 것이 공직 사회가 나에게 줄 수 있는 가장 큰 과실이었지만 그 과실을 얻기 위해 기울여야 하는 열정과 노력이 너무 크다는 사실과 행복한 삶을 위해서 내가 일하는 직장이 행복이라는 궁극적인 가치와는 멀어져 있다는 사실을 시간이 흐를수록 선명하게 느끼고 있기 때문이다.

직업이 국민을 위해 일하는 공무원이 할 말은 아니지만 슬프게도

"하마터면 열심히 일할 뻔했다."라는 말과 나의 생각은 점점 일치되어 왔다. 그렇다고 당연히 해야 할 일을 하지 않는 나태한 공무원이었던 것은 아니다. 맡은 일에 대해서는 책임 있게 마무리 짓는다. 9급에서 8급으로 승진할 때도 행복했다. 주민들에게 친절한 모습으로 응대하여 제보받은 칭찬으로 친절상을 받기도 하고 제안했던 제도가 채택되어 우수상도 타고 표창장도 받았다. 그것은 공직 사회에서 일하는 나의 행복이었다. 그러나 가만히 생각하면 만족은 아니었다. 카네만 교수의 말대로 기억을 가져가고 싶었지 순간적인 행복감을 얻고 싶지는 않았다.

알다시피 공무원은 퇴직하면 재직 중 가졌던 명예와 지위는 아무것도 아닌 것이 된다. 남게 되는 것은 공무원으로 일했던 경험과 연금뿐이다. 더욱이 그 경험도 한 분야에서 전문가와 같은 경력과 연구 업적을 가지고 퇴직하는 것도 아니었다. 지위, 명예, 직업적 보람, 얕은 경험과 같은 일시적인 행복감보다는 장기적인 삶의 만족감을 찾고 싶었던 것이다. 장기적인 삶의 만족감을 직장 내에서 찾으려고 노력해봤지만 큰 귀감이 될 만한 경우는 별로 없었다. 사실 덕업일치라고 부르기도 어려웠다. 그렇다고 직장 밖에서도 일시적 행복감이 아닌 장기적인 만족을 찾은 것도 아니었다. 어떤 이는 사직서를 쓰고 하고 싶었던 일을 찾아 떠났지만 그건 궁극적인 만족 대상을 이미 찾았던 사람들이었다. 최근에는 나의 건강에도 이상 신호가 들려왔다. 마음과 몸이 전체적으로 만족한 삶이 아니었다.

"조용하고 검소한 생활이 끊임없는 불안에 묶인 성공을 추구하는 것보다 더 많은 기쁨을 준다."

-아인슈타인

과학적인 상념과 다르게 아인슈타인이 남긴 행복에 관한 철학적 문구이다. 의미를 다시 새기자면 만족에 대한 아인슈타인의 철학적 생각인 것 같다. 조용하고 검소한 생활이 만족을 주고 그것이 궁극적인 행복에 도움을 준다는 말인 것 같다. 난 버킷리스트를 만들었다. 내가 살아 있다고 느끼는 것이 중요하다고 폭탄주를 들이켠다던가 극한의 마라톤을 뛰는 것은 아니다. 내 이름의 책을 한 권 써보는 것도 버킷리스트에 포함되어 있었다. 만족을 찾아 살아 있는 시간을 만들어보겠다는 노력이었다. 버킷리스트에 있는 것들을 하나하나 실천하고 해보지 않았던 일을 하고 그런 것에서 삶의 만족을 찾아 나의 직업과 나 자신에게 도움을 주고 싶었다. 생각은 살아 있는 유기체와 같아서 목표 의식이라는 끈을 놓고 있으면 무의식이 어느새 생활 속에 침범해 결심 이전의 모습으로 되돌리고 원래의 습관과 타성으로 복귀시킨다. 마치 다이어트에 성공한 이후의 삶과 같다. 유지가 어려운 건 몸이 변했던 것뿐이지 내 마음이 변한 건 아니기 때문이다.

그래서 불교에서는 항상 깨어 있으라고 한다. 자기통제는 자기를 바꿀 수 있는 능력이다. 난 지난날 심신이 미약해져 있을 때 즉흥적으로 했던 말과 행동을 기억한다. 스트레스로부터 나를 지키지 못해서 그렇다고 위안하기도 한다. 나를 사랑하는 힘이 부족했던 것 같았다. 나를 사랑하는 마음이 깊을수록 자기통제를 할 수 있다고 한다. 그렇다면 나를 사랑하는 마음을 더욱 키우기 위해 사람의 인생에서 숙제와도 같은 나 자신을 이해하는 일이 필요했다. 나라는 인간은 어떤 사람인지 깨닫는 것이 중요했다. 정말 어려운 일이다. 메타 인지 능력은 자기를 스스로 이해하는 힘이다. 낮은 메타 인지 능력은 자신의 힘을 실제보다 높게 평가한다. 그로 인해 한 번씩 나 자신도 이해할 수 없는 일이 나로 인해 벌어지기도 한다.

확증편향(Confirmation Bias) 같은 것은 나를 잘 이해하지 못한 생각의 결말이었다. 지금도 난 부족하지만 나를 이해하려고 노력하는 삶을 살고 있다. 의관을 정제하는 것은 아름다움보다는 마음가짐을 반듯

하게 하려는 것이다. 옷을 깨끗이 입으려고 노력한다. 목욕하고, 티비를 끄고, 조용한 거실에 혼자 앉아 있는 시간은 마치 명상과도 같은 시간이다. 마음을 가다듬고 번잡한 것을 멀리한다. 그렇다고 스님과 같은 것은 아니다. 난 속세에 살고 있으니까. 깨진 마음을 방치하면 '깨진 유리창 이론'처럼 점차 더 많이 깨질 것이다. 내 마음을 자주 들여다보기 위해 노력하고 깨어있는 사람이 되고 싶다. 그것은 내 인생 전체를 죽어 있는 시간이 아닌 살아 있는 시간으로 만들어 보고자 하는 나의 진심이다.

작은 것에 만족하고 분주하지 않으며, 간소한 생활과 고요한 감관, 신중한 태도와 겸손함을 가지며, 가까운 이들에게 집착하지 않는다.

-불교 《자비경》

참고문헌

기상청 홈페이지

인사혁신처 홈페이지

통계청 KOSIS

양산시청 홈페이지

강원도청 홈페이지

김주사 닷컴

〈90년생 공무원이 왔다〉, 행정안전부

《몰입(Flow)》, 미하이 칙센트, 한울림, 2004

《나는 9급 공무원입니다》, 이지영, 웅진하우스, 2020

《진짜 공무원》, 이철희, 책과 나무, 2021

《한국의 시간》, 김태유, 썸앤파커스, 2021

〈2020년 공직생활실태조사〉, 한국행정연구원

《행정학사전》, 이종수, 대영문화사, 2009

《부의 미래》, 앨빈토플러, 옮긴이 김중웅, 청림출판, 2006

〈월요일엔 오후 1시 출근, 점심시간은 90분〉 서울경제, 2019.01.29.

〈국가갈등지수OECD글로벌비교〉, 전경련, 2021

영혼있는 아날로그 공무원

1판 1쇄 발행 2022년 5월 13일

저자 김진호

교정 윤혜원 **편집** 김다인
마케팅 박가영 **총괄** 신선미

펴낸곳 하움출판사 **펴낸이** 문현광

이메일 haum1000@naver.com **홈페이지** haum.kr
블로그 blog.naver.com/haum1000 **인스타그램** @haum1007

ISBN 979-11-6440-976-1(03810)

좋은 책을 만들겠습니다.
하움출판사는 독자 여러분의 의견에 항상 귀 기울이고 있습니다.